奇侠平妖录·蓝田女侠

民国武侠小说典藏文库·赵焕亭卷

赵焕亭◎著

中国文史出版社

赵焕亭及其武侠小说（代序）

　　赵焕亭，民国时期著名武侠小说家，被评论界和学术界称为"北赵"。他本名赵黼章，但发表作品上均写作赵绂章，生于清光绪三年正月初六，卒于1951年农历四月，籍贯直隶省玉田（今河北省玉田县）。

　　据新的有关资料记载，赵焕亭祖上是旗人，隶汉军正白旗，始祖名赵良富，随清军入关，携家落户在距离丰润与玉田交界线不远的铁匠庄。第五代赵之成于乾隆三十六年考中辛卯科武举，于是赵家迁居至玉田县城内西街，由此在玉田生活了一百多年，至赵焕亭已是第十代。

　　赵家以行伍起家，入清后应有相当经济地位，但无籍籍名。自赵之成考中武举，赵家在地方上开始有了一定名声。之成子文明曾任候选布政司理问，孙长治更颇受地方好评。据光绪《玉田县志》载："赵长治，字德远，汉军旗籍，监生，重义气，乐施济，尤能亲睦九族，世居丰之铁匠庄。悯族中多贫，无室者让宅以居之，捐附村田为义田以赡族。卜居邑城西街，遂家焉。嘉庆癸酉、道光庚子，两值饥，豁全租以恤佃者，计金三千有奇，乡里称善人。"

　　赵长治的儿子赵大鹏克承家风，再中己酉科武举人，至其孙赵英祚（字荫轩），则一变家风，于清同治九年中举人，同治十年连捷中第二百七十二名进士，位列三甲，曾三任山东鱼台知县，一任泗水知县，还曾署理夏津、金乡等县，任内主修过鱼台和泗水县志。

　　赵英祚生四子，长子黼彤，附贡（即秀才）。次子黼清（字翊唐）光绪二十年中举，二人似未出仕。三子黼鸿，字青侣，号狷庵，

1

光绪十九年举人，二十一年二甲第七十六名进士，入翰林院，三年后散馆以工部主事用，1903 年复入翰林院，1907 年选任为江苏奉贤知县，但被留省，直至次年年底方才正式到任。辛亥革命爆发，他弃官而走，民国时又担任过常熟县知事。据说他和著名藏书家铁琴铜剑楼主人有交往。赵黻鸿大约于 1918 年去世。四子黼章就是赵焕亭。

抗日沦陷期间，《新北京报》上曾刊登了一篇署名雨辰的《当代武侠小说家赵焕亭先生小传》（以下简称《小传》）。作者自承"与先生为莫逆，知之甚详，因略传梗概"。据该文介绍，因赵英祚长期在山东为官，赵焕亭的出生地实际是济南，玉田系籍贯所在。

赵焕亭在济南念私塾，还和其二哥、三哥一起，拜通家至好蒋庆第和赵菁衫二人为师，学诗和古文。

蒋庆第，字箸生，玉田人，咸丰壬子进士，文名响亮，著有《友竹堂集》。他历任山东武城、潍县、峄县、章丘等地知县，官声很好，甚得百姓拥戴。赵菁衫，名国华，丰润人，进士出身，曾为乐安知县，"以古文辞雄北方，长居济南"，著有《青草堂集》。《清稗类钞》中说他"清才硕学，为道、咸间一代文宗"。赵自署的集句门联很有趣："进士为官，折腰不媚；贵人有疾，在目无瞳。"（赵的左眼看不见。）

赵焕亭的开蒙师父叫赵麟洲，栖霞人，学问好，对教学有独到见解。

兄弟三人在名师的指导下，学业大进，在济南当地读书人中号称"玉田三珠树"。据《小传》所述，赵菁衫看了兄弟三人的习作，曾感叹道："仲、叔皆贵征，纪河间皆谓兴象，且早达。季子虽清才绝人，然文气福泽薄，是当作山泽之癯，鸣其文于野耳。"

果然，黼清、黼鸿二人很快先后中举、中进士，黼章则"独值科举废，不得与焉"。根据赵焕亭在小说中留下的只言片语，他参加过乡试，而且应该不止一次。在短篇小说《浮生四幻》开头，他写道："光绪中，予应秋试于洛（时功令北闱暂移河南）……"

北闱秋试移到河南举行，在清代科举考试历史上是独一无二的，发生于光绪二十八年和二十九年，考试地点在今河南开封。原因是受到义和团运动和八国联军攻占北京等事件的影响，本该于光绪二十六年举行的乡试被迫停办。赵焕亭究竟参加了其中哪次乡试不详，但显然没有中举，之后科举就被清政府宣布废除。

在其武侠小说《大侠殷一官逸事》第十七回中，也有一小段作者的插入语："……原来那四十里的石头道，自国初以来，一总儿没翻修过。您想终年轮蹄踏轧，有个不凹凸的吗？人在车子里，那颠簸磕撞，别提多难受咧！少年时，入都应试，曾亲尝这种滋味……"

据最后的寥寥十几字推测，赵焕亭在河南参加乡试之前，还曾经参加过在北京的顺天府乡试，估计以光绪二十三年丁酉科可能性最大，他当时已经二十一岁，正当年。其兄赵黼鸿、赵黼清分别于光绪十九年、二十年中举，那时他不过十六七岁，一同参加的可能不是完全没有，但应该不大。

无论如何，赵黼章一袭青衿的秀才身份应该是有的，只是两次乡试都不成功，待科举废除，就再没机会了。传统上升之路中断之时，他还不到三十岁，但没有因此而茫然，继续认真读书。《小传》中说他"矻矻治诗文辞如故"，同时大约为践行"读万卷书，行万里路"的古训，"北之辽沈，南浮江汉，登泰山，谒孔林，登蓬莱、崂山，揽沧溟，观日出而归"。游历之余，他还注意记录、搜集山东、河北等地的风土人情、逸事趣闻，老家玉田本地的名人掌故逸事更是他一直关注和搜辑的对象。这一切都为他后来的小说写作积累了大量素材。这些素材和人生经历是上海十里洋场中的才子们所不具备的，也是赵焕亭终成为"北赵"，并与"南向"分庭抗礼，远胜同期南派武侠作者们的一个重要原因。

赵焕亭正式开始投稿卖文的写作生涯，据其在1942年《雨窗旅话》一文所述，始于民国初年。文中写道："民国初，颇尚短篇之文言小说。一时海上各杂志之出版者风起云涌，而文字最佳者，首推《小说月报》并《小说丛报》，以作者诸公，如恽铁樵、王西神、钱基博、许指严等，皆宿学名流，于国学极有根底也。余见猎心喜，乃为《辽东戍》一篇，试投诸《小说月报》，此实为余作小说之动

3

机，并发轫之始。"

《辽东戍》刊登于《小说月报》第五卷第二期，时间是1914年4月。但据目前发现，早在1911年6月的《小说月报》第二年第六期上就刊有署名玉田赵绂章的短篇小说《胭脂雪》。关于这篇小说，赵焕亭在《辽东戍》篇末自述中是承认的，他写道：

> ……有清同光间，吾邑以诗古文辞鸣者，为蒋太守著生、赵观察菁衫，世所传《友竹堂集》《青草堂集》是也。予以通家子，数拜榻下，伟其人，尤好拟其文，随学薄不得工，顾知有文学矣。时则随宦济南，书贾某专赁说部，不下数百种，于旧说部搜罗殆尽。余则尽发其藏，觉有奇趣盎然在抱。后得畏庐林先生小说家言，尤所笃嗜，复触凤好，则试为两篇，各三万余字，旋即售稿去，复成短章《胭脂雪》一首，邮呈吾兄于京邸。兄颇激赏，以为殊近林氏。兄同年生某君，则驰书相劝，后时时为之……

赵黼鸿1907年离京赴江苏任职，辛亥革命爆发方逃回北方，是否在京无法确定，由此推测，赵焕亭的两篇试笔小说以及《胭脂雪》或许写于1906至1907年间。只是《胭脂雪》何以迟至1911年才发表，且赵焕亭似乎并不晓得此事，令人有些费解。倒是他自承笃嗜林氏小说，连所写短篇小说路数都被赞极有林氏风格，倒是研究赵焕亭包括晚清民国作家作品的一个新方向。

林译小说曾带动鲁迅、郭沫若、周作人等主动了解、学习西方文学，并促进了西方文学名著在中国的进一步译介，在文学史上已有定评。俞平伯先生晚年更认为"林译小说是个奇迹，而时人不知，即知之估计亦不高"。林译小说对于当时青年人的影响，用民国武侠、言情名家顾明道的话说："青年学子尤嗜读之，无异于后来之鲁迅氏为人所爱重也……以为读林译，不但可供消遣，于文学上亦不无裨益。"范烟桥在《林译小说论》中说，民初众人都在模仿林，赵焕亭之言正可为一有力旁证。

关于赵焕亭中青年时期的其他职业信息，目前仅知进入民国后，他曾经有若干机会可以入幕当道要人帐下，但他放弃了。雅号"民国老报人"的倪斯霆先生曾提及，据说赵焕亭民国后曾做过《汉口新报》的主笔，可惜未能找到这份报纸和相关资料，也尚未发现相关的新资料。

自 1911 到 1919 年之间，赵焕亭在《小说月报》和《小说丛报》上共发表小说十七篇，有十余万字。是否同期在其他报刊上有小说刊登，目前尚无线索，但凭这些精彩的"林味"文言短篇小说，"当时名士如武进恽铁樵、常熟徐枕亚、无锡王蕴章、桐城张伯未、费县王小隐、洹上袁寒云、粤东冯武越，皆与先生驰书订交或论文"。

赵焕亭后来稿约不断，小说连载与副刊专栏在京、津、沪等地报纸杂志全面开花，持续二十余年之久，应与结交了这么一大批南北方的著名报人、编辑和文化人有很大关系。

当 1923 年来临之际，赵焕亭进入了小说创作的"爆发期"。

1 月，《明末痛史演义》六册出版。

2 月上旬，武侠小说名作《奇侠精忠传》开笔，此时他已四十五岁。该书直接就以单行本面貌出现，初集十六回初版于 1923 年 5 月，此时"南向"的《江湖奇侠传》第十回刚刚连载完毕，结集的第一集似尚未出版。赵焕亭的写作速度相当惊人。

10 月，长篇武侠小说《英雄走国记》开笔，取材于明末清初的各家笔记，描写南明志士的抗清故事，全书正续编共八集。

自 1923 年到 1931 年这八年间，赵焕亭除了完成上述两部百万字的长篇武侠小说之外，还陆续写下了《大侠殷一官逸事》《马鹞子全传》《殷派三雄》（含《殷派三雄续编》未完）、《双剑奇侠传》《北方奇侠传》（未完）、《山东七怪》（未完）、《南阳山剑侠》《昆仑侠隐记》（未完）、《惊人奇侠传》《奇侠平妖录》（《惊人奇侠传》续集）、《情侠恩仇记》（连载未完）、《蓝田女侠》和《不堪回首》（历史小说）、《景山遗恨》《循环镜》《巾帼英雄秦良玉》等十六部各类体裁的小说，至少五百万字，创作力之旺盛十分惊人。

进入 20 世纪 30 年代后，赵焕亭的新作以报刊连载小说为主，多数是武侠小说，少数是警世小说，如《流亡图》。1937 年"七七事变"爆发，华北彻底沦陷，遍地战火，赵焕亭的连载就全部停了下来。截至 1937 年 7 月 15 日《酷吏别传》从报上消失，目前已知和新发现的京、津、沪三地报纸上的小说连载共十三部，分别是：

北京：《范太守》《十八村探险记》《金刚道》《剑胆琴心》《鸳鸯剑》；

天津：《流亡图》《姑妄言之》《龙虎斗》；

上海：《康八太爷》《剑底莺声》《侠骨丹心》《鸿雁恩仇录》《酷吏别传》。

以上这些小说多数都未写完即从报刊上消失，连载完毕的几种，如《流亡图》《剑胆琴心》等也没有结集出版单行本。需要单独提一下的是，《剑底莺声》就是《马鹞子全传》，只是在结尾部分做了一点儿删改。

此时的赵焕亭已经年近花甲，岁月不饶人，伴随而来的是精力和体力的持续下降，对于写作质量的影响不言而喻，这一点其实在20 世纪 20 年代的写作大爆发后期就已经有所显现。当然，稿约缠身、疲于写作也同样影响到写作质量。而 20 世纪 30 年代全国时局的不停动荡——"九一八事变""淞沪抗战""华北事变"……对于社会的安定造成相当的影响，自然也波及报纸的生存乃至写稿人赵焕亭的生活和写作。

再有一个影响赵焕亭写作状态的重要原因，即赵妻张引凤于1932 年夏天去世，对赵焕亭的打击异常大。他曾写了一副悼联，刊登在《北洋画报》上，文曰：

夫妇偕老愿终违何期卿竟先去；
儿女未了事正重此后我将如何？

张赣生先生评此联语"痛极反似平淡，一如夫妇日常对语"，可谓一语中的。赵焕亭本来于 1933 年开始在上海《社会日报》上一直

6

连载武侠小说新作《康八太爷》，到 3 月份突然暂停，刊登了一批于 1932 年 10 月间写下的文言掌故小品，在开篇序言中更道出了对亡妻的深切怀念之情："则以忆凤庐主人抱奉倩神伤之痛，以说梦抵不眠，复冀所思入梦耳……以忆凤为庐"，专栏名"忆凤庐说梦"。原来，妻子周年忌辰临近，勾动了他的伤痛，于是停下武侠小说连载，转发"忆凤庐说梦"，足见伉俪情深。但从另一方面看，丧妻之痛对武侠小说创作有着直接的影响，也毋庸讳言。

当北方京、津及至上海一带战事暂告一段落，沦陷区的生活和社会局面也相对稳定下来，赵焕亭与报纸的合作又有所恢复。自 1938 年至 1943 年的六年间，他陆续写下《侠隐纪闻》《黑蛮客传》《白莲剑影记》《天门遁》《侠义英雄谱》《风尘侠隐记》《双鞭将》《红粉金戈》《荒山侠女》等九部小说，不过遗憾仍然继续，这些小说中只有《双鞭将》的故事勉强告一段落，聊算是不完之完。其他的均是半途而废，有的甚至只连载数月就消失不见，最长的《白莲剑影记》连载三年多，但从情节看，似还远未结束。

从有关信息推测，"七七事变"前后，赵焕亭已在玉田老家居住，抗战期间似也未曾离开。作为当时知名的小说家，自然经常有人向他约稿。从作品遍地开花的情况看，赵焕亭对于约稿有求必应，或许因此备多力分，造成不少作品烂尾，当然不排除有报方的原因。另外一直流传一个说法，谓那时不少作品实为其子代笔，或许这是造成作品连载未完就遭下架的另一个原因，不过目前没有发现确凿证据，仅聊备一说而已。

1943 年以后，报刊上就看不到赵焕亭的作品了。目前仅发现一篇《忆凤庐谈荟·名士丑态》于 1946 年发表在上海的一家杂志上。同年 12 月，北京《一四七画报》记者曾发文，征询老牌作家赵焕亭近况。两周后，《一四七画报》报道："本报顷接赵焕亭先生堂孙赵心民来函，谓赵焕亭先生及其哲嗣彦寿君，刻均在玉田，此老仍康健如昔，知友闻知，均不胜欣慰。"

之后的报刊和市场上，再也没有出现赵焕亭的作品，但他在武侠小说史上，已经占据了应有的位置——"北赵"。

1938 年金受申《谈话〈红莲寺〉》一文中即出现"南有不肖生，北有赵焕亭"一语，估计这一评语的真正出现时间应当更早，因为针对二人的武侠小说成就，在 1928 年 5 月的《益世报》上，就刊有署名木斋的读者发表了《评〈北方奇侠传〉》一文，该作者指出："近时为武侠小说者极多，而以（赵焕亭）氏与向恺然氏为甲。"并认为："（赵焕亭）氏之长处为能以北方方言、风俗、人情、景物，一一撷取，以为背景。盖氏本北人，于此如数家珍，而向来技勇之士，亦以北人为多，故能融合于背景之中，使卖浆屠狗之徒跃然纸上，读者亦恍若真有其人，为其他小说所不易见。其描写略似《七侠五义》及《儿女英雄传》，而卓然自成一家，盖颇具创造之才，非寄人篱下者也。"

对于与赵焕亭齐名的、同为武侠小说"甲级高手"的"向恺然氏"及其小说，木斋却并没有做进一步评价和比较，反而以当时著名的南派通俗小说家李涵秋与赵焕亭做比较，认为"苟取二氏全部著作之质量较之，则赵之凌越李氏，可无疑也"。

从这个角度看，木斋虽然把赵焕亭与向恺然相提并论，但他对赵氏武侠小说特色的评论，可以用之于任何小说。或许木斋心中对于小说类别并无定见，一定要遵循小说上的标签，但从另一方面来说，赵焕亭小说的"武侠特征"与向恺然相比，颇不相同。

简而言之，"南向"偏"虚"，而"北赵"重"实"。"南向"《江湖奇侠传》等小说是玄奇怪诞的江湖草莽传奇故事；"北赵"《奇侠精忠传》等小说则是在一幅幅市井、乡村生活画中，讲述的历史人物传奇故事。

虽然是传奇故事，总的来说，赵焕亭小说中的大部分故事都有所依据而非向壁虚构。《奇侠精忠传》据一部《杨侯事略》敷衍而成，《英雄走国记》则采明末笔记中人物和故事而成书，《大侠殷一官逸事》来自河北蓟县大侠殷一官生平逸事，《山东七怪》《双剑奇侠传》则依据山东济南、肥城一带真实人物的乡野传闻等。对于情节中涉及的历史事件，他的基本态度也是尊重历史记载，如《双剑奇侠传》中，浙江诸暨包村人包立身率众抗拒太平军，最后兵败身死。赵焕亭基本是完全采用相关笔记记载，连所谓的法术传说也照搬。为了故事情节的充实与好看，他当然会做一些发挥和演绎，比如把包立身这个普通农人改为武艺高强、韬略精通的英雄，同时还有好色的毛病，但这类演绎都不会改动历史事件本身的结果。

而对于不涉及历史事件本身的内容，赵焕亭就表现出化用材料的本领。在《续编英雄走国记》中，有一段谈到广西的"过癞"（俗称大麻疯，一种皮肤病）之俗，当地女子若不"过癞"给男子，自己就会发病，容毁肤烂，于是，很多过路人因此中招，而一个广东公子因女方多情善良，得以免祸。该故事原型出自清代著名笔记《客窗闲话》，发生地本在广东潮州府，"发癞"人也是男方，不惧牡丹花下死而中招。幸得女方情深义重，主动上门照顾，后来无意中让男的喝了半缸泡了乌梢蛇的存酒，癞病豁然痊愈。赵焕亭改变了故事发生地，发病人则改为女方，于是，一方面表现了女子的多情重义，另一方面又展现了男子一家的明理与知恩图报。治癞之方则仍然是那半缸乌梢蛇酒。

"北赵"的重"实"，还体现在小说内容的细节上。举凡山东、河北等地的风景名胜、美食佳肴，或出自前人笔记如《都门纪略》之类书籍，或出自作者往来京、津、冀、鲁各地的亲身经历。就连书中不经意间写到的地方风物，也同样是实景实事。《北方奇侠传》中有一段情节写向坚等几兄弟于苏州城外要离墓前给黄萧饯行。此地风景如画，"左揖支硎山，右临枫泾"，不远处是"隐迹吴门，为人赁春"的梁鸿墓。笔者曾根据上面这段描述向苏州一位熟悉地方文史的朋友询问，他证实苏州阊门外确有支硎山这个古地名，今天见不到小山了，清代曾在那里挖出过古要离墓的石碑。

赵焕亭的长篇武侠处女作《奇侠精忠传》，洋洋洒洒上百万字，以清朝乾嘉年间杨遇春兄弟平苗、平白莲教事为主干，杂以江湖朝野间奇侠剑客故事以及白莲教的种种异术奇闻，历史味道看似浓厚，然而里面有关奇侠剑客的内容所占比例并不算大，平苗和平白莲教的战争与武打场面也有限，倒是杨遇春师兄弟及各色人等的日常生活与交际、各类生活琐事的碰撞与解决则占了相当大的篇幅，农村空气中漂浮的乡土气味仿佛都能闻得到。其他长篇小说如《英雄走国记》《北方奇侠传》《惊人奇侠传》等也莫不如此。

一触及生活内容，赵焕亭手中的笔就显得格外活泼，村夫野叟村秀才，恶棍强盗恶婆娘，还有诸如闲唠家常和赶庙会的农村妇女、混事的镖师之类过场人物，其言语举止、行为谈吐，或粗鄙，或斯文，或虚伪，或实在，展示着世间的人情百态、冷暖人生。比如《大侠殷一官逸事》中，名镖师李红旗的镖车被劫，变卖家产后尚缺几百两银子赔款，以为和北京镖局同行交往多年，这最后一点儿银两多少能得到点儿帮助，结果各位大小镖头该吃吃，该喝喝，拍胸脯的、讲义气话的、仗义执言的……表演了一个够，最后镚子儿不掏，躲的躲，藏的藏，还有捎回点儿风凉话的，把李红旗气得半死。已故著名民国通俗小说研究学者张赣生先生称赞这段文字不让吴敬梓《儒林外史》专美于前，而类似的文字在赵氏小说中也不止一处。

虽名"武侠小说"，而满纸人世间的生活百态与人情勾当，使得赵焕亭小说表现出与大部分武侠小说颇为不同的特色。书中的侠客奇人们更多地表现出"世俗气息"或曰"世情味"，而缺乏"江湖气"。他们活动的地方多在乡村、市镇乃至庙会中、集市上，除了头上被作者贴上个"大侠""武功家"之类的武侠标签外，其日常言语、行为与普通市民、村民并无二致。若说"南向"小说中人物是"江湖奇侠"，那么"北赵"书中人物最多称得上是"乡村之侠"。即使是已成剑仙的玉林和尚、大侠诸一峰、南宫生等，也没有在名山大川中修炼，反而在红尘中如普通人般生活，有当塾师的，有干算命的。《奇侠精忠传》和《英雄走国记》属于赵焕亭小说中历史类武侠，书中正反面人物各个盛名远播，也仍然近似普通人，而无我们常见的武林人面目。

应该说，这样的侠客源自他心中对"侠"的认识。在《大侠殷一官逸事》（1925年）序言所述："予独慕其生平隐晦，为善于乡，被服儒素，毕世农业。侠其名，儒其实，以是为侠，乌有画鹄类鹜之虑乎？……俾知真大英雄，必当道德，岂仅侠之一途为然哉。"

再如次年所写的《双剑奇侠传》，男主角山东大侠梁森武功大成之后，"恂恂粥粥，竟似一无所能，武功家的矜张浮躁之习，一些也没得咧。……绝口不谈剑术。春秋佳日，他和范阿立有时巡行阡陌之间，俨然是一个朴质村农"。活脱脱是大侠殷一官的又一翻版。

可见，"儒其实"才是赵焕亭认可的"侠"之本质，侠行、侠举只是外在表现。真正的英雄豪杰，必是重操守、讲道德的人物，苟能如此，又不一定只有行侠一途了。他有这样的认识，无疑与前文述及的自幼年即长期接受儒家思想的教育密不可分。其实，在更早的《奇侠精忠传》中，他就是完全按照儒家的做人标准来写主人公杨遇春，一个类似《野叟曝言》主人公文素臣般的完人。其人武功高强，处处以儒家的忠孝礼义廉耻观念要求自己，也教导、劝诫贪淫好色的师弟冷田禄，更像个老夫子，不像个名侠，刻画得不算成功，但"侠其名，儒其实"的观念已经形成，并一直贯彻到后面的作品中。如1928年写的《北方奇侠传》，主人公黄向坚事亲至孝，终于学成绝艺，最后万里寻父，同样也是"儒其实"的表现。

就这一点而言，"北赵"之侠或又可称为"儒侠"。"南向""北赵"之别不仅在于两人的地理位置之不同，也在其侠客属性有所不同。

作为"儒侠"的对立面，自然是"恶徒"，武侠小说中不能没有这样的反面角色。赵焕亭自然不能例外。值得一提的是，赵焕亭小说中的不少主要的反面人物并不是一出场就开始作恶，甚至很难说是一个恶人，如《奇侠精忠传》中的冷田禄，虽是名师之徒，但屡犯淫行，品行不佳，但在杨遇春的不断劝诫与行为感召下，心中的善念在与恶念的斗争中，曾一度占了上风，于是冷田禄力求上进，千里赴京，追随杨遇春投军，在平苗战役中立了不少功劳，但最后还是恶念占了上风，彻底滑入邪魔外道中。又如《大侠殷一官逸事》和《殷派三雄》中的赵柱儿，本是聪明孩子，性格上有缺点，虽有师父、师兄的提点、劝告，但终不自省，终于蜕变为真正的淫贼。《马鹞子全传》中的主人公马鹞子，由乞丐小童成长为武林高手，然而不注重品德修养，逐渐热衷功名富贵，不论大节与是非，反复无常，最后羞愧自尽而亡。马鹞子王辅臣是真实的历史人物，最后结

11

局确实如此，小说中发迹前的故事多是赵焕亭的自行创作，讲述了一个武林好汉如何变为热衷功名、三二其德的朝廷走狗的历程。

上述这类角色身上都或多或少反映了人物性格的复杂和多变，赵焕亭或许并非有意塑造这样另类的武林人物，但与同期包括之前的武侠小说相比，大约是最早的，有些角色也是比较成功的。

对于这些角色包括书中的真恶人，其为恶的途径与发端，赵焕亭却处理得很简单，基本归于一个字——淫。恶人无不是好色之徒，也往往由各类淫行，终于走上为恶不归之路。更有甚者，普通人物也往往陷入其中，招致祸端。如此处理人物未免过于简单，只是赵焕亭在这类事情上的笔墨也花得有点儿过多。

顺带一提的是，时下论者都认为"武功"一词用于形容功夫系赵焕亭所创。其实他用的也是成品。清朝著名笔记《客窗闲话》续集里有《文孝廉》一文，其中就有"我虽文士，而习武功"一语。准确地说，赵焕亭的贡献是在民国武侠小说中率先使用而非创造该词的新用法。赵焕亭自己肯定没有想到，这个词竟然成为日后百年间武侠小说作者的必用词语，也成为日常生活中的常用语。

赵焕亭的武侠小说具有其他名家所没有的"世俗风情"，以此似完全可以单独撑起一个"世情武侠"的门户，与奇幻仙侠、社会反讽和帮会技击诸派别并立于武侠小说之林。

作为掀起民国以来武侠小说第一波高潮的领军人物"北赵"，作品无疑极具研究价值，可惜一直未能得到应有的重视。1949 年新中国成立后，直到 20 世纪 90 年代才有零星的赵焕亭武侠作品出版，至今二十多年间，仅出版过四种。

此次中国文史出版社全面整理出版的赵焕亭武侠作品，大部分是新中国成立后从未出版过的，所用底本也尽量选择初版或早期版本，即使如出版过的《双剑奇侠传》《奇侠精忠传》《英雄走国记》和《惊人奇侠传》，也都用民国版本进行校勘，由此发现了不少严重问题。《奇侠精忠传》漏字、漏句和脱漏段落十余处，近 2000 字；《惊人奇侠传》漏掉了大约 15 万字；《英雄走国记》20 世纪 90 年代的再版只是正编。这些意外发现的问题已经在此次整理中全部加以解决，缺漏全部补上，《续编英雄走国记》也将与正编一起出版。

此次出版的作品集中，还有几部作品需要在这里略做说明：

《南阳山剑侠》是赵焕亭写于20世纪20年代的文言武侠小说；

《江湖侠义英雄传》，又名《江湖剑侠英雄传》，系春明书局1936年出版的长篇武侠小说，封面、扉页均未署有作者名字。从赵焕亭所撰序言看，也许另有作者，他则如版权页部分所示，为"编辑者"；

《康八太爷》和《风尘侠隐记》都是未曾结集的报纸连载，也没有写完。为了让广大读者和研究者全面了解赵焕亭20世纪30年代和40年代不同时期的小说特点，特地予以抄录，整理出版；

《殷派三雄》在天津《益世报》上一共连载四十回，未完。天津益世印字馆出版单行本三册，仅三十回。此次出版据报纸补充了未曾出版的最后十回，以示全貌予读者。

笔者多年来一直留意赵焕亭的有关资料，幸略有所得，今效野人献芹，拉杂成文，期副出版方之雅爱，并就教于识者。

是为序。

顾　臻

2018年8月20日于琴雨箫风斋

目　　录

奇侠平妖录

1

蓝田女侠

奇侠平妖录

第一回

邬三娘混迹盖山镇
嵩洛道计劫小白龙

这部《奇侠平妖录》是紧接《惊人奇侠传续篇》的。

上回书交代到刘东山引了绳其、楚材趄到自己宅前，方一指大门，道得一声"此间便是舍下"，却见一公人由内趄出，一见东山，便急匆匆地道："刘爷来得正好，你快些去吧！如今咱官儿正在西花厅等你回话哩。你瞧瞧，一事不了一事，这事多么蹊跷。"

东山惊道："敢是署内有什么事吗？"

公人一吐舌道："谁说不是有事呢？便是咱官儿因你出去办案，好些日子不回头，本就心内犯怙惙，不想昨夜衙内二姨太太忽地将一头头发被人剪掉。当夜里咱官儿还宿在她房中，早晨醒来，见房内关得好端端的，只是姨太太赛如师姑一般咧！"

绳其等听了，正在诧异，东山顿足道："这不消说，是那邪徒闹的鬼，以示恐吓官儿之意。你且稍待，俺就同你进衙去禀明办案的光景，再作道理。"

正说着，恰有宅内仆人趄出，绳其便道："刘兄就有公事，且请去治公，回头咱再细谈。"

不提东山唯唯之下，将那马交与仆人，并吩咐备酒款客，自和那公人匆匆去了。且说绳其、楚材随那仆人趄入宅内，就客室中安置一切，落座歇息，由仆人端上茶点，随意用罢。日西时分，东山也便由衙中趄转，大家寒温数语，绳其便致问遣人相约，究竟是因什么要紧的案件，并一述那店翁所说飞天魔女的话，便笑道："刘兄书中所说的紧要案件，莫非就是此人吗？"

东山道："虽是此人，但是这里面却不止她一个。那个主儿比此人还难办得多。不然，俺为何巴巴地约请方兄等来呢？且待我先说说这飞天魔女。

"这个狠婆娘姓邬，人称邬三娘，善用一柄雁翎长刀，舞开来，泼水不入。因她来去如风，好着红衣，有时从空落下，便如一朵红云一般，人又称她为红衣魔女。

"此人来历也颇奇怪。原来那河南某县，有一个姓邬的镖师，名叫玉成，少年勇健，颇著能名。生平有桩绝技，是会一手的连珠弹，百发百中。因他生得相貌俊伟，好着白衣，江湖上人便送他绰号'小白龙'邬玉成。中州一带提起邬玉成来，无不争竖大指。玉成概在少年，又著大名，自然是意气不可一世，便造成一种镖旗，上画白龙一条，每逢保镖出行，便用那镖旗。玉成短衣匹马，往来南北道上，倒也不曾有过失闪。

"一日，玉成保了一项阔镖，驼骑十数，满载银两，行经嵩、洛之间。日方将午，却来至一片荒莽所在，四外价草树连天，歧路交错。遥望前面，却有一座青郁郁的高山，那山势藏风抱气，远望去，甚是雄阔。问起土人来，那座山名叫盖山，却正是前途必由之路。玉成策马遥望一回，也没在意。须臾，一行人众来至一处小小村镇，只有一条长街，聚集着百十户人家。按走镖规矩，镖入镇店，必须喊镖，这个意思便是镖师向江湖人们表明谦让之意。不想玉成一来是艺高人胆大，二来因村镇太小，恐怕没得宽大客店，安不得许多驼骑，只略一沉吟，便忘掉喊镖，径引了一行人众风驱入镇。

"玉成背后驼骑上镖旗招展之间，却闻有人鼓掌大笑道：'这个小龙旗倒正好，正月灯饰上玩龙灯用。'玉成回头望时，却是个伛偻老翁，秃着脑袋，飘萧着几茎白发，身穿粗布短衣裤，背着个粪箕，业已奔向驼骑旁去捡牲粪，一面瞟着骑上银壳，却嘟念道：'这些木料，倒也俊样得紧。'玉成以为是村中农叟，也没在意。逡巡间，趑

4

至街西头，却好路北里有座宽绰客店。众店伙见生意到来，连忙上前照应一切，驼骑等自有从人安置。

"玉成下马，便亲自牵了，就院中回旋遛马，因为壮士爱马，恐店伙们遛马或不当心之故。玉成一面蹓，一面瞧那店门首，却有个二十多岁的丐女，青帕蒙髻，穿一身破旧衣裤，生得身段伶俐，面庞上尘垢狼藉，那眉目却甚是俊样，正靠着店门，一面弯起一只腿儿，用手摩挲脚尖，一面却笑吟吟目注驼骑，向店伙道：'你老今天生意好，客人用不了残剩饭，便把给俺些吧！'店伙攒眉道：'快去，快去！你这妮子不睁眼睛，人家客人还没用饭，难道先把与你不成？你快去赶个门儿，回头再来。'

"那丐女听了，只哧地一笑，用手捃捃乱发，却向玉成瞟了一眼。这时，玉成那马恰蹓到一处石槽边，想要就秣。玉成嫌那石槽低，便向店伙道：'伙计，烦你起起这石槽，用石块垫高些不好吗？'店伙失笑道：'你老却会说笑话。俺若有这个劲头儿，还举头号石制子去试武哩。'玉成笑道：'这有什么呢？你瞧我自己来。'说着，将马系向槽旁，命店伙取到四五石块。这一忙乱，登时招得店客们都来观望。

"便见玉成掉臂蹓近石槽，脚下踏稳，拉开架势，用单手提住槽端的石孔，唤声起，那石槽登时掀起数寸高，下面一脚蹴入石块，便又向槽的那一头如法垫好，惊得那店伙正在吐舌不迭，众店客也便相顾惊异，齐声喝彩。有的便拱手上前，问过玉成的姓名，不由越发失惊道：'怪道您有如此力量，原来您是小白龙邹玉成呀！失敬，失敬！'这一来，连各屋中的客人也都蹓来，呼一声，将玉成围了个风雨不透。

"正这当儿，那丐女却咯咯地笑道：'你们老客们与其这般没事干，哪位掏掏腰，帮俺几个钱，不好吗？'大家听了，也没人理她。

"这时，玉成一身伶俐行装，尚在未卸，众客们望着玉成所背的那张金背画鹊的铁胎弹弓，正在啧啧称赞，便见一个老头儿匆匆地由店柜房跑来，摇手道：'众位别乱，大镖项落在这里，静悄悄过

去，不出岔子比什么都强。况且前些日子咱这里出了桩蹊跷事，焉知没有歹人藏在左边，你大家只顾乱哄怎的。'

"众人听了，都各称'是'。玉成一瞧那老头儿，却是本店店东，业已急躁得红头涨脑。玉成好笑之下，却不晓得他吵的什么蹊跷事，及至问明所以。

"原来这村镇便名为盖山镇。上月中，距盖山镇十来里的村落中，同日价都接到一封请酒的字柬，上面言辞写得闪闪烁烁，大概是鄙人游行海内，比来近结芳邻，略备薄酌，以联主客之欢。如不见弃，便请速驾，席设盖山中。驾临山口时，自是贱价引路，下面署款处却只写老髯拜订。各村人见此字柬，特煞地突如其来，大家骇异之下，都猜疑这个老髯来路非正，并且盖山中山深林密，谁敢无端去冒那种险呢？所以一时相传，都诧为是件蹊跷事哩。

"当时，玉成听店东说罢，不由哈哈大笑，便两膊一振，做个开弓势，倏地从背上摘下弹弓，啪啦声捯个满张，大叫道：'俺有这家伙，怕什么鸟歹人！'正说着，恰有一只麻雀从空中唧唧而过。玉成兴发，忙向弹囊一回手，嗖一声，一弹打去。这里大家鼓掌如雷之间，便见那雀翅梢中弹，一个倒折翼，翻落下来，离地面还有二尺来高，却忽地一矫翅儿，向斜刺里翻将上去，眼睁睁高及屋脊。大家都喊'跑了'之间，却闻有人娇滴滴地喝道：'你这么么物儿，早晚是跑不掉你，照家伙吧！'说着，一个石子飞将去，那麻雀登时翻筋斗栽落于地，扑啦一阵，当即死掉。

"大家哄然群趋，正要拾取那雀，早见那丐女跑过来，一把捉起，却瞟着玉成，微笑道：'你们老客们都不肯舍出饭来，俺只好烧这雀儿去充饥了。'说着，一面大把地揪那雀毛，一面逡巡踅去。当时，玉成和众人都以为那丐女是偶然拾石子击中雀儿，也没在意，须臾，大家散回各室。

"玉成也就自己室中歇息吃茶，少时，由店伙端上酒饭，玉成将次用罢，却又闻店伙和那丐女吵道：'你一个姑娘家，只管在此缠人。你在店门口，俺们连小解都不方便，这是哪里说起！'即闻丐女哧哧笑声，似乎是还在那里乞讨。

"及至玉成饭毕，到院中巡视驼骑并备那马时，瞧那门首丐女已自不见。于是踅回客室，一面清算店账，一面结束停当，带了佩刀，背了弹弓，就院中指挥着驼骑列好，正要牵马出店，那店东却踅来道：'客官，此去端的须小心一二。前途须过盖山，那所在，既是荒僻，前些日又有那蹊跷请酒的事，须要当心哩。'

"玉成大笑道：'不打紧的，没得歹人便罢，若有歹人时，且是俺弹子利市哩。'说罢，引驼骑出得店门，正要扳鞍上马，却见个短衣椎髻的汉子，生得黑瘦瘦的面庞，高颧骨，鲜眼睛，身负小小包裹，手提一根老大的杆棒，大踏步由店门首踅过。偏巧一个驼骑见了他，猛地一眼岔，从人等连忙带稳，便喝道：'你这汉子，慌张的是什么？险些不曾惊了俺牲口哩！'那汉子瞪起眼道：'皇家路，大家走，牲口惊了，那算你活该。'

"从人听了，正想还口，却被店伙们劝住。这时玉成马上顾盼，见夹道观者十分热闹，高兴之下，却忽地想起喊镖来。便一抖髻头，泼剌剌放马跑去，接着便鼓腹集气，一口气儿，直喊出盖山镇的长街。后面驼骑项铃乱响，也便一时间滔滔走发。

"原来这喊镖的音调各个不同。某家镖就有某家的镖法，便如通名报字号一般，为的是知会江湖朋友，好彼此回避。至于喊的腔调儿，大半地都顿挫悠扬，一个字只管吞吐折转，外行人听了，简直是一字不懂，其实所喊的便是些江湖黑话哩。

"当时，玉成跃马当先，回音远震，一行人骑出得街坊，长蛇似的踅向大路。正在烟尘抖乱之间，却见那短衣汉子也自从后跟来，眨眨眼，已踅过玉成马前，径自转入前途岔道。玉成见了，也没理会，依然地扬鞭驰骋。踅过一程，有三十余里，渐渐地转入山径，遥望前面盖山，一片的风光峰影，也似乎近在咫尺。

"这时，人骑都行得口燥。玉成驰马高阜，却见不远的林影开处有一小小村落，于是大家趁将去，且喜村头上有处野茶肆，便是那村庙旁，庙旁有树有井，还有三四行客就地坐息。当时，玉成下马，引众趱就茶肆，正纷纷地人骑觅饮，只听肆内有人大大地呵欠道：'俺这一盹睡，可歇息够咧。主人家，茶钱在此，咱们改日见吧。'声尽处趱出一人，却是那会子所见的那个短衣汉子，骨碌碌的鲜眼睛张得玉成一眼，又已掉臂趱去。

"这一来，玉成不由怙惙，暗想道:这汉子倒好脚步。正想觑觑他趱向哪里，恰好众从人都来觅饮，纷乱之间，玉成也便不去觇望。

"须臾玉成引众又复起行。足下路径渐觉崎岖，那远近的高下野林，一处处迤逦不断。不多时，日色渐西，却来至一片荒僻所在，四外价蓬蒿没人，从前途陂陀相属中，却现出一带高林，黑魆魆的，端的是藏烟宿雾。

"玉成至此，未免稍有戒心，便霍地勒住那马，正想回头吩咐从人等仔细一切之间，却闻背后有人磔磔大笑道：'好个小白龙，怎的胆小便似鼠儿！待俺前行，与你开路如何？'说着，唰一声，趱过一人，却又是那个短衣汉子，这时却两目精光，赛如闪电，只将杆棒略一点地，早已拦向马前。

"你想，玉成见此光景，自然是心下恍然，当时大怒之下，便倏地勒马略退，放开打场，大喝道：'你这厮屡次出没，尾缀于俺，果然便不像好人！小辈慢走，且叫你晓得小白龙的厉害。'说着，手按佩刀，方要放马冲去。

"忽闻前面高林中鸣镝声动，玉成大骇，料是敌人还有党羽，略一沉吟当儿，那汉子一抖手中杆棒，却大笑道：'朋友，不必发愣，你且去理会那向你借镖的主儿吧。对不住，俺要押镖先走一步咧。'说着，一矫身形，登时蹿向马后，便闻众从人啊呀一声，接着便扑通乱响。玉成不及回马，急回首时，早见驼骑前两个从人被那汉击仆于地。其余从人喊一声，正在纷纷四散。

"玉成大怒，方欲回马，说时迟，那时快，早又闻鸣镝响处，那林边行尘大起，便有四五骑泼刺刺绝尘跑来。玉成转怒，一面摘弓握弹，准备迎敌，一面望时，只见后面三四骑都是短衣包头的长大盗汉。一个个手提白刃，亮如霜雪。前面马上却是个劲装高髻的少

8

年女子，披服奇丽，耀眼增辉，红绡包髻，就额门上簇起个颤巍巍的蝴蝶扣儿，身着红锦短衣裤，腰束红鸾带，下缀流苏，望到脚下，是一双大红鞋儿，尖翘翘斜插金镫，便如菱锥一般。但是她稳坐雕鞍，一手控辔，那一手却拎着方红巾，腰佩红绣镖囊，背上斜插一柄雁翎长刀，便这等笑吟吟飞马而至。乍望去，便似一朵红云倏然飞到。

"玉成见她空手从容，正在诧异，这当儿，彼此相距还在百余步外，玉成赶忙仔细一瞧，不由吃惊。原来那女子非别个，便是在来途店门首所见的那丐女。这时，却忽地装服奇丽，神采顿异。

"但是这时玉成不及思索，更不暇答话，便趁她飞马之势，霍地一弹打去，那女子嘤咛一声，忙起控辔之手，接个正着，唾一声，抛向草间。这里玉成第二弹又已发出，那女子更不换手，只轻舒两指，轻轻一夹，说也奇怪，那弹子就如针就磁石一般，早已投向她两指之中，却咯地一笑道：'小白龙，你只是如此伎俩，还只管张致怎的？'于是仰抛那弹，直入云霄，招得后面马上盗汉们哈哈都笑。

"这里玉成既惊且怒，不由施展出生平绝技，于是喝声'着'，啪啪啪的一阵连珠弹打将去，端的赛如飞蝗遮雨。哪知那女子通不理会，索性地飞马直冲，一面舞起那方长可三尺余的红汗巾，格拒得许多弹子，便如抛珠撒豆，却一面叱道：'你这厮好生不知进退！既如此，俺也回敬一下。'说着，红巾一晃。

"这里玉成急闪时，却是个空，方喝得一声'你这泼女子，怎敢戏我'，喝声未绝，倏见那女子右手一扬，唰一声，一个弹子已由玉成鬓角擦过。这一来，玉成大骇，情知是遇了劲敌，因为这弹子的来势不亚如从弦上发出，非有些内功手力，是不会有此劲头的。当时玉成惶骇之下，也便得计，便倏地回马便跑，却暗做准备，但闻后面敌人紧赶，那马蹄响动，便如抛盏撒钹一般。

"玉成暗喜，约莫着相去已近，便霍地斜转身形，来了个回头望月式，啪的声，翻手一弹，即闻那女子哟了一声。玉成忙勒转马望时，不由大悦，便忙就鞍鞒上挂了弹弓，急掣佩刀，直抢将去……"

绳其等听至此，都各骇然。正是：

翻身回射处，以巧胜人时。

欲知后事如何，且听下回分解。

第二回

觅盗迹玉成贻书
走深山青螺遭赚

　　且说东山接说道："当时玉成勒马回望，只见那女子舒着一双尖尖脚儿，仰卧马上，势欲下堕。玉成以为是敌人中弹，忙飞马挺刀抢去之间，便见她双足一蹴，早见那颗弹子却从她纤趾交并处飞出，噗的一声，正中自己的马首，那马咴的一声，向斜刺里一蹿的当儿，那女子已从马上跃然坐起，倏地一抹鬓角，却笑道：'难为你妄称什么小白龙，便这等小家子气！借你几两镖银算得甚事？便值得暗算俺女孩儿家？不要走，且请你留下帽儿，当你的脑袋就是。'说着，右手一扬，便有一道明闪闪的白光直奔玉成。

　　"这里玉成瞧得镖来，赶忙一低头，扑喳一声，头戴的那范阳毡笠早已和那镖同落于地，惊得玉成额汗直下，方要挺刀纵马，以死相拼，忽地背后一声喊起，接着那女子背后三四盗汉也便从斜刺里上来。一时间白刃翻飞，正照得双眼缭乱。再急望自己的驼骑时，业已被那个短衣汉子扬着杆棒，大踏步驱向山径。

　　"这一来，玉成惊怒交并，料得孤身难敌众盗。但是，猛然的镖项被劫，栽了这天字第一号的大跟头，心下焉能忍得，正在把心一横，就要飞马闯上，便见众盗汉一声呼哨，竟自向自己纷纷乱唾，倏地拥了那女子，也便直奔那山径去了，还没转眼之间，一行人骑早已没入岚光树影之中。微风过处，还隐闻那女子咯咯乱笑，这一来，竟将个久闯江湖、名闻中州的邬玉成给塑在那里。好久好久，方才神志渐定，赶忙地去觅从人时，好不颓气。只见就地下卧着两个受棒伤的从人，其余的都兔子似的，伏在远远的深草之中，闻得玉成喊唤，方战抖抖地集拢来。大家相看，只剩了大眼瞪小眼。

"这当儿，一线残阳早已高挂树杪。玉成沉吟一回，只得且回旧店，再作道理。于是引了大家，一路价垂头丧气，及至到店，业已将交二鼓，那店东老头儿问起失事的情形，也自骇然，因顿足道：'这不消说，那个丐女和那短衣汉子定都是强盗乔装，他们既劫了驼骑，驱入山径，这不消说，那盖山中定是他们的巢穴，怪不得上月里有请酒的蹊跷事哩。如今他们既有巢穴，不愁镖项没得着落。但是你邬爷无论怎的英雄，恐怕一个人料理不得，似不如便回镖局，约得人来，再作区处哩。'玉成听了，只好唯唯。

"当晚胡乱地用过酒饭，坐在灯下，端的是越想越气。这次失闪，赔人镖项还在其次，只是自己赫赫英名竟被个女子毁掉，心下哪里忍得？于是沉思一回，也便得计，便向店东借用纸笔，草草地作书一封，置在案上，然后方掩关就寝。

"次日，众从人起身好久，却不见玉成起床，大家怀疑之下，推门入瞧，却不见玉成的影儿，一柄佩刀也自没得。纷乱之间，忽见案上书信，启封瞧时，只得寥寥数语，道：

  字示诸伙友知悉，吾既失事，誓觅贼徒，以决生死。请诸位相待十日，十日不归，吾此生已矣。玉成手具。

"当时大家见了，好不骇然，乱过一阵，却也没作道理处，只好蹲在店中，且候消息。慢表。

"且说玉成负气之下，誓觅贼徒，料得盖山中地面辽阔，寻觅时须费时日，那日清晨结束停当，便带了些散碎银两，就街坊上胡乱吃饱，迈开大步，一气儿直奔盖山。及到山口一望，不由四顾踌躇。只见一处处竖峰横岭，林木亏蔽，极目望去，但见烟岚回合，那许多的盘纡窄径，歧出交错，更不辨哪里方是正路。但是，这时玉成愤气方盛，倒也不为却足，于是先登高阜，瞭望一番，然后方取路而进，一路上穿林拨莽，登降崎岖，每经山村，必要徘徊探询左近价有无荒僻寺观，并行踪不正之人。

“转眼间过得三四日，殊无头绪，有时听村人之语，寻向某处寺观，却见了些蠢牛秃驴似的和尚老道。

“玉成暗想，贼人托足大半是荒僻寺观，寺观中既没得，或是据有什么山寨不成？但是贼据山寨，那声势便为浩大，岂有山中人都不知之理？反复寻思并连日奔走，不觉地又是两日。

“这日玉成行经一处深涧石梁跟前，疲倦上来，坐地少息，遥望涧北面，山势愈深，十分幽险，从烟云滃郁中，遥见一处山峰，翠色欲滴，坨似青螺。这时，日方停午，微风不生，又搭着天气暄妍，野花遍地，那林中的山雀向阳飞噪，好不悠然自得。

“玉成对此山景不由十分感慨，暗想道：俺邬玉成纵横中州，人尽知名，不想一朝蹶足，却被贼人们挫折至此。此一去寻出头绪还倒罢了，不然只好终老此山或托迹方外，做个隐名埋姓的人了。正在慨然之间，却闻身后草间窸窣作响，回头瞧时，却见个伛偻老头儿，头戴破帽，背着个粪箕，由草径间劻勷踅来，一面低头自语道：‘人走了瞎抓的悖晦运，漫说寻金银财宝，便是连泡粪都寻不着。’

“玉成见了，方觉好笑，那老儿已到面前，啪的一声，摔手中粪叉，直直撅撅地道：‘你这位客官，还不该出大恭吗？只管憋着，怕就要大肠干燥，未免着急上火，索性痛快出脱了，也做成我老汉些。’说着，置下粪具，便一屁股坐向玉成对面，又嘟念道：‘他妈的，真丧气！脚不沾地地跑了好些日，休说人没遇着，连鬼也没见，再休提粪了。如今只好在此晒太阳，装个大瓣蒜吧。’

“玉成见状不由失笑，仔细一瞧，那老儿似乎面善，逡巡间，忽想起便是初入盖山镇时所见的那捡粪老翁，不由暗叹道：‘看起来，农人治生，真是不辞辛苦。这等年纪的人，为着捡粪小利，竟自跑这荒山，比起俺邬玉成来，虽所事不同，想他也定有不得已之故哩。’

“正在寂寞之间，便随口道：‘你那位老人家也可笑得紧。你要捡粪，岂可立等人出恭？再者，人家拾粪是向热闹场所，这荒山中，人骑稀少，哪里来的粪呢？’

"老翁笑道：'你不晓得，这个小别扭说起来都是我自找的。皆因我自觉着有点儿气力，闲得没干，便胡乱地开了一座粪场子，专以大包大揽地给人家送粪。您也别说，开张几年来，真也利市，招得主顾不断，远近间提起俺的粪场来是无人不晓。俺因场子利市，有点儿臭声名，未免就自觉真不错似的。有时节，将应送的粪明摆在场子外，也没人敢动。'

"玉成道：'对呀！凡事业无论大小，都讲个卓得稳、站得住的名头的。'

"老翁笑道：'您说对呀，哪知却不对咧！便是前几日，俺准备出一项大粪要与人送去，黉夜之间，却被人连十几个粪箕子都拿去，外挂着俺还不敢声张，只好哑子吃黄连，苦在心里。因为一声张，怕倒了俺场子的门市，所以俺只得悄悄地入山寻粪，以冀弥补所失。'说着，啪的声一掴自己的嘴道：'都是这张嘴坏事。俺若不是向街邻们夸口报字号，想还没人和我开玩笑，拿我的粪哩！您说这个小别扭，不都是自找的吗？客官，你是年轻人，须记着，为人切不可夸口！你便有孙悟空的本领，还有如来佛五个手指头等着你哩。'说着，目注玉成，哈哈一笑。

"玉成听了，不由触动自己心事，因点头道：'老人家，你这话端自不错。俺也就因嘴上失过，招了别扭，比起你的别扭来却大得多。'于是，从头至尾将自己失却镖项之事一说，并述连日在山寻觅的光景，说到气愤处，便骂道：'叵奈劫我的两个狗男女不知钻到什么龟窟，只要俺寻着他们，那男的自然是一刀两断，那女的，我先把她脱得光溜溜再……'

"那老翁忙摇手道：'别骂，别骂。好汉子只斗手，不斗口。背后骂人是不好的，但是，你说的这男女两人，俺似乎知些踪影，却不知对也不对。'玉成欣然道：'老人家，你知得吗？你如果能领俺去寻，俺这里自有重谢。'老翁道：'慢着，您且慢欢喜！待俺说出来，您听听对也不对。那男的可是生得黑瘦瘦，一双鲜眼睛吗？'玉成喜道：'对，对！'老翁道：'那女子可是生得十分美貌，好穿红色衣服的吗？'玉成大悦，忙应道：'越发对咧！如此说，老丈快引

14

我去。'

"老翁道：'慢着，你不要鲁莽。依我看，你不去寻他们也罢。我看他们不是什么好惹的，不但他们不好惹，他们那里还有个年高有德的老头儿，横虎一般尽对那男女两人打来骂去，挺粗的大铁棍耍得呼呼风响，那光景更是难缠哩。'

"玉成愤然道：'什么人，你便说得他这样气势。你只要引我去寻，我先打翻那老乌龟与你看。'

"老翁笑道：'你瞧，你又来骂人。他老人家虽听不着，但是，背后骂人总不好的。你道我怎晓得他们呢？皆因我常在山中踏脚，便是个把月之前，俺向这涧北山深处去割柴草，却见那老头儿和那男女两人，便住在一处古刹中。俺瞧那来头儿就有些岔眼，因为那古刹荒废多年，又在深山僻处，他们愣敢在那里落脚，这其间，便有缘故，果然如今便劫了你的镖项咧，便是……'玉成这时急于去寻，便不待他辞毕，忙匆匆站起，紧紧腰身道：'老丈休说闲话，事不宜迟，便请引我前去如何，不知那盗窟距此多远？'

"这时，老翁也便徐徐站起，一面取起粪具，一面向涧北遥指道：'你瞧那个峰头，名为青螺峰，他们住的古刹便在峰下。客官，你若脚下来得，咱便抄个近道儿走，敢好十几里的光景也就到咧。但是，你许我的重谢，却不要说了不算哩。'

"玉成道：'岂有此理，俺定有重谢哩！'说话间，相与拔步，匆匆过涧，穿了一带树林，便一径取路向北。但见那老翁步履飘忽，十分矫健，一面价口中唱起山歌儿，响震林木。

"还没转眼之间，早已折入一条羊肠窄径。两旁是峻壁高崖，仰望天光，仅如一线。倾耳远听，寂无人声，唯有野风肃肃。这时，玉成只顾了心头怙悚，准备对敌，一时间纳头奔去，哪里理会老翁的步履。不一时，窄径尽处豁然开朗，却见那青螺峰空翠扑人，若迎来客。

"玉成遥望峰下，果从草树苍莽中，隐隐现出一带垩色剥落的红墙。老翁遥指道：'你瞧那红墙所在，便是他们寓居的古刹。'

"玉成听了，不由雄心陡起，一面延项遥望，一面手按刀柄之

15

间，恰好趱至一处竹树交荫、流泉界足的所在，老翁便放下粪具，从怀中取出个椰瓢儿，却笑道：'这一路好跑，口燥得紧。您且少歇待，我取些泉水解解烦渴。'说着，趱向道旁流泉。

"这里玉成一面坐地，一面觑望那红墙古刹，业已近在咫尺。虽是颓废不堪，但是遥望刹里面，大殿钟楼，当年的规制委实宏阔，刹后面正当青螺峰，但见峰势嵬峨，草树蒙翳，端的是十分险峻。玉成不由暗念道：'这所在峻险如此，无怪贼人据为巢穴，想是预防官中剿捕。'正在沉吟，忽闻刹里面驼骑嘶声并一阵鼓吹隐隐，仿佛有人饮酒作乐一般。

"玉成见状，正在摩拳擦掌，只见老翁一面漱口，一面笑嘻嘻取得一瓢水来道：'这泉水真个中吃。客官，你也吃些，接接力气吧！'慌得玉成忙站起，接了瓢儿，一饮而尽，方道得一声'多谢老丈'，但见那老翁拍手笑道：'倒也，倒也。'一言未尽，玉成一个跄踉，登时歪卧于地。"

绳其、楚材听至此，不由相顾诧异道："难道邬玉成这么条汉子便被人暗算了结了吗？"

东山笑道："玉成若如此了结，还算罢了，却怎的显得出邬三娘歹毒呢？"于是滔滔汩汩又说出一席话来。正是：

　　暂系红丝足，终占脱辐爻。

欲知后事如何，且听下回分解。

第三回

结奇缘盗窟得娇妻
作恶剧淫娃戏骏子

　　且说东山接说道："当时，邬玉成一跤晕倒，人事不知，也不知经历若干时，忽觉有人以冷水噀面，睁眼一瞧，不由大骇。只见自己卧在一处广厅中地毯上，满厅上铺设华丽，酒筵已设左右两席上，列坐的都是雄赳赳的短衣盗汉。一个个横眉溜眼，按刀顾盼，正中席上只设两座，客位虚着，主位上高坐一人。

　　"玉成乍见之下，几乎惊叫起来。原来那人非别个，便是那捡粪的老翁。这时却服饰辉煌，气象顿异，一部长髯飘拂颔下，便如老褚彪一般。目光所及，那左右席上众盗汉一齐低首，寂然无声。玉成再望到自己身旁，却是那个驱驼骑的短衣汉子，一手擎着水盂，正自微微含笑。就这寂然肃然之中，却闻得高梁上燕语呢喃，并厅外的笙箫细乐徐徐吹动。玉成见此光景，直然地恍惚如梦，但是他略一思忖，早料得是身落盗窟，再一思忖那老翁一路诡装，语含戏讽的情形，便知得他是盗魁。

　　"当时，玉成把心一横，哪肯示弱，便霍地跃起，就席前叉手而立，向老翁冷笑道：'朋友，你不必如此张致。俺邬玉成是中州好男子，如今戴这颗头来，凭你斫取，但俺失的镖银你须还俺个着落。那泼妮子现在哪里？俺须和她拼个死活哩。'说着回手要拔佩刀，一摸却是个空，招得众盗汉都各含笑之间，那老翁早离座趃下，竟携了玉成手道：'镖银小事，足下不必挂怀。且待少时，连镖银和那妮子都交足下处置就是。此事缘起是俺久闻足下大名，实欲有所攀附，

17

又适值足下在店大言，所以老夫命儿女辈做做游戏，邀致足下。老夫行踪，足下也自大概瞧科，今且不必深谈，且命儿女辈见过足下，大家饮酒款叙如何？'说着大笑放手，却回首向屏后笑唤道：'你这妮子，招恼尊客，还不快来赔个礼儿！'

"玉成听了，愕然瞩目之间，倏地面前红光一闪，早见那少年女子由屏后翩然趱出，却用那红巾包了几颗弹子，啪的声掷向玉成跟前，憨笑道：'这些弹弹子，你快些将去，没的倒辱没杀人。'玉成羞得正在面红过耳，老翁便笑喝道：'尊客在此，什么样儿？'于是命那短衣汉子并女子都向玉成为礼，道：'这两人便是老夫一双业障儿女，唐突尊客，尚祈见恕。'

"这时玉成一面回礼，一面细瞧那女子，端的是十分姿色，正在恍然莫测，便见那老翁挥退女子，一径地肃客就座。于是厅外鼓吹暴作，左右席上众盗汉也便哗然并起，相与逊坐，一时间刀剑摩触，铿然有声，有的还向玉成抖眉展眼，横作气势。玉成都不管他，便大踏步趱就正席客位。

"那老翁恭敬奉酒，各席上都饮三杯，接着便珍馐迭进，密醴频斟，大家乱过一阵。玉成一面怙惙，一面瞧左右伺候的人们，各披一条大红彩绸，正在暗忖强盗行径，事事古怪。便见那老翁掀髯一笑，大概地一述身世，听得玉成越发恍然莫测。

"原来那老翁不着姓氏，自号老髯，便是淮南一带积年著名的一个老盗，生平行为是侠盗相兼，飘忽莫测，所作的大案、血案真是不一而足。历年价被官中名捕，都被他诡秘躲过。女儿玉芙便是那少年女子，浑身武功都是老髯所授。老髯率人行劫只是游行无定，所以官中难测其迹，这时却同了群盗落在盖山之中哩。当时，老髯慷慨谈述，大杯劝客，左右席上也便轰饮如雷。

"玉成沉吟一回，不由站起致辞道：'今蒙示及磊落行踪并观吾丈盛设，似有周旋小可之意，此等雅谊小可谨志不忘，只好异日相逢，再容报惠。但是，俺押送镖项，行有程期。吾丈如慨然见还，固当拜赐。不然，俺项血便溅此间，亦复等闲，便请吾丈说个明白，咱再吃酒不迟。'说着啪的声，踏开步势，用左手一搭右腕，很透着气势虎虎。

"老髯大笑道：'足下且坐，几两镖银什么大事，俺今便立刻奉还，以释尊念如何？'正说着，恰好左右端进一盘炙肉，上面明晃晃插定两柄匕首。老髯一见，倏地面色凛然，便抄起一柄匕首，刺取炙肉道：'足下试尝此味，再饮一杯以壮行色，那项镖银顷刻便当送向盖山驲尊寓哩。'说着向那短衣汉子道：'你便押送那驼骑速速送去，不得有误。'那汉子叫应趋出，便闻厅后面驼骑行动，这里老髯却倏然一挺健腕，冷森森匕首直向玉成吻间搋来。

"'好！'玉成更不踌躇，张吻便迎，咔吧声，方咬折刀尖，说也凑巧，恰值高梁上有个乳燕从巢中一探头儿，这里玉成猛地仰首，噗一声吐将去，便见一物飞坠席前，众盗见了，都悚然站起，鼓掌喝彩之间，那老髯却大笑着猛拊玉成之背道：'小白龙端的是名下无虚，快请尽此一杯。老夫还有肺腑之语奉告。'于是恭恭敬敬又奉了一杯。这时，那席前坠燕还带着刀尖宛转于地哩。当时，大家都各欢笑，真是高兴异常。老髯、玉成也便重新入座。

"玉成只吃过那盏敬酒的当儿，老髯已述罢肺腑之语，听得个玉成又惊又喜。一时间，竟自言语不得。原来老髯念弱息为累，欲以玉芙许配玉成，从此便当遁迹全生，不操旧业咧。

"当时，玉成既感老髯这番意气，又喜玉芙那样姿色，只略一逡巡间，不由口称泰山，颓然拜倒。这一来，喜坏老髯，连忙扶起玉成，大笑道：'俗语云：择日不如撞日，只今晚便是良辰。俺这里青庐忆备，且成嘉礼何如？'

"玉成听了，还未答语，早见老髯转入屏后，那厅外鼓乐也便大作，列席群盗肃然起立之间，那老髯已从屏后捧出玉芙，竟就玉成身旁，盈盈立定，玉成至此也只好听那左右伺候人摆布起来，就这欢声盈耳之中，两人交拜罢，一时嘉礼业已告成。

"于是玉芙先入洞房，这里老髯携玉成重复入座，各席喜酒频斟，越发欢洽。须臾华灯毕张，重换新筵。约有二鼓时分，那短衣汉子匆匆趱转，向玉成致贺毕，便向老髯具言押送驼骑之事。玉成听了，正在暗喜此行因祸得福，镖银无恙，又得佳人的当儿，忽见一个青衣盗汉浑身行装，脚下是多耳麻鞋，走得气喘吁吁，一径地飞步而入。老髯见了，方倏地站将起来，那盗汉却附老髯之耳匆匆数语，末后却大声道：'事不宜迟，快些准备，俺且去再探动静。'说着旋踵趋出，闹得玉成正在发怔。

"老髯却慨然向玉成道：'如今官军知俺踪迹，刻下便来搜捕，凭老夫一柄剑却也怕不着他，足下携小女速去，不必与于斯役。'

"玉成听了，正在惊诧，却闻得远远的一阵野雀飞噪。老髯顿足道：'栖雀夜惊，事已急，那敌人说不定顷刻就到，咱们尽此一杯，再期后会吧。'说着，立饮一杯，啪的声，掷杯于地，于是众盗尽起，各掣兵器，顷刻间满厅大乱。

"就这纷乱之中，玉成但见玉芙手提一柄雁翎长刀，霍地从屏后抢出，大叫道：'爹爹，慢走！女儿定要跟你退敌哩。'

"老髯顿足道：'速去，你这妮子不要累我。'说着将玉芙向玉成身旁一推，接着便惨厉厉一声呼啸，刹那间，厅内外似有百余人一齐叫应。

"这里玉成只得拖挽了玉芙，跄踉踉撞出刹门，拔步便走。喜得这夜星月皎然，照路可辨，玉成认得来路，方和玉芙一气儿奔出数里，已闻得古刹方面隐隐的人吵马嘶，杀喊连天。两人忙趋登高冈，回望时，但见古刹所在，一片火势蒸天价红，夜静山空，一片杀声，好不凶恶得紧。

"于是玉芙顿足娇啼，几次价要奋身转去，却被玉成拖住，约莫过有两个更次的光景，那古刹所在方才声息都静，火势亦熄。玉芙忙拉玉成奔回瞧时，叫声苦，不知高低，只见刹内外余烬尚燃，尸骸遍地，官军、盗汉杀死的约略相当，其中间有呻吟未死的，也都残肢断胫。

"这时已天光微亮，玉成愣怔怔正要趸入那座广厅，只听玉芙一声惊呼，当即晕倒，玉成忙望时，却见老髯父子都直僵僵卧在阶下一处血泊里，老髯之子是被削去半个头颅，老髯却项下饮剑，那面目还奕奕如生，似乎是力竭自刎死掉。

"玉成见此光景，想起老髯周旋光影，不料顷刻间便判生死，便一面洒泪，一面唤醒玉芙。玉芙抚膺长痛，自不必说，料这里不可留恋，便和玉成各出佩刀，就刹中掘了坎陷，草草地掩埋了老髯父子，一径地奔向盖山镇客店中，顷刻不留，引了驼骑从人等，匆匆便发，一径送镖到所，转回家下。从此玉成声名越著，又得艳妻，端的是十分得意。

"但是没过三五年，竟将个金刚似的邬玉成闹得面黄肌瘦、猥琐不堪，从先豪气一些也没得咧。镖既保不得，只好蹲在家下，死吃死嚼。朋友们提起他来，都为之太息。原来那玉芙淫冶异常，夜不虚度，打熬气力的人最忌讳的便是这样事。起先玉成也知禁诫，无奈玉芙便似个狐狸精一般，一颦一笑，一肌一容，必要尽态极妍，至于床第之间，更是冶荡万状。玉成虽是英雄至此，未免儿女情长，于不知不觉之中早已得了消渴之疾。

"这时，玉芙也便情意一变，时时地夜出夜归，甚至隔个十余日方才趑转。那大把的金珠银两也不知从哪里来的。玉成有什么不晓得，明知她盗性不改，又复干起营生，但是一来和她争执不得，二来自己病废，还须仰食于她，只好两眼一合，假作不知。

"哪知玉芙日益纵肆，公然引致少年们恣意淫媾，往往秽声远于户外。一晚，合当有事，玉成因夜深患嗽，想嚼个梨子，压压咳嗽，唤玉芙不见，便扶了一根杆棒趄向后园，因为园中梨实已熟。方踏到园中一处厢室跟前，只见室内灯烛辉煌，并闻男女嬉笑声中夹着热辣辣一片声息。

"玉成悄就窗隙一张，不由登时气怔。原来室内一席酒筵业已杯盘狼藉，那玉芙却光着纷致致的下体，仰坐在一个少年怀中，又有一个少年却抄起玉芙雪白的两只腿儿，正在那里纵送不迭。

"当时玉成既猛可地怒从心起，又见那两个少年都是里巷间的寻常无赖，于是便不管好歹，径挺起杆棒，大喝抢入，一面手起一棒，先将那站的少年打翻，一面向着玉芙气喘喘地道：'你这淫妇做的好事！难道你是猪狗不成？'说话间一阵颤喘，正在连连大嗽。

"那玉芙赤体跳起，啪的声便是一个耳光。玉成啊呀一声，一个跄踉几乎栽倒。这当儿气涌如山，虽在病中，究竟还有当年的手脚，便舞动杆棒向玉芙直打将来。不想病人脚下无根，又兼去势太猛，那里玉芙霍地一闪之间，活该那坐的少年晦气，那玉成一棒打空，累得向前一扑，不偏不倚正扑在身上，慌得玉芙赶去拖拉，手还未到，那少年绝叫一声，竟自昏去。

"原来玉成气极，趁势抱牢少年，也不管脑袋屁股，便张开大嘴，给他个一路乱咬，头一下子先咬掉少年半个鼻头，所以少年负痛昏去哩。

"当时玉芙见状，也便大怒，咯吱吱一挫银牙，娇滴滴美人儿登时现出罗刹面目，便奔取壁剑，向玉成胁下刺入，从此小白龙竟自驾返龙宫。

"玉芙也知邬家安身不得，便索性一把火烧掉房屋，竟自逃去为盗，将河南地面搅了个乌烟瘴气，但是她却仍姓邬姓，从此，'邬三娘'三字大名盛传于河洛之间。官中捕健们逐处踏访，却没得她的影儿。

"原来邬三娘自杀掉玉成，为日不久，又撞着一段恶缘。因为豫南方面地接荆楚，颇有南省崇巫信鬼之风。其时，有个奇诡巫师正在壮年，善为符咒诸术，能禁鬼拘神，作诸妖妄，并擅禳病移疾诸法，门下徒众甚伙，到处里炫奇矜异，取人财帛，所到之处，风靡一时。

"玉芙因巫师那里门徒杂沓，足以隐身以避官中访缉，便乔装村妇，投入其中。那巫师广收女徒，本为渔色，既见玉芙，自然如获活宝一般。久而久之，玉芙直陈来历，那巫师本是凶邪之徒，便登时和玉芙巫而兼盗，随便价教与玉芙些小小邪术，用以耸动愚人观听，更将玉芙打扮得仙女一般，每逢到人家禳治禁咒，便用以自随。玉芙姿容本来可观，再搭上装服奇丽，戴芙蓉之花冠，躔远游之文履，羽衣翩翩，舞蹈于灯明香暗之中，折腰曼步，势欲凌云，将许多观者都瞧得模模糊糊，便以为是天仙下界。因此，巫师所到之处，越发地利市百倍。那玉芙随处盗窃也就不一而足。

"后来，那巫师越闹越凶，至于摄取某当道美妾的生魂，用以侑酒。不想那美妾颇慧黠，虽在恍惚如梦中，却能记明巫师的鸟模样，并侑酒的所在。于是当道震怒，如美妾之言，命军健等准备了秽水污血，悄悄地前往掩捕。那巫师不曾防备，竟自俯首就擒，立被某当道毙于杖下，更火速地名捕邬三娘，并巫师门徒等人。从此三娘在河南安身不得，便逡巡北上，出没于直隶、大名一带，便索性地当起巫婆，胡乱敷衍。

"哪知河北风气却异南中，巫祝等事没人来肯信的。其时却有所谓操卖解艺业的，都习得绝好身手，除盘马做戏以外，便是跳丸飞剑、蹑索踏球诸技。凡业此者，都是世业相传，由家长率了一家到处卖艺，但是，其中必有几个少妇长女方能耸动观者。虽说是卖艺不卖身，但是遇有阔绰客人，那妇女们也一般地陪酒荐寝，其实便是流娼之类。

"那邬三娘见当巫婆没甚写意处，便又搭入卖艺班中。你想三娘手段都是真实功夫，自然高出班中人数倍，只就盘马舞剑而论，便已倾动一时，何况她那妖姿媚态，凡与之交接者，便如饮了迷魂药一般，因此，所到之处，招得一班纨绔恶少们蜂喧蝶闹，捧了大抱的银子，却只顾挤不上摊儿，以致彼此争风打降，闹了不了。三娘只拿他们当玩物一般，故意地开阖操纵，喜怒无定，以适己意，在直隶一带又闹得大名籍籍。

"曾有一巨绅，一下子脱阳，死在她肚儿上；又有个丑脸子富家子弟，不惜巨金，请一近芳泽。要说三娘真个歹毒，当时受金之下，欣然应允，即夕置酒，请那富家子来叙欢会。那富家子得蒙金诺，真是欣喜欲狂，又知三娘颇擅房术，唯恐临阵败北，贻笑方家，便预为之备，弄了大把的海狗健肾丸吃将下去，及到三娘香房中，业已二更大后，但见满房中锦天绣地，花香馥郁，榻上是衾枕已具，案上酒筵罗列，另有一股异样媚香出自金猊篆盒之中，嗅入鼻腔，登时觉遍体皆融。那富家子逡巡就座，方吃得一杯香茗，不好了，但觉一股火辣辣热气由丹田直冲下部，原来自己所吃的媚乐被媚香一勾引，便自发作起来。当时富家子没法儿，只得强忍少时。

"哪知那三娘只管不出，只命侍婢等穿梭似前来候客，一面流水似直换热茶，一面迭报道：三娘晚装哩，三娘更衣哩……直至好久，方听得软屏后小脚走动，慌得富家子大睁色眼，忙望时，又是个空，却是个伶俐仆妇来，报道三娘洗浴才罢，还要膏沐头发，晾晾水气，且命婢子来服侍尊客先饮几杯。说着，笑嘻嘻携了自己手儿，径就筵席。富家子难却其意，只得先饮两杯，这一来越发不妙，热酒落肚，越发地意荡思淫，细瞧那仆妇也另有一番娇媚姿色，并且近身接坐，脂香发气约略可闻，一面价频频劝酒，一面抬起一只小脚，径向富家子膝头一置，却饧着眼儿，微笑道：'你这会子不宽饮几杯，少时，她到来，就恐你没空吃咧。'

"这里富家子见此光景，正在几不自持，只见一片光华射到眼前，那三娘已由软屏后翩然趋出，头绾松髻，玉体赤露，只披一件轻绡浴衫儿。那仆妇连忙避立，闪入屏后。喜得富家子赶忙站起，方要上前拖抱，却被三娘推就于座，却一面笑吟吟敬起酒来。富家子究因初会，不便急色，也只得假作斯文，和三娘偎倚酬酢。偏那三娘又复落落大方，一任富家子拥抱抚摸，不但略无羞拒，并且索性地和身儿偎向富家子怀中，一阵地挽颈倾头，嚵舌度足。这一来，富家子哪里当得，只觉一时欲火焰腾腾燃将起来，几次价要携三娘便就枕席，无奈三娘只是和他若即若离，一时间烛已见跋，街柝四记，那三娘方回眸一笑，赤体登榻，且将两小脚并在一处，仰卧得四平八稳，端的是隐微毕露。

"这时，富家子已蓄足兴致，锐不可当，满打算及锋而试，乐不可支。但是腾身而上之间，不由大失所望，只见三娘一张微酡的俏脸儿映在红烛光中，早已闹了个海棠春睡，香梦沉酣，凭你狂摇猛撼，休想动得分毫，至于那紧并两股，更如铜浇铁铸一般。可笑那富家子被三娘如此摆布，若就罢手，也还罢了，无奈他兴发如狂，难以遏制，便使出平生气力，颠倒价力擘两股，不消一个更次，早已闹得力尽神昏，哇的一声，吐血满地，当时被他随仆们扶回家去，没过得十来日，竟自呕血死掉。原来他气竭之下，又加以亢阳鼓荡，那浑身精力竟自一泄无余哩。"

绳其等听了，正在相顾诧笑，只见一个捕伙匆匆趱入。正是：

逸闻谈此日，盗迹说当年。

欲知后事如何，且听下回分解。

25

第四回

杀班主女盗潜踪
闹海州三雄毕命

且说绳其等听了东山说罢邬三娘摆布富家子之事，正在相与诧笑，只见一个捕伙趑入，向东山道："好叫刘爷放心，那关外秦爷的伤痕业已止痛，不打紧的咧。"

东山道："如此甚好，你便去嘱秦爷安心静养，便请得江爷、胡爷来，大家吃酒。"

那捕伙唯唯退出，绳其便道："这秦爷是哪个？莫非便是俺所见的车上带伤之人吗？"

东山笑道："方兄，且莫打岔，那贼婆娘的故典还没说完哩。

"当时，邬三娘既在直隶又闹得声名远播，久而久之，那卖艺班中人也自觉察出她是女盗，又适值在某县做了案件，被捕役跟缉下来。那班主也是个健男子，既自负勇力，又贪图了官民悬缉的赏格，便暗地会合了跟缉的捕役，大家商议，想计捉三娘，定的计由是班主将三娘灌醉，即便大家里应外合地一齐动手，哪知事机不密，却被三娘暗中晓得咧。

"好狠婆娘，当时她不动声色，只作不知，及至一晚上，班主请酒，三娘暗带短刀，欣然就座，可怜那班主死在眼前，还高兴异常。因为劝酒须用多人，便命妻女并两个儿子一同入座，一来劝酒方便，二来人多势众，好捉三娘。那三娘却不在意，不待人劝，只顾了酒到杯干，班主等见她吃得爽快，正在暗喜，不想三娘突地变了面孔，一面价喝破班主之计，一面抽刀排头杀去，顷刻之间，那班主一家同时毙命。

"这时，捕役等伏在院墙外，还在呆等那班主呼哨为号，既闻得院内跌撞之声，便以为是三娘扎手，和班主动起手来。捕役内有个楞汉，便猛地蹿上墙头道：'喂，某班主怎的咧，差事扎手吗？'一言未尽，后面众捕忽闻他啊呀一声，登时栽落。大家趋近瞧时，只见他一张面孔血漉漉的，身旁数步外，还滚着一颗人头，便是班主的。

"这一来，众捕大惊，忙奋勇一齐跳入搜捕时，哪里还有三娘影儿。只有班主一家尸横在地，从此三娘即便遁迹关外。起初是行踪诡秘，招了个无赖少年假做夫妇，流转各处，或操巫术，或设艺场，借此隐住身儿，探准了富家巨室，便去惠顾一下。因她踪迹蓬转，倒也没人理会。不想来至海州地面，却闹了个血淋淋的大案。

"原来那关外地面，人性好武，素多豪霸，其时海州三台镇上却有一家豪族罗姓，兄弟三人都习得好拳棒，练得水牛似的气力。长名罗大维，当着本镇地保；次名大经，是个泼皮武秀才；三名大纪，却游手好闲，专在三瓦两舍寻花问柳，设赌放局，做他的无赖营生。维、经两个虽然豪横，有时还能给本镇做些正事，因为他颇有牙爪，那四外的贼盗们都不去镇上踏脚。唯有大纪，专以遇事生风，又复渔色无厌，虽不致抢男霸女，但是有姿色的妇女落在他眼中，便要不妙，因他有财有势，必要设法儿捞摸到手，当地人赠他个绰号叫作花太岁。

"这三个宝贝筑起城宅，广结党羽，家中富有金银，各置娇姬美妾，在三台镇上真个是说一不二，踩踩脚四街乱颤，平日价许多的非法行为，不一而足，人称罗氏三雄，提将起来真是鬼也怕的。

"那镇上既有三个哇呀呀的角色，自然就有些捧臀掇屁的下三烂们，帮虎吃食，打着罗家旗号走到街上，居然也横眉溜眼。其中有个诨名叫现世报的，因他老婆被大纪所爱，这小子便大得其意，偶上街坊，很自觉是个人儿似的。但是他那长相儿却十分可笑，生得木瓜似一颗脑袋，因生秃疮，头发脱落，只剩亮澄澄的头皮，偏衬着一条瘦长脖子，一个身躯却臃肿无度，走起路来，蹒蹒跚跚，他也会个三脚猫拳脚，便自诧为罗家拳派。

"这日，大纪高兴，又去和他老婆淫媾，现世报缩在房门外，虽说是不大理会，但是听到凶实扎耳处，未免也有些立脚不住，逡巡间，悄由窗缝向里张张，不由暗想道：无怪俺老婆向俺吵说，这种钱来得不易。哈哈！好你个花太岁，真不给朋友留面孔，几时又兴出这个花样来咧。说不得，人家有钱只好由他。沉吟着，一面低头趱向街坊，嘭的一声，却和人撞个满怀。

"那人便笑道：'现世报，你昏头耷脑地哪里去呀？俺这会子正想寻你玩玩哩。'

"现世报一瞧那人，却是花鞋李二，因骂道：'你这厮，寻我怎的，老子今天没高兴，不爱玩，你快些滚蛋。'

"李二顺手向现世报便是个脖儿拐，随即拖住道：'走，走，你不晓得如今南街张家店内，来了小两口儿卖艺的。那媳妇子就别提多么俊样咧，这会子正在作场，咱怎不张张去呢？'

"现世报道：'不成功，俺这时没带钱。'

"李二道：'不打紧，我的请儿如何？'说话间，拖了现世报匆匆便走。

"方趱入南街街口，这里现世报正望着张家店首人众拥挤，又听得手锣响动，只见由对面慌张跑来一人，拖了李二便噪道：'你来得好巧，快瞧瞧去吧！如今你那赌房里大家滚赌，业已打得山摇地动。你不去镇压他们，怕不动刀子了嘛！'

"李二一面被人拖得跄跄踉踉，一面回头向现世报道：'喂，你老哥先向艺场内坐地等我，我去去就来。他妈的真也凑巧，刚要瞧个热闹，便有王八蛋们来麻烦，这不消说，准是石臭儿和崔大屁股两个宝贝，我瞧他两个昨天在局上都瞪着鹴鸡似的眼睛，就有火头儿哩。'

"说话间，两人匆匆把臂趱去，现世报晓得李二赌房中常常打架，倒也不以为意。不多时，趱进张家店，由人丛中挤进瞅时，只见店院中，座位摆列，正中一片地，便是艺场，靠北面水桌儿旁，坐着个小媳妇，果然俊美，那场中正有个伶俐少年，一面大步走场，

28

一面撒珠抛豆般点动手锣，并一面赔笑说科，道：'列位请了，俺们初到贵地，诸事多求照应。今天开场，列位须要捧个利市，哪位坐个青龙头座，便请高升，小可这里先有礼了！'说着笑吟吟绕场拱手之间，那媳妇子也便翩然站起，用手中浑扇儿一击少年脑袋道：'你不会说话，便请歇着。那青龙头座自有大人来坐大位，还用你瞎张罗吗？'说着用扇子一掩嘴儿，水灵灵眼光一转，便笑道：'你瞧那位老爷子，说了话咧，他说是我倒有意来坐青龙，却怕家里炕头上那只白虎不答应哩！'一句话招得众观者哄然都笑。

"原来，这艺场中青龙座便是第一把交椅，坐这位子须要加倍出看钱，所以众观者列坐虽多，独虚此座。

"这时，现世报那小子瞧那媳妇的模样儿，已有些心下模糊，逡巡间，又暗想道：'李二那厮本是滑蛋，难得他今天请我瞧玩意儿，左右是他出钱，为甚不阔绰一下，闹个场面呢？'想得得意，即便昂然趑就首座。说也不信，那媳妇子居然嫣然一笑，向他点点头儿，要说这一笑，却大有解说，那现世报若是伶俐的，就该晓得人家是笑他其貌不扬，俨以猴儿坐殿，但是他模糊之下，竟以为是美人儿青睐，反越发得起意来。正在伸张瘦脖之间，那少年已置下手锣，打了一套开场拳脚，又拉了一套四门斗儿，端的是熊经鸟伸，十分矫健。

"众观者喝彩之间，那媳妇已紧紧腰身，提提鞋儿，霍地用个迎风摆柳的式子，唰的一声跃落当场，顷刻间，玉臂纵横，金莲乱飐，须臾拳脚使发，人影都无，但见那娇怯怯的俏身儿，直裹入一团风之中。

"正这当儿，那少年用一个狮子滚球式，双拳一分，贴地价直打入去，于是两人各展手段，翩翩对舞，合处如狞龙对搅，离时赛彩凤双翻。这一阵花拳绣腿，好不有声有色，张得个现世报摇头晃脑，正在十分得意，只见场中两人霍地一分，那媳妇用个童子拜观音的式子收住拳势，向大家道声献丑，即便趋就后座。那少年一个筋斗从地下翻将起来，一抹脸儿，却笑道：'哪位这当儿要走时，便是俺爹。有钱呢，哈哈一笑，俺叨你老的光；没钱呢，给俺捧个场儿，

通不算什么。闲话少说，请诸位随意资助，人家青龙头上那位爷还等着放赏哩。'

"大家听了，纷纷抛钱之间，不想暗含着，却急坏了现世报，原来那李二到此时还没寻来哩。当时，现世报坐在那里，走既不可，钱又没得，偏又坐在首位上，闹了个众目共瞻，只好拖长瘦脖子向店门首觇望李二。

"正这当儿，那少年已敛罢钱，却向那媳妇笑道：'你这娘儿，便恁地呆板。首座上客人要放赏，还不快来谢赏，难道怕跑大脚儿不成。'一句话不打紧，闹得现世报正在面色紫涨。那媳妇已含笑趱来，深深万福道：'你老是大人坐大位，这开场赏号，便请您多多回手，给俺开个利市则个。'少年道：'是的，大人坐大位，大富又大贵，家里的，快提提精神，舞回剑服侍看官，这位爷还有二次赏号哩。'

"两人这一吹一唱，弄得现世报简直地已在那里，只有心中暗恨李二，没奈何，只得吃吃地说道：'赏号是有的，但是俺这时没带得来，少时作罢场儿，俺与你送得来。不然，你且少候，马上俺与你去取，如何？'说着站起，趁势就想拔脚，招得众观者哈哈都笑之间，早被少年劈胸揪住道：'你说什么，难道艺场上还讲赊账不成？你没钱也不打紧，却不该向你爹玩这金蝉脱壳的把戏。瞧你这厮就不像朋友，快滚你娘的屁蛋吧。'说着，猛地放手一搡，现世报一个跄踉，几乎栽倒。

"这时，众观者晓得现世报大有靠山，连忙喝那少年且慢动手的当儿，便见现世报登时大怒，霍地一摆拳，直向少年打来，哪知拳头方到，早被少年啪的声攥住手腕，就势咔嚓一拧，弄得现世报斜翻身儿，屁股高撅，伸长瘦脖子，正在乱骂。

"那少年左手起处，向他长脖上礴礴礴便是几拳，末后却用膝盖猛地向他屁股上一顶，随即放手。现世报吭哧一声，正在狗嘴啃地，亏得李二恰好跑来，这才好歹地将他扶出艺场。

"慢表现世报一路大骂，匆匆趱去，且说这里少年和那媳妇子见现世报狼狈踅去，哈哈一笑，正要重新作场，那观者中有老成些的，便向少年道：'你们走江湖的，不要惹事生气。这个泼皮虽没能为，他却有硬实靠山。俗语云：强龙难斗地头蛇，你惹他怎的。依我看，你不如速离此处为妙。'于是将罗氏三雄大概一说，那少年夫妇听了，不但彼此地付之一笑，并且四目相看，面有喜色。

"那媳妇便笑向那人道：'承你老指教，俺乍到贵地，却不晓得此间还有这样的大财主人物。少时，俺们还要前去叩谒，怕他怎的？'于是嫣然一笑，重复作场。先玩回走索跳丸，那跳丸之技由两枚铁丸添至七枚，上下价错落相承，耍到酣畅处一片光影，跳荡激蹦，便如神女弄珠一般，又搭着那媳妇身段婀娜，仰承俯注，做出诸般解数。末后，一丸抛起，高可数丈，瞧得众人正在眼花缭乱，忽闻店门外一阵大乱，这里大家呼啦一闪，早见七长八短撞进一班歪戴帽子、敞披大衫的汉子。为首一人，身材伶俐，约有二十四五年纪，生得猿臂蜂腰，尪白面孔，两道逗梢细眉，一双迷齐色眼，雄赳赳，气昂昂，大踏步径登首座，只凶睛一瞪之间，早吓得许多观者，一半儿属溜边鱼地悄悄跑掉。

"原来那人正是花太岁罗大纪，因为他和现世报的老婆事毕之后，正在饮酒留恋，不想现世报匆匆跑来，一说自己被卖艺少年摧辱之事，于是罗大纪哇呀一声怪叫，便登时领了一群驴球马蛋，飞风似直赶将来哩。

"当时，罗大纪高据首座，所带的打手就两旁呼啦一站，吓得跑不及的观者正在替那少年夫妇暗捏两把汗，以为这场厮打一定凶实。哪知那媳妇和少年通不理会，依然地从容作场，便是大纪实胚胚盯得那媳妇几眼，却忽地转怒为喜，向手下人一使眼色，竟自鼓掌大笑起来。便不待场毕，竟带了那群人欣然踅去。

"这一番潮起潮落的光景，正瞧得大家摸头不着，却见一个打手匆匆踅转，向大家一瞪眼道：'你们这班闲汉，快些散掉！如今三爷就唤卖艺的到宅做戏哩。'

"大家听了，料是罗大纪色兴发作，相中了那媳妇子，即便大家会意，纷纷各散。

"不料，次日早晨，满街上惊闻传播，说是罗大纪三兄弟一夜之间被那卖艺的媳妇子排头杀死，并抢去许多金珠。但是，那卖艺的少年也死在罗宅下房之中，七窍流血，似乎是被鸩酒毒杀。那罗宅眷属正在鸣捕报官，闹得一团糟哩。

"大家听了这个惊闻，自然是都去瞧瞧，只见大维、大经都尸横内院，唯有大纪死得蹊跷，竟自光溜溜一丝不挂，一柄短攮子由小腹直透后脊，便似翻白蛤蟆一般，仰卧在榻前血泊里。

"大家骇然之下，却又暗幸地面上去掉恶霸。就罗宅仆人们一探听，方才恍然。原来那媳妇子和罗大纪谁也没怀好意，大纪是想霸占那媳妇，那媳妇是想趁势踏路，好去偷摸。不想那媳妇正在筵前侑酒之间，那大纪忽笑道：'像你这样妙人儿，跟了个穷汉东游西撞，有甚结果？俺如今已把他药死，你如今死心塌地便伺候我，且是写意哩。'说着，便命人领那媳妇到下房一瞅，果见少年流血死掉。于是那媳妇大怒之下，也便得计，依然地不动声色，暗做准备。大纪不知就里，只顾了高兴之下，酒到杯干，须臾半醉，携了那媳妇转入内室，方才裸体登榻，不料那媳妇一翻短襟，嗖地抽出短攮，向他小腹直戳入去，却顺手取了榻头的一柄单刀，劈开了房中箱箧，恣意价揣取金珠。

"虽有些声息，因为院宇深邃，别室中人通不闻得，其时却有个值夜的小鬟在厢房中闻得响动，悄去一张，几乎将真魂吓掉，知得大维、大经还在隔院夜饮，便连滚带爬地悄悄跑去，向大维等一说就里，大维等大惊，兄弟两人忙各掣兵器，抢到大纪院中，便见眼前刀光一闪，大维不及提防，哧一声，脖项中刀，当即死掉。那大经望得分明，喝一声，挺起单刀，方向那媳妇斫去。不想惊气之下，偶一失神，脚下猛地一滑，连身儿撞向前来之间，那媳妇霍地一闪，回手一刀，咔嚓声正中脊背。及至罗宅厮仆们闻声抢到，哪里还有那媳妇的影儿。"

东山说至此，正在哈哈一笑，只见绳其拍掌道："刘兄不必说咧。这段事，俺已彻底明白咧。"

于是笑嘻嘻说出一番话来。正是：

但闻话头尾，已识个中情。

欲知后事如何，且听下回分解。

第五回

台见峪捕健迹强梁
独秀崖园丁探秘窟

且说绳其笑道："刘兄这不消说，那卖艺的夫妇一定便是邬三娘和那无赖少年，又定是因这桩血案，那邬三娘方才蹿迹到此，彼海州捕健们跟追下来，刘兄你瞧我说得对也不对？"

楚材听了，正在微微含笑，东山大笑道："方老弟，岂有此理！你只顾将人名节目都给点醒了，叫人家编书的先生们只好弄鸟了（东山之言是也。夫吾人握三寸管伏案，埋头损精耗神，穷日之力，仅博薄酬，以资糊口。而其文章，不过供人酒后茶余之消遣，或为引睡之具，其去弄鸟盖几希矣。秉笔至此，为之且叹且笑），但是你说得虽不错，却不知其详，如今简断截说，咱且说目前的事吧。

"当时，那海州捕健也颇不弱，都是办案名手，捕总姓秦，慷慨好交游，人称赛秦琼，便是您所见车上受伤之人，还有两位了得的捕伙，一名江元，一名胡胜，便是那跟车之人，他三个由海州领了海捕的公文，带了几名捕健，一路上乔装寻迹，逶巡入关。却探得邬三娘落在遵化地面，却结识了一个大大窝主，至于这窝主是哪个，少时咱再另述他的来历。当时秦捕总等既知三娘下落，便向州里投了公文，请求协捕，偏巧那个窝主前些日有人告发他许多恶款，并且非常重要，于是州官儿便派俺协同秦捕总等，先办邬三娘，然后再办那窝主，恐怕一齐地打草惊蛇。

"事儿棘手，因为邬三娘虽结识窝主，却不常在窝主家，两人也不过是财色交结，相济为恶罢了。俺一想，便是邬三娘这泼妇就够办的，何况又有那窝主，因为那窝主当未经有人告发时，在遵化地面久已有邪神恶霸的名儿。俺们和州官儿也都约略闻得。

"那一年，俺捉那飞贼飞天鼠时便是从他家引诱出来，只是民不举，吏不究，没人告发他，那时便因循着，没去办他。如今既想办邬三娘并撩那蜂窝，自然须请本镇高强之人，所以俺特一面价邀请方兄，一面和秦捕总悄访邬三娘落脚准地，以便先为插手办案。

"正这当儿，这围城左近只管连出窃案。又有一家大户有个美妾，名叫凤娇，和大户的女儿二娃，两人都有几分姿色，一日在后园中相与采撷花草，忽起了一阵怪风，竟自踪迹不见。当时大户报案到官，大家都猜度定是邬三娘和那窝主作怪。过得几日，俺发出去的眼线趱回，说是邬三娘已落在州城北乡台儿峪一处赌博场中，因为村中有几个少年赌徒弄了一所赌场，专以夜聚明散，三娘便乔装土娼，在一个少年家中落脚。当时，俺和秦捕总得报，便暗领人众，乘夜掩将去，是俺率捕伙在外巡风，由秦、江、胡三人进去捕捉。

"不多时，便听得里面驰逐跳跃，动起手来。起先是秦捕总吆吆喝喝，并夹着胡骂乱卷，少时，却声息不闻，俺正想吩咐捕伙小心巡风，自去协助，却忽见一条黑影比箭还疾，倏地从后墙翻出，突突突，便奔北路。俺那时料是三娘跑掉，刚要拔步赶去，却闻院内江元杀猪似叫将起来。俺以为江元有失，忙跳入院内一张时，真令人又惊又笑。只见秦捕总身带重伤，卧地呻吟，胡胜手内拎着一片红衣襟，一手提刀，愣怔怔地望着他，唯有那位江大哥，一条大腿绊在地，撅拴的绕缠上，尽力子直挣，一面山嚷怪叫，也不知是被三娘吓昏，还是想去追三娘。"

绳其、楚材听了，正在哈哈一笑，只听院内有人笑道："哈哈！刘爷你不对呀！怎的当着新朋友你就照本发卖，也不给我遮掩一二呢？你这两猜都没猜着，俺那时也不是吓昏也，也不是逞能为想追那婆娘，皆因她那小模样怪得人意的，俺两个交手时，她又单用小脚儿拨撩俺要紧所在一家伙，所以俺想赶上前去，饱饱地为她两眼哩。"说话间，趱进两人，便是江元、胡胜。

原来江元为人伶俐，性好诙谐，闻得东山正说到他，所以便直吵进来，当时东山和绳其等连忙含笑相迎，由东山指引着，彼此厮见，各道仰慕，乱过一阵，重新落座。

东山便正色向绳其等道："方、晋两兄，您不晓得，这江、胡两位都是有名能手，江兄的侦探手段更是高妙，将来咱大家办起案来就晓得咧。"江元一缩脖儿道："刘爷，你少说俺两句，驴拔橛不结了吗？"大家听了，不由都笑，一面价各吃过一盏茶的当儿，早已日色黄昏，便有仆人们掌上灯烛，就厅上调开座位。

须臾，酒馔都到，由主人逊客就座，大家都是伉爽朋友，各不客气，大杯价吃过两盏。东山便接说道："当时，俺一见秦捕总受了重伤，只得且顾自己。那时那少年赌徒们早已跑掉，俺们便不客气，住在那里，一面将息调治秦捕总，一面派人去侦那婆娘下落。

"江、胡两兄说起当时交手的情形，俺方知那婆娘真个了得，她一柄刀力敌三人，全无惧怕，虽被胡兄斫断一片衣襟，她却一变刀势，将秦捕总刺伤在地，就势跳出圈子，如飞跑掉。俺当时见此情形，只好盼望方兄等到来，大家商议，再作道理。过得几日，秦捕总伤既渐好，侦人回头，也得了那婆娘落脚所在，原来她自逃去，便隐伏在那窝主家咧。俺一想，这两个魔头既会在一处，势须一齐拿办方妙，所以俺们今日赶紧趱回，一来请示官儿的办法，二来便等候方兄到来，真也凑巧，果然方兄等便到。不想，昨夜州衙中又出了姨太太失掉头发的蹊跷事，这件事沾些邪气，不消说，定是那窝主所为。俺这老长的一段话，便是那飞天魔女的来踪去迹哩。"

说着，起身与大家各斟一杯，绳其笑道："刘兄，莫忙着只顾吃酒，究竟那窝主是哪个，快些说来，他或是有鳞或是有甲，咱们好设法整治他呀。"

东山笑道："好叫方兄得知，那窝主也没鳞也没甲，说起他来，却是个穷光蛋的半吊子，谁也没想到他一步邪运，就闹了个乌烟瘴气，刻下若不是有人告发，他将来怕不闹出天大的乱子吗！当老年间，那东山地面曾闹过白莲教匪，再向上说，嘉庆年间，川楚教匪大乱九年，恐怕没发作的时光，也就像这窝主似的哩！如今得方兄

36

到来，除掉此患，真是造福无量了。"

绳其、楚材听了，正各骇然，那东山已停杯微笑，又说出一番话来。

看官须知，小说家采取书料，固不免时有附会，只图个热闹，但是其中亦有真实逸事，足为野史的即如下文，这段事便是当年遵化地面一桩实事，至今父老犹能言之。当那邪徒被正法时，项冒白血，青气冲天，又说他死后为厉，那时的州官儿姓何名维权，是个武健，严酷之极，当处斩之时牵连甚众，尽数杀掉在城外水泉地面。一时间，断发满地，碧血殷天。为日不久，何官儿乘马偶出，行经其地，竟是堕马破颅死掉。大家哄传是那邪徒将何官儿活捉去咧。此等言语便未免荒唐无稽了。

原来那遵化地面带管五陵（即清帝等陵寝），山木甚盛，各陵中又地面辽阔，休说老林中树木参天拔地，动不动长可数里，便是北山一带，那树木也是遮天盖地，因此，遵化贫民衣食于山木者甚多，如烧炭、伐树行贩于远近各处，或设厂肆或以驼骑转运，直达京津口外之间，真是一项天然厚利，但是这都是正当行业。其中还有一种偷盗山木的，专以行贩各陵中之木，名为背板的，那管陵官吏都是特设的旗员，陵之要隘处，也设有泛卡，专查私窃，但是大帮价背板的仍是公然出入，因为旗员只知养尊处优，笙歌酒肉之外，只思量怎的浮冒报销。再有余暇还要玩鸟儿、养走马、考究鼻烟儿，讲讲吃喝滋味、衣服摆场，有的还要耍长枪（烟枪也），一榻横陈，喷云吐雾，什么大头土、太谷灯、寿州斗的，闹个不了。哪里高兴去巡视陵事。那泛卡上旗兵们虽有口粮，却穷得要命，于是和那班背板的便私通声气，因以为利，只要背板的稍给陋费，他便一概不问。

说起这背板，人们也有一份特能，背了几百斤的大木料，长可一身有半，上下山谷，驶走如飞，凡干这营生的都是五方贫民，长大多力，内中人类甚杂，大半是骁悍之徒，往往打起窝子架来，便械斗弥日，便是官府也有些禁止不得。

其时遵化极北乡响泉塔地面，有一个破落户的子弟，此人姓李名德，生得长躯伟干，骈胁多力，好酒及色，本有一片产业，被他一阵吃喝嫖赌，外挂着学习拳棒，弄了个精眼毛光。这种人安不得贫苦，既穷下来，未免搅扰村坊，仗了一身膂力，无所不为，渐渐地小试身手，做些跳墙爬寨的勾当。但是那极北乡地界口外，民风强悍，李德几次价被人捉住，捶得要死，他却不改行为。其妻陶氏本是个大家女儿，见李德行为如此，悲泣之下，未免劝谏几句。不想李德大怒，登时将陶氏一阵剥光，四马攒蹄地吊将起来，用那老壮的荆梢条子，将陶氏打了个皮开肉绽，并喝道："你有财主哥子，不弄他的钱米给我用，反来咭吵我，且叫你知我厉害！"

原来陶氏的哥子名叫陶善成，颇有产业，且是一名秀才。那李德自穷下来，不断地向善成巧讨硬借，善成看妹儿面上，初时节也很为周旋，无奈李德欲壑难填，并且仿佛拿住善成的什么把柄一般，没得钱用，便将陶氏折磨，于是善成大怒，便和李德吵了一架，从此李德才没脸再去讨厌，所以李德打罢陶氏，如此说法。

当时，陶氏被打得委顿在榻，事有凑巧，过得两天，恰值善成来瞧妹儿，知问其故，登时大怒，便将妹儿接回家下。那李德且喜无妻一身轻，依然干他的偷摸营生，久而久之，越发地穷不可当。他便异想天开，就善成宅的左近，好歹地搭了个草窝铺，一径握刃登门，硬接陶氏回家，并声言令陶氏卖笑。善成见他不堪到此，便拿出了秀才本领，将李德告送到官，但是李德只不过无耻撒赖，却没得什么罪名，及至被官中开释出来，他便脱得光溜溜向善成门首俯仰叫骂，非叫陶氏回家不可。善成一气欲绝，却也无可如何，只得烦人向李德说情，愿年给津贴若干，俟李德真有家可归时，再放陶氏出来。

从此李德方暂时抛掉陶氏，为日不久，却混入背板的群中，他却能以气力雄长其众，每逢和外帮人打架，敌人无不畏惧，因此本帮人们做一趟生意，大家向他手中都有贡献。不想李德所入既丰，劣性复作，不但照旧地吃喝嫖赌，并且欺压帮中人，无所不至，一日竟强奸一个帮中人的老婆，全帮中动了公愤，将李德诱到山僻处，大家动手将他打了个臭死，然后委之而去，从此李德知帮中不容，只好乞讨度日。亏得他幼年时也念过几年书，这时便把来做乞讨之用，每到人家，便背诵一段儿，那不知他底细的，见他精壮一条汉子，又能识字，还都替他可惜，这也不在话下。

且说遵化北乡一片价都是山地，其中又有一处却是景忠山坡下来的一股山脉，峰峦回互，颇有风景，因有一片很峻拔的高崖，名为独秀崖，那崖下有片村落，便名为独秀庄。若说起山地风景，这独秀崖和相距不远的白马川都是遵化有名的所在。其时，那独秀庄中有个土财主，人称钱大户，为人悭啬异常，端的是发财没够，是个又要驴儿跑又要驴儿不吃草的角色。他有片果园，便靠近独秀崖，看园的人是几日一换，不是嫌人没用，便是嫌人吃得多，因此，园佣甚难其选，钱大户没法儿，只得自家照顾园事，忙时，便叫短工。

这年春月里，又当捉树虫、培根粪的时光。钱大户领了一班短工入园料理，众短工都知他悭啬，便大家挤挤眼儿，捉虫的是直吵树高眼晕，除粪的是松搭松哧，还没放屁的工夫，却大家吵歇闲，吃累茶，闹得钱大户赌气子躲向园门首，就地坐了。正生倔气，只见一个长大乞儿向园中张张，却笑向自己道："你老今天闲暇呀，却瞧他们在园中玩耍。"大户叹气道："没法儿，这短工们都滑出油来，只知争工钱、挑饭食，做起活来，便是这样。"乞儿笑道："你老今天且管我个饱，我与你工作些，也叫他们瞧瞧样儿。"于是由大户带他进园，一阵价上树除粪，好不伶俐飞快，只半日之间，钱大户乐得要不得，登时和他说好工价，就命他看管那园。这个乞儿便是李德，原来李德这时受尽漂流之苦，也想寻个安身所在咧。

也是合该他邪运来临，他自管园以来，居然劣性不发，安生起来，过得数月，那钱大户甚是欢喜，便放下心来，成月价不到园中，只凭李德照料便是。这年秋后，地震为灾，畿辅一带都被其患。当地震时，疾风暴雨，李德恰在那独秀崖下拾取那柴草，便顶了个草筐子，到一处峭壁土窟中暂避风雨，但闻外面霹雳交加，和着风雨，真赛如天翻地覆。须臾，闻得百余步外，猛可地大震一声，那李德竟自晕去，及至醒来，出窟一瞧，不由大惊，不但土窟左右树石交横，悉易原状，并且百余步外凭空地劈下一片崖头，散碎石块平铺多远，李德一面抹着额汗，暗道天幸，一面趑向劈崖下，张时，又是一怔。正是：

跃冶看妖剑，秘符得异书。

欲知后事如何，且听下回分解。

第六回

得书剑恣行妖妄
变人畜惹起风波

且说李德向劈崖一瞧，只见那劈崖裂隙隆然中空，似乎个小山洞一般，里面土石交错处，却有些背荧荧的，这时，外面余雨犹滴，秋风砭骨，李德淋得水鸡子似的，只管寒战，便想入洞躲避片时，到得里面就光亮处细瞧，却见从土石中露出半段黝而且亮的剑把，用手撼撼，坚不可动，于是李德从腰间取下割草的镰刀，力掘良久，全剑方出，但是剑鞘上土锈甚厚，并且鞘中间缠系着一个小小铁函，便如坠石一般。李德端相良久，先解下铁函，一面取镰刀刮削土锈，一面暗想道：这劈崖裂隙竟自中空，说不定，老年时，这所在或是古墙坟墓，这把剑或是殉葬之物，年湮代远，陵谷变迁，一朝发现出来，理亦有之。

沉吟间，那剑鞘上土锈都净，又取乱草擦磨一回，鞘上面竟现出绝精致的古朴花纹，并有一行隶书道：

"七曜之剑祥金铸，平定四方奠皇路。得之者昌正气辅，厉乎其用不汝福。"

李德一字字读罢，却半懂不懂，不由暗喜道："此剑如此精致，定是一把吹毛可断的宝剑，可叹俺累年困顿，把抡刀使剑的兴致都消磨咧。今得此剑倒也提提俺的精神。逡巡间，抽剑一瞧，不由笑唾道："他妈的，俺还当是把宝剑，却是这样个铁片片子。"

原来那剑被土气侵蚀，不但绿锈斑驳，并且是口没开锋刃的钝剑，不过剑的近把处，有铸就的七星攒斗凸纹，并云雷花样罢了。

当时，李德赌气子，置下那剑，暗想道：虽是把钝剑，将来磨快了，割草用也是好的。逡巡间，拿起那小铁匣，就石块上撞裂，只见里面却有一卷素书，上面都是各种符篆，每符下注着咒语，如作雾呼风、纸人豆马之术，一概都有，还有隐形役鬼并拘魔奇怪诸法。李德本来略通文义，当时逐字读去，不由喜得心花大放，再一细玩那剑鞘上铭词，不觉此身飘飘如在云雾，只管断章取义地将那"平定四方，得之者昌"八个字细细咀嚼起来，刹那之间，竟隐然以真命自负，于是携书与剑欣然趱回园中。

从此，李德在园中除敷衍工作之外，日间是记诵那书，夜深人静便照书练，诸般法术不消数月工夫，早已尽通。可笑那钱大户还一些不知，因许久不见李德来献勤儿，只当他是害了甚病症，这日趱向园中一瞧，不由大怒，只见园中草树狼藉，似乎多日没人整埋，那李德却猴在草房中柴灶旁，按着一本子书正在那里点头呷嘴，见了自己入来，还只顾直着眼儿，手舞足蹈，那灶中火柴焰腾腾烧出多长，他通不理会。于是大户气吼吼趱去，先劈手夺过那书，然后骂道："你这厮，放着活儿不做，却来瞧唱本写意！"说着，举书向灶中一塞，慌得李德忙来夺时，业已青烟飞起，顷刻烧掉。

于是李德亦怒，当即和钱大户相吵各散，没过得两日，那钱大户有一窑埋金竟自失掉。这不消说，自然是李德用邪术摄去，但是钱大户哪里晓得，正坑得要死之间，李德早已辞工不干，为日不久，白马川白马庄中却有人大置田宅，十分阔绰，不消月余，业已骡马满圈，奴仆成群，竟成了富户人家。主人是气象不俗，慷慨好交，闹得白马庄一带人，称为李一爷而不名，你道人是哪个，不消作者来点明，看官们定都晓得是李德了。

原来李德因那白马庄地势险阻，便于他胡为乱作，即到那里大购田宅，自称是多年在关外经商，发财回头。村人们晓得什么，并且这时李德气象辉煌，谁能想到便是当年偷鸡摸狗的李德呢？

那李德相居既定，便高车驷马，向陶善成家来接陶氏。善成见他忽然暴发得沫沫渍渍，虽诧异得没入脚处，却也不便深问，只得如约遣还陶氏，从此郎舅间不甚相闻，不过岁时令节间，善成或遣仆人们去问候陶氏一次。那仆人回头时，便没口子夸说李德怎的阔绰，终日价车马盈门，高朋满座。来往之人都是些雄赳赳的角色，并言李德忽地善做幻术，能变人容貌，易人形体，剪个纸马，略咒几句，便跃跃欲动，常在夜间后园法坛上点起明灯，设置剑印，掐诀念咒地弄这些戏法儿。有时还偕客夜出，也不知干甚事体。善成听了，虽然诧异，但因李德那种人本没正形儿，二来事不干己，也就不去理会。

转眼间，三两年光景，那李德豪富之名越发大著，所为的奇怪事更是日有所闻。

有一次，李德入城，不知怎的，有个开瓷器店的主人家得罪了他咧。李德方趄出店，便有只大花狗赶着个白兔子直撞进来，砰啪扑哧腾，踏得瓷器都碎，慌得主人用棍扑打，不想那狗兔越被打越欢，末后撞入内室，却撞倒店主婆的一只脏水盆，那狗兔被水所溅，却扁生生地倒在地下，仔细一瞧，却是纸剪的。

又有一次，李德夜深想进城，守城门的不给他开。李德一笑，便就城墙上用土块画个门，举袖一挥，双扉立启，李德一耸身，登时影儿不见。

又有一次，李德散步田垄之间，偶见一片甜瓜地，瓜实累累，正在已熟。李德口燥，便就看瓜人买食，可巧那瓜还稍带生性，李德想换上一个，偏那看瓜人是个拧种，一任李德好说歹说，他却抵死也不肯换。于是李德一笑趄去，那看瓜人正蹲在瓜畦料理瓜蔓之间，猛地头顶上啪啪两声，似有冰凉挺硬的东西掉将下来，慌得他仰面一瞧，啪的一下，又一个东西砸得眼睛立时红肿，未及起身的当儿，早有鸡蛋大的雹子纷纷乱落，再瞧地下瓜时，都是七穿八洞，亏得瓜人素知李德有些诡术，便忙忙央及于他，那雹子才止住。还有些奇怪的事，却也不必尽述。

那善成听得大家只管如此传说，虽是越发诧异，究竟因李德性气太坏，懒去理他，每逢仆人探听陶氏，回头又知陶氏颇为安好，以此也便放下心来。不想又过年余，却听人传说，有个飞贼诨号飞天鼠的，却由李德家中被州里刘捕头设法诱捉将去，亏得没连累上

43

李德。善成听了方恍然，李德竟敢交结大盗，不消说，他自家也必有非法行为，叹恨之下，又是挂念妹儿，只好亲自去瞧望一趟，只见宅中出入人众，果然的人类不齐，都是些高头多膊的野汉。善成正自闷闷，须臾，李德出见，竟自傲不为礼，于是善成大怒，只入内见过妹儿，拂袖便出。那陶氏眼含清涕，送将出来，善成也觉临别惘然，但是当时也没在意。哪知过得月余，陶氏忽地暴病死掉。

善成闻信之下，因为那时正当时疫大发，各村中丧乐相闻，善成只以为陶氏是命运不幸，匆匆地赴李德家，临吊悲疼之下，见一应送终之具，并丧事准备也成礼数，这次李德忽地相待甚优，入夜之后，并特邀善成到后园静室中置酒款洽。往来送酒之人，便是宅中佣工，其中有一人名叫赵发，便是善成村中之人，善成平日待他甚为周恤。这时，赵发一面伺候，一面却屡目善成，善成和李德酬酢之下，也没在意。须臾，赵发端进一盘热腾腾的炙肉，忽地面色慨然，足下一蹶，将那盘打碎在地。李德大怒，跳起来啪的一掌，先将赵发打出，正在怒骂之下，却好有人来寻，于是李德趋出。

这里善成自饮几杯，一时间，酒意颇倦，不多时烛已见跋，却隐闻园中厢室内有人刷锅、烧汤并喊喳密语，须臾，一人呵欠道："好困。咱那主儿又不知和那些王八蛋摆布什么去咧。少时，汤冷了，还须再烧。"即闻赵发道："你们都去歇困，少时，用你们时俺再叫你们不好吗？"众佣工道："如此偏劳赵大哥。"说话间，步履声动，似乎是纷纷散去。

这里善成起身小步，正要就榻和衣暂卧，忽地园中卷起一阵冷风，吹得满园中萧萧瑟瑟，窗纸忒忒乱响，沙的一声，一阵尘沙打向窗上，便有一缕尖风由门际直扬进来，那烛光登时绿荧荧的，暴缩如豆之间，这里善成一惊几绝，只见门际影绰绰站定一人，分明便是陶氏，闹得善成毛发森竖，夯着胆子，方扑向门际，要看仔细，却被一人一把拖牢道："我的陶爷，你如今命在顷刻，还不快走！小人便和你去，赶紧地跑回家下，再说仔细吧！"

善成惊怔中一瞧那人，却是赵发，业已气急败坏，面色大变，

44

于是善成情知有异，忙跟赵发由园的后墙跳出，连夜价奔家下。方趱出三五里路，却望见背后远远的火燎照耀，少时，散向各处，似乎是李德领人追捕，及至善成一气儿跑回家，喘息略定，由赵发一说陶氏暴死之故，善成不由惨痛欲绝。便命赵发做个证人，一径地奔赴官中，告发李德。

　　原来陶氏自被李德接回，见李德行为邪诡，交结匪类，便不善李德所为，夫妇间时常反目自不消说。后来见李德公然地在后园中夜习妖术，又往往带刀远出，回头时便大有所获，陶氏料是劫掠所得，便几次泣陈。那李德不但不听，反将陶氏大为棰楚，索性将陶氏置在一所静室内，不去瞅睬，便如贬在冷宫一般。陶氏想晤善成，述述楚苦，却又被李德隔绝。这时李德日事声色，便在陶氏隔院中置有密室，那用钱买到的有姿色女子自不消说，还往往有不知来路的女子，日夜价在隔院嬉笑喧哗。陶氏闻得越发自伤，但是且幸不见李德，免遭打骂。

　　及至李德窝藏飞天鼠之事发作，陶氏听仆妇们说起此事，料是李德如此行为，断没有好结果，毕竟念夫妇情分，便又硬着头皮，向李德劝谏一番。适值这时李德因飞天鼠被刘东山诱捉去的时光，自己恰好没在家中，及至回头方才知晓，这般怒气正在没处发作，今晚陶氏又来咶噪，便一言不发，猛地站起来，一个冲天炮，将陶氏一脚踢倒，接着便捶牛似暴打一顿。这次陶氏被打得卧床数日方起，从此发誓，再也不与闻李德之事，自在静室中念念什么高王观世音经，倒还觉少为安适，只是那隔院密室中群雌嬉笑，一闹便是半夜，通没个安静时光。陶氏无奈，只好掩了耳朵。及至善成来瞧陶氏，陶氏虽有苦楚，却因李德的心腹仆妇们在旁，竟不敢向善成述说。

　　也是合当陶氏惨死，一日晚上，月明之下，陶氏念了一会子经，只觉心惊肉跳，瞧室内伺候的一个老婢已睡熟，倾耳隔院，却静悄悄的。陶氏暗想，隔院都是通夕喧哗，向来不会如此静悄，诧异间信步到院，只见隔院中灯光明亮，并闻李德微微叱咤之声。这时，陶氏踅到院的角门边，因许久不到隔院中，这当儿徘徊之下，即便信步踅入那院中。群房都是藏置妇女之所，此时却房栊静悄，也没灯火，唯有正房密室内灯光耿射，纸窗上人影一晃，隐隐是披发仗剑的样儿。

陶氏料是李德又弄什么邪法，暗叹之下，便悄就窗外丛花后隐住，身体就窗隙向内张时，果是李德正在一张长案前披发仗剑，作弄法术。案上设明灯七盏，都发出绿荧荧的光亮，照得李德白尨色的脸子甚是难看。灯的中间有一幅小小图画，上画一赤身女子，又有一缕头发压置于上。这时李德一面置剑焚符，一面喃喃念咒，便绕案踽步一匝，每一次过，那缕发儿便蠕然一动，直至五次之后，说也奇怪，那发儿竟蜿蜒不已，甚是怖人，张得陶氏正在浑身起栗，便见李德诵咒愈疾，忽地微叱一声，灯光大明。陶氏眼光一眩之间，再瞧李德时，便竟自脱却衣服，赤体跳跃，便如巫师神来一般。

那陶氏素知李德好淫，有什么摄妇女生魂之法，今见此状，只吓得心摇胆战、手足都软，正想强撑踅去的当儿，便闻唰啦啦冷风起处，院门大开，即有一赤身女子飘忽如风，一径地抢入院中，便奔秘室。可巧这时陶氏正从丛花后踉跄奔出，只惊得失声一叫，便闻密室内啪的一声，七盏明灯一时都灭，再瞧那赤身女子时，已自不见。

原来陶氏这么一冲，竟自冲破李德的邪法。当时李德怒极，赤体提刀，抢出室来，便要结果陶氏性命，亏得仆妇们闻声赶到，劝救下来，但是李德怒气不息，登时将陶氏剥光，锁入那间静室，及至次晨，亲自去启门。仆妇们以为李德气已平，正由他室中取了陶氏的衣服，想去服侍穿着，方一脚踏近静室，却闻里面一阵咯咯之声，须臾李德却从内赶出一只乌黑明亮的猪子，一径地赶入厨下，立命杀掉，并且声言陶氏暴病死掉，一面价备棺发丧，就用那猪子的肉款待吊客。但是宅中佣工人们有什么不晓得，因为李德有以人变畜之术，素常时会用以为戏，这时，料到陶氏是被李德邪法惨杀咧。

大家都替陶氏冤苦，其中尤以赵发为甚，正想瞅空儿去奔告善成，恰好善成赶来痛哭那陶氏。那李德闻得善成到来，便挂出不善面色，一面在后园静室中款待善成，一面暗暗吩咐赵发等燎灶烧汤，准备烀杀猪子。赵发料他是将以处治陶氏之法来处置善成，所以于伺候吃酒之时，屡目善成示意，又不忍善成啖陶氏之肉，故作倾跌，及至退回灶下时，正思量救善成之计，恰值李德被人寻去，又恰值伙伴们一阵嚷困，所以赵发趁势赚开他们，这才救出善成哩。

　　当时，刘东山滔滔述罢李德的来历，绳其、楚材都各骇然。绳其愤然拍膝道："不想此间竟有如此的万恶邪徒，怪道刘兄遣人邀我时，命将那乾元镜带来哩。"

　　东山一笑，还未答语，江元却笑道："刘爷，你这一阵口沫都说干，但是咱的事怎么办呢？偏那侦报的人说得也糊涂，只说邬三娘窜向李德家，并言李德庄院十分严峻，至于内中细情却一些不知，看来此事须大费手脚。"

　　大家听了方在踌躇，胡胜这时正连吃带喝，忙咽的声，咽下口中之物，却贸然道："依我看，一些不费手脚，只需大家摇旗呐喊地杀将去，四下围定李德的庄院，先他娘的放起一把火来，便如烧荒捉兔子一般，烧出他们来，尽数捉下便了。"江元笑道："胡哥，快歇着你的吧！你多闹两盅去睡大觉，比什么都强。依你说还须调两营兵来，方才济事哩！"

　　绳其等听了，正在含笑，东山道："江兄，你也别说，刻下州官儿因他姨太太失掉头发，十分惶恐，真有请兵剿办之意。但是也怕事体太闹大了，正在踌躇未决。"因向绳其等道："方兄等瞧此事怎办？若须人多围剿时，咱虽不必请官调兵，便请城防兵丁同去如何？"绳其沉吟道："此事还宜咱们悄悄去办为妙，倒不宜小题大做。一来李德党徒虽多，却散在各处，无须多人去围；二来若调兵动众，那李德闻得消息，倘或聚积起党徒来，闹个狗急跳墙、人急造反，反为不妙。如今咱们只需设法儿混入白马庄左近，然后踏明庄内外的地势，方好定那插手办案的计较哩。"

东山鼓掌道:"如此却巧,只一两日间,白马庄邻村陈家沟地面便有个小小的皮货庙会,运口外的行贩们都去赶会,还有远近的猎人们,也到这里出卖兽皮等类,四外游人颇颇热闹。咱只需随意乔装到陈家沟落脚便妥,又妙在俺捕伙内有一人,名叫孙得禄,他家便在陈家沟,咱先去安置落脚所在,随后咱们陆续起程,有了聚会所在,便好布置一切了。"

绳其道:"如此真巧,俺和楚材兄乍到贵地,本想趁势打猎玩玩,如今俺们就扮作猎人却再好没有。"东山听了,正在点头称善,胡胜便吵道:"妙,妙,俺那粗鲁模样本像个山汉,俺也随方爷扮作猎人吧。"江元道:"胡哥休吵!你和我是属孟良、焦赞的,咱是焦不离孟,孟不离焦,最好你去卖大白薯,哪怕我给你挑担子都使得的。"一句话招得东山喷酒满案。原来胡胜却是卖白薯出身,因有臂力,用根铁扁担挑了锅担,曾遇一群劫盗,见他抢起扁担,打个落花流水哩。

当时东山忍笑道:"咱们说是说,笑是笑。这乔装混迹的勾当却不宜成群搭伙,一来须防人耳目,二来李德那厮也是诡滑角色,须防他识破行藏。为今之计,俺想请方、晋两兄先去,江、胡两兄随后进行。至于我,只好做个督后队的,因为官儿这里还有事体;二来,分配捕伙们或入陈家沟,或在白马庄四外巡风儿,都须我指挥。"说着,屈指道:"陈家沟庙会开场便在大后日,方兄等明天歇息一日,便可起行。再者,这里州官儿已知俺请方兄等到来,因久闻大名,甚欲一见款谈。趁明日的空儿,方兄等可以去拜会他一下。"

绳其笑道:"兄如闹这繁文,俺们便当告退。俺们此行是应朋友之招,并不晓得什么官儿、府儿哩。"东山听了,正在微笑,江元却吵道:"了不得,我的方爷,你真不做成人!你们进衙拜会一下子,至不济那官儿也须送桌下马饭的酒席,你虽在吃喝上不在乎,便宜俺这位馋嘴的胡大哥也是好的。"原来这时胡胜正用箸划了半个肘子皮,鼓着腮帮子大嚼,百忙中,瞧瞧江元,急欲还口,因咽得慌忙,

48

咽的声堵了喉咙，只剩了干眨大眼。

　　于是大家都各大笑，须臾饭罢，那东山命人唤得捕伙孙得禄来，和大家厮见过，并吩咐他先赴家中安置一切。绳其见得禄十分伶俐，因问他白马庄四外的地势，那得禄不慌不忙，便说出一篇话来。正是：

　　　　未定拎贼计，先须略地明。

　　欲知后事如何，且听下回分解。

第七回

陈家沟市场开庙
白马川双侠探庄

且说孙得禄当时笑道："若说白马庄地势倒是险僻，但是最要隘之处也不过两处，一名橡树冈，一名红土坂，都是北通口外的僻径。那敌人若败，定向这两处逃走。方爷等到小人家下时，由小人领路踏看，自然晓得。只是李德那厮自雄踞白马庄以来，将那庄院修理得铁桶一般，里面是屋宇深邃，路径曲折，必须有人混入去探明一切，方好插手办案哩。"

大家听了，都为沉吟，江元便笑道："这个差事算是交给我咧。杀斫的能为我虽没得，若说去探道，随机应变的勾当我还巴结。"胡胜道："你还巴结什么？你不过巴结去吃柳条面罢了。"原来江元往年随赛秦琼办案时，曾被人看破行藏，一下子捉入去，饱挨了一顿柳条棒哩。

当时江元耸肩道："胡哥儿，你却不对咱自己人，你不该泄我的底。再者说，话取吉利，俺暗探还没做，你倒诅我准挨揍，够多么丧气呢！"

不提大家笑语之下，又议论回办案事体，当即各安歇。且说绳其等次日在东山家小住一日，但见东山忙个不了，一面分遣捕伙先行混入白马庄左近埋伏，一面准备秽水激筒等物，命后发的捕伙们分头暗携去，以备临时应用，又将绳其的乾元镜与江、胡等赏鉴一番。

匆匆之间，一日已过，当晚东山向绳其等说明赴陈家沟的路径。

次日，绳其、楚材早起结束，暗带刀剑并应用之物，都扮作猎人模样，头戴青布绞翅巾，身穿土色布密扣衣裤，腰束皮带，脚下是踢死牛鹰嘴式的搬尖洒鞋。两人打扮已毕，相顾之下，端的是两个威凛凛的少年。

东山正在拊掌称善，恰好江、胡两人趑入，江元便吵道："方爷这个小白脸子却不成功，若被邬三娘张见，怕不要一口水吞了你吗？"说着，从怀中掏出个纸包儿，里面却是锅煤灰，拈起一些向绳其脸上一抹，又取湿手巾一阵揩抹，登时，成了个晦气脸儿，于是大家笑过一阵。

绳其道："江兄这一手确有见识，但是江、胡两兄怎的乔扮呢？"

江元道："天机不可泄露，须提防那厮们有顺风耳哩。"

不提大家谈笑间当即分手，且说绳其等出得州城，直奔北路趑出数里，登高回望，只见那弹丸州城宛在群山环绕之中，端的是陵寝山川，气象阔大，向东北一带望去，越发地山势苍莽，一处处长林映带，弥望无际。两人且行且观山景，楚材不由叹道："俺往年曾到过江北滁徐地面，那所在山川雄秀，自古见称，似乎还不及这里哩。"说着，慨然四顾，浩然长叹。

绳其只顾了四外浏览，也没在意，便依东山所示路径，向正北行去。日方将午，已趑过两重岭头，就村店中午尖罢，问起店人来，知离陈家沟还有二十余里的光景。村中贩客们颇多，大概都是赶庙会的，并且纷纷笑道："咱大家都起个五更，赶个晚集。"绳其向他们问起庙会，方知昨日业已开庙，十分热闹，于是和楚材出得店来，依然前进行来数里，转过一带坡垞，那道径越发崎岖，遥望四外山村，都掩映于风光树影之间，各岔路上赶会的人骑，一簇簇蚁儿相似。其间还有些骑驴的妇女们，打扮得村村俏俏、乔乔画画，有的敞露出灰白肥乳喂奶孩儿。有的驴后跟着自己的汉子，便如王小赶脚一般。

绳其等正在观望，恰好从身旁趑过一群油滑无赖，一面望着前面一个骑驴的媳妇子互做鬼脸，一面笑道："喂，老三哪，昨晚真个写意，俺正怙惚那雌儿没作道理处，偏巧天从人愿，烛都灭咧。你说我可肯老实？直至末后，那雌儿杀猪也似叫起来，我才闪开去，但是我怀中已愣有了一只小鞋儿，你有空到我那里瞧瞧那鞋儿，也不枉你出世为人。"

老三笑道："放你妈的屁吧！凭你这颗脑袋，就会得那俏物儿？不瞒你说，昨晚上那灯一灭，暗含着可毁了我咧。我那小果摊正在要路口上，当时，人们掐头蟆似的一阵乱踏，噼里噗噜，不但俺摊儿都毁，连我也被压在一个人身底下。百忙中，俺只觉脊背上有两个软笃笃的大妈妈（俗谓乳也）摩擦，乐得我痛也忘咧。不瞒你说，皆因灯没灭时，有个又白又胖的俏婆娘坐在俺摊旁，当时俺以为定是她，便翻身拖起她跑回家去，本想趁闹中乐一下。哪知灯光之下，几乎把我吓杀，你道怎的，原来却是褚大胖子那狗头，正龇着牙向我笑哩。你说昨晚那场捣乱，不都是那主儿干的好事吗？"

绳其等听了，好笑之下，正在不解所谓，只见众无赖发疯似向前一阵跑，顷刻由那骑驴媳妇子身旁刷过。其中一无赖却作怪声道："你们哪位闹块烧驴吃，驴肚儿发了火咧。"说着，嘻嘻哈哈，竟自结队而去。这里绳其忙望去，不由暗笑，原来那媳妇两只四寸长短的大红梭布鞋子正搭垂在驴上哩。就这行尘岔起之中，两人又已蹔出四五里外，但见林麓逶迤，直接前面一处土崖，两旁土石壁立，有如阙门，其中是很阔的一条长沟，四外的行人都纷纷奔向那里。

绳其等见了，方恍然陈家沟命名之意。逡巡间，转入沟中，只见足下都是平沙碎石，两旁土崖上下，杂生短树、藤葛之属，山风一吹，颇觉得阴翳萧瑟。须臾，沟尽，豁然开朗，却又到一山洼之中，正北向烟树郁郁，似是一片好大村落。绳其一面观望，一面依东山指示，寻望陈家沟之间，只见行人遥指那大村落，相与笑语道："你瞧，真是人旺庄才旺。那里便是白马庄，当人家李一爷没搬来时，老远地瞧那庄中，便穷气冒多高，你瞧如今多么气势，就成了藏龙卧虎的所在咧。"

绳其等听了，方忙向白马庄注目，又一行客叹道："什么藏龙卧虎，左不过是天高皇帝远，山洼所在，由那没头反叛们胡闹罢了。像老年间，陈家沟这庙会多么热闹，如今却总觉萧疏。再者，往时白马庄村人都是一脚踢不出屁来的老实头，如今就不用说咧，也讲骂大街、打群架，也讲拿刀动斧，也讲小辫一擞，站在当街，谁要问我，我是他爹，他瞧瞧，还有王法吗？"又一客人道："依我看，你大家少说闲话，年头憔悴不是玩的，便是昨晚那阵瞎摸海，多么玄虚。今晚咱大家都须留意哩。"

一路说话之间，群趋向稍东的一处村落，绳其就人问讯，知那稍东村落便是陈家沟，于是逐队行去，日斜时分，已届村头，这时望那白马庄，距陈家沟不过二里之遥，端的是地据山险，有些气势。

绳其等不暇细看，逐队进村，只见街坊上游人杂沓，贩摊错落，便如市场一般。住户妇女们都扎括得光头净脸，迎门笑语。那街道迤东，早现出一片庙场，棚幕云连，红尘四需，从一片嘈杂叫卖声中，还夹着锣鼓喧闹，都是些江湖技艺人等。绳其等先向庙行去，果见棚肆中皮货甚多，须臾，趱近庙前，却见那庙地势甚高，庙前一层层都是贩肆，高下错落，倒也别有奇致。那庙之左边，还搭有一处精致席棚，棚内外是悬灯结彩，桌椅整齐，里面还有三四个首事模样的人，挺胸腆肚地坐在那里，咶咶而谈。绳其料那席棚是首事人落座之所，并接待弹压庙会官人们的。

逡巡间，趱入庙门，不由好笑，只见那庙院虽是宽敞，却只有十余间草房，正殿上连匾额都没得，却有许多的烧香妇女围在那里，绳其等挤上去一瞧，却见小小神龛内，塑着个尺余来高女神像，虽是云裳霞帔，却头绾双髻，上面插的纸花儿，成堆作串，还有些妇女贡献的神鞋子，红红绿绿都堆在龛旁，一个立橱内一双鞋儿，系条黄布，上面还有三姑姑查收，某氏敬献的字样。绳其觉得奇异，向游人一问询，方知这庙俗呼为三姑庙。据说这位女神便是景忠山上所供奉的三霄娘娘中的那位琼霄娘娘。因为老姊妹三个不知怎的打了一架，这位三姑姑便使起娇性儿，一屁股跑到这里，托梦村人，从此才受起香火哩。

当时绳其等听了，一笑之下，方趱出那殿，想去寻孙得禄，忽觉背后有人拉了一把，回望去，正是得禄，却已没事人似的，扬扬然趱出数步。绳其等会意，便随他走去，出得庙门，向西趱过半条街坊，却转入一条横巷中。

那得禄方驻足笑道："方爷、晋爷，才到吗？您若是昨天便随小人同来时，便瞧个热闹，咱少时再细谈吧！"说话间已到得禄门前。绳其等跟他入去，到一处跨院中，草厅上相互安置歇坐下来，大家谈过数语，业已掌灯时分。当时得禄摆上晚饭，大家一壁吃着，那得禄便一说昨天热闹之故。绳其等听了，诧异之下，方恍然途中无赖等直吵灯灭的缘故。

原来这陈家沟的庙会还有夜市，又叫作灯市，各棚肆都挂起各样明灯，又趁着地势高下，远望去火龙相似，灯山一般，倒也十分有趣。便是昨晚夜市上，正在灯烛辉煌热闹当儿，忽地是灯都灭，暝黑如漆，大家大乱之间，便有机灵首事人瞧科是李德所为，于是急忙奔赴白马庄，好歹地请求谢罪，那夜市灯烛方才复亮。事后大家思忖所以开罪李德之故，却因开庙场的头炷香，大家因事忙忽略，不曾去请李德来先拈这香，所以李德便弄此狡狯哩。

当时，绳其不由愤然道："光天化日之下，竟有魑魅横行，真须速速拿办哩。"

得禄道："方爷不须忙，且待明日，咱先踏明他庄外地势，敢好刘爷等都到齐，那时大家商议，即便动手何如？此间夜市倒也有些野趣儿，少时，咱去瞧瞧。"说话间用饭已毕，早闻得街坊上喧哗奔走，并兼有爆竹之声，便如元宵灯节一般，于是由得禄引路，三人直赴庙场。

方转出街坊，早望见东面庙门首，万点明灯，灿若星宿，一处处勾连映带，耀彩腾辉，照得偌大市场亮如白昼。四外游人潮水似前推后拥。须臾，行近那精致席棚跟前，只见里面灯烛毕张，茶点已设。三四位首事模样的人都一色衣冠整齐，若有所俟。

绳其等方要趱过，只听背后一阵脚步杂沓，便如怒马奔腾，随即有人大喝道："呔！什么鸟人，还不闪路！没的等太爷们揪掉你脑袋吗？"

这时得禄在后望得分明，忙将绳其、楚材一拉，闪向一旁张时，早见四五个横眉溜眼的庄汉，拥定一个长大汉子掉臂趄来。那汉约有三十四五年纪，正在壮年，生得青扢扢一张驴脸，两道吊梢眉，一双望刀眼，更衬着鹰鼻子，蛤蟆大嘴，猬毛似的攒腮短髭，好个凶相。戴一顶瓜皮便帽，披一件蓝缎敞衫，腰束板带，足端革靴，贼灼灼眼光一转之间，早吓得许多游人呼啦一闪，得禄等随众不由倒退数步，忙悄向绳其等道："您瞧这厮，便是李德。"

绳其耸然之下，急忙跂脚延项，便见那棚中三四首事人屁滚尿流地来迎李德。那李德只略一颔首，便大踏步直入棚中。那跟随的庄汉们便横虎似的向棚前列立，晃动手中马棒，只管向众游人吆喝起来，于是得禄拖绳其等转向僻处，道："您瞧这厮，多么张致。这不消说，定是会中首事人们向他赔礼哩。那厮耳目众多，咱少为逛逛也就转去吧。"说话间，趱向庙门前，徘徊一回。

得禄拉绳其等转向庙旁，向正北面一带灯火遥指道："您瞧，白马庄夜间警备端的紧严，因为李德既窝藏了那贼婆娘，又知陶善成告发于他，所以也自准备官中来捕哩。"

不提得禄当时又引绳其等游玩一回，即便相与趱回，各自安歇，且说绳其、楚材，次日仍结束作猎人模样，得禄将预购的兽皮背了几张，三人拔步直入白马庄中。绳其一路留神，只见里面街坊宽阔，来往之人颇多壮健少年，街坊西头却有一处城宅式的阔绰庄院，四外围墙十分高峻，门首是鱼鳃八字墙，黑漆大门上贴一副对联是：日月光天德，山河壮帝居。左右上马石上，一边系着一匹高头大马，一边石上箕踞着一个庄汉，又有两个庄汉正在那里相扑为戏，一见绳其等便喝道："你这三个鸟人却也作怪，大庙场上不去卖货，却来这里探头探脑，没的你是官人来此踏看吗？"

绳其听了，方在赔笑，箕踞的庄汉扑哧一笑，便向那两个庄汉骂道："我说你这两块料，怎么奏的呢？这会子你又抖机灵，城墙上拉屎，露高眼咧。他便是官中人待怎的？只好咬咱们鸟罢了！"

一个庄汉便笑道："老哥，你不晓得，俺这两天只管耳鸣眼跳，困着了，便似有人在屁股后只顾推，所以处处留神。"箕踞的笑道："他妈的，你等我高兴时推推你屁股吧。这是怎么说呢？"

三个庄汉彼此斗嘴之间，绳其便趁势道："俺们是远处猎人，乍到贵地，挤不上贩摊去，所以背了皮货到庄兜售，并闻此处阔家，有位李一爷好收皮货，不知他府上在哪里，便请示则个。"

三个庄汉一听，登时呼一声拥将上来，这一来吓得得禄在后面只管暗冒冷汗，便连楚材也自愕然，一面价暗做准备，正是：

乔装来盗窟，探险本危机。

欲知后事如何，且听下回分解。

第八回

白马庄众盗酒会
陈家沟群捕聚谋

且说得禄正在暗道不妙，只见一个庄汉指着绳其大笑："哈哈，你这汉子难道没长眼睛？只这里便是李一爷家！可惜你们来得不巧，一爷这当儿便是有分身法都忙个不开，还有空儿收买皮货吗？"

绳其听得话中有因，故做怅然之状，却顾得禄道："伙计，咱真个不巧。"说着，由得禄背上取下一张兽皮，把与那庄汉道："老兄，休要见笑，且赏收此物。俟一爷有暇，俺再来时，您与俺做成一二。但不知李爷为甚事就如此忙碌呢？"

得禄见状，正在暗赞绳其伶俐，便见那庄汉接过兽皮，登时满面是笑，瞧那两个庄汉业已踅入宅内，便四下望望，然后低语道："你这人真是有趣。再来时，俺一定做成你，但是俺家一爷忙的缘故我说与你，你可不许向别人说，这里面有天大的干系哩！

"便是前些日有个江湖女朋友，名叫邬三娘的，投奔到俺李爷这里。那婆娘本来俊样，俺李爷便想收她为妾，她却自恃能为，不肯便允，只在这里时来时去。近些日被关外捕役并本州捕役逼得紧，她才连日价住在这里，和俺李爷厮混。李爷趁这当儿，又提收她为妾的话，哪知她还是推三阻四。这一下子，却把俺李爷的心腹话急出来咧，便说道：'凭俺的法术本领，怕不是个真命帝王！只待时会一至，便当起事，杀向北京，夺那皇帝的一把交椅。你如今从了我，那时封你为正宫娘娘，岂不甚好？'"

绳其猛闻，正在心下勃地一跳，那庄汉接说道："当时邬三娘听得此话，这才登时价谢主隆恩。俺李爷大高其兴，自不消说，便趁这庙会当儿，准备喜筵，大请朋友，一来吃酒聚会，二来说不定还商量些什么勾当哩。"

绳其听了，正思量再套他话，恰值宅门内有人喊唤那庄汉，即便应声跑去，这里绳其等相视会意，逡巡间，转向宅后，一路留神，只见宅后墙外便是旷野，距墙不远，便是一带杨林，其中蓬蒿甚茂，正好隐伏，又就宅的左右觇望一回，便由得禄引路到橡树冈、红土坂两处踏看一周，端的是地居要隘，于是三人坐地少歇。

得禄忽地笑道："方爷真不含糊，便如此随机应变。俟刘爷等到齐，再细探探，便好动手了。"

绳其等一面觇望地势，一面正在含笑，只见身旁三岔路口上，树影开处，登时闪出四五个彪形大汉，一色的花布包头，短衣伶俐，各提刀棒，大踏步笑语而来。绳其等方在怙惚，便见其中一人，向对面窄径间额手一望，便遥呼道："喂，好巧，好巧，你们敢也是才到吗？花胳膊周老太和吴黑哥怎么没同来呢？"说着呼一声迎将去。

这里绳其等忙望时，早见那窄径间行尘起处，闪出两人，也都打扮得王八蛋样儿，一个牵头乌黑的毛驴，那一个却用腰带拖着只肥大黄狗，便这等连说带笑，跳跃而来。

两下里抱腰把臂，鸟乱过一阵，便合作一处，一面直奔白马庄，一面还互相嬉笑道："咱哥儿们，别的虽稀松，若讲吃喝，却能挡头阵，所以一听李爷请酒，便先跑来。他是半路上一闷棍，劫脱了一匹黑驴；我是在来途店道中，摸得这只大黄狗，你瞧来得多么有彩兴。"即闻众大汉哗然道："不害臊！你这种贼，无空过的朋友，不给一爷丢脸吗？将来分明该封你个镇殿将军，也要降你三级，叫你把守城门去哩。"

绳其等听了，料是一群向李德家赴喜筵的贼党，正在相视微笑，遥见那群人匆匆趱去之间，忽闻身后林中啪的声弹弓一响，便见眼前黑影一闪，即有只大麻雀扑的声飞跌于地，距身旁却有数步之遥。绳其闷气性发，方想去捉那雀儿，早见从斜刺里大树后，抢过一个少年庄汉，一脚踩去，却闹个空，正闪得向前一撞，忽地树后又有人娇笑道："本想出来散散闷，你们笨得倒令人长气，咱快转去吧！"声尽处，一朵彩云似飞到一个女子，轻蹴香钩，就那麻雀只一踏，便挑着淹搭雀脖儿，撷入手中。绳其忙望那女子时，但见她绾个松松的家常髻子，穿着淡淡的粗布衣裤，便如村妇打扮，却生得妖妖娆娆，十分丰艳，端的是柳眉杏眼，莲靥桃腮，唯有那两泓秋波，顾盼之间，从妖荡中又挂些英爽之气。这时她手内拎着一张弹弓，便连那雀儿都抛给少年，庄汉两人方才嬉笑而去。

这里得禄忙向绳其道："今天咱来得却巧，只这女子便是邬三娘。"

绳其拍膝道："皆因牵掣着李德那厮，咱不便打草惊蛇，不然，就此捉住她，岂不省事？"

得禄吐舌道："这婆娘端的了得，方爷倒不可轻视于她。"说着，望望日影道："俺想，今天刘爷等都该到齐，咱再到庙场上转转，回去等候他们吧。"于是三人从容起行，又就李德宅后觇望一番，然后转向宅前，只见门首许多人出出入入，大概都是赴喜筵的群盗，当时，三人纳头趋过，直到陈家沟庙场。

这日游人越发热闹。刚趄至一片棚肆前，只听人从中有人侉声侉声地喊道："哒，现出锅的热白薯哇！稀烂喷香外，挂着甜掉大牙。哪位老太太闹一段儿，赶热呀，赶热。喂，你这位老爷子也闹一段儿，庙后头坐吃去。"

众人哈哈一笑之间，这里得禄等趋向人背后张时，却是胡胜，头绾椎髻，脸上抹得尘土，狼藉偏袒出一只疙瘩肉的胳膊，正就担锅中捞取白薯，一面向大家乱塞。恰有个媳妇子，低着头儿，拣寻好块，胡胜手起处，却抹了她一腮热汁，得禄晓得胡胜粗鲁，恐他张见不便，忙拖绳其等悄悄趄过，却还听得那媳妇只管吱喳。

须臾，趄经一处茶肆，里面茶客喧哗，正在热闹。得禄觉得口燥，便邀绳其等入去吃茶歇坐。大家吃过两杯茶，却听肆外一阵喧笑奔逐，又有人噪道："截住这臭花子！好煞溜手儿。老娘这里刚一转眼，他就由我屁股后头下了手咧。你瞧这新裤便被他弄得白花花、黏滑滑的，真正可恨。"又有人笑道："李大嫂，罢哟，两根油条，你便舍给他吧！谁叫你老来俏，放着粥锅油条不照顾，却只顾背着脸子，撅着屁股扎括。你那大花鞋呢？你瞧你那裤后面，好不难看，还不快回去浆洗哩。"一阵喧闹，恰好由肆窗外哄过。

绳其等忙向外张时，几乎笑出。只见江元头上扎一个朝天刷子，余发乱垂，上面沾着许多草叶，一张脸子涂抹得小鬼一般，穿一件破短衫，着一条灯笼裤，脚下是打板鞋，腰系葛条绳，正当屁股后面，七穀八杂，挂着一嘟噜零碎。仔细瞧时，却是从垃圾堆上寻来的绳头布，脚还有只死蛤蟆似的妇人小鞋子，和一个黑砂酒壶，悠悠荡荡，系在一搭儿。这时，他龇着牙儿，白瞪起眼睛，一面嘴内衔着一根油条，一面抢动手内那一根，便似奔马般直抢过去。大家一闪之间，后面早追到个四十多岁的矮胖婆娘，业已跑得气喘喘，肥腮乱颤，后面臀上还黏着些湿漉漉的白粥。这时，她见江元去远，只好千挨刀、万挨刀地乱骂，并一面指手画脚，一说所以，招得大家都笑。

原来这婆娘是个卖白粥油条的，方歇下担，弯倒腰去整理鞋脚，恰值江元从后面抽取油条，这婆娘心下一慌，屁股一歪，却撞翻担上的一只粥碗，所以，闹得后臀上十分可笑。

不提这位李大嫂一路谩骂，匆匆转去，且说绳其等江、胡都到，料东山不久亦将赶来。当时，茶罢出肆，又已日色西斜，便索性不去寻觅江、胡，便寻归路，刚趱出数步之遥，却闻背后小语道："行好的老爷们，赏个钱吧！"绳其等一瞧是江元，却不便笑他，于是四人厮趁行去，直折入那横巷口，这里江元一抹脸儿，刚要说话，却闻背后一声吆喝道："好热白薯哇，那位抢油条吃的花子大哥，不闹一块吗？"大家回望，却是胡胜，也自从后趋来。

正在彼此地哈哈一笑，得禄望望自己门首便道："这会子，刘爷就许赶到咧。不然俺为仔细起见，这门总是关牢的，如今就大敞着，敢是刘爷才到吗？"说话间，大家趋入院，果听得东山已在跨院中和佣工们唔唔而谈。大家便入跨院。和东山厮见之下，彼此相看，不由都笑。只见东山却扮作个灰扑扑的村人。于是，大家安置所携物件，纷纷落座，唯有江元，先摘下屁股上所挂的一大嘟噜，抛在室隅，却向胡胜道："你瞧俺抢人油条，哪知俺还张见你抹人家那媳妇子一嘴巴热汤汁哩。"

东山向得禄问知一切，不由大笑。乱过一阵，当由佣工端上茶来。东山一面先说回自己的一切布置，共有四十余名捕健，都已埋伏在白马庄左右，只待定期即便动手，然后又向绳其等询明所探的情形，不由欣然道："这却巧，李德既与群盗吃酒作乐，必然疏于防备一切，料他宅内也未必有奇异之处，咱与他个迅雷不及掩耳。今晚便动手何如？"

绳其等方在沉吟，江元道："慢着。今晚群盗正在聚会，未免不便。二来那宅中究竟是混入去瞧瞧，方才妥当。那会子俺向他宅前乞讨，差一些不曾混入去。因为有个厨厮要领我到厨下去掇剩饭，却被看门的人给拦住咧。明天俺想再去一趟，设法混入，瞧个底细，晚上再去动手。岂不心里有谱儿吗？"

大家听了，尚未答语，胡胜便吵道："江兄，你只管慢性怎的？既如此，我同你去，等你被人捉住时，也好有个回头报信的。"江元正色道："你这呆子，晓得什么？你想，明晚上动手，多么相宜。一来群盗都散，二来李德新纳邬三娘，不消说他两个只顾了干那营生，巧咧，咱便捉他一对儿。三来俺既探明宅中，便是大家分头埋伏，也有头绪，不强似这会子贸然动手吗？"

东山道："江兄此话有理，明日便劳大驾去走一遭，俺们静候消息。但是，还有一件要紧事，却须方兄做个道理，便是李德的邪术须要防备。俺虽准备了秽水激筒等物，不过是宅外埋伏的应用。咱入院动手的人，还须想个道理才好。"

绳其笑道："不劳刘兄挂念，俺已有计在此了。俺有乾元镜护身，自不消说，诸位去动手时，只需袒开前胸，用朱笔写一正字，然后涂作赤日模样，再用净水蘸新笔，重叠书九个火字，此名为九阳正气烈火飞符。任他什么邪术是不敢来侵犯的。"

东山猛省道："此法甚妙，俺记往年耿兰溪兄便会此符，方兄想也是听他说吧？"绳其听了，连忙含笑点头。

须臾，由得禄准备晚饭。大家用罢，业已起更时分，东山自去寻埋伏的捕健们知会一切，须臾趄转，大家又闲话之下，商议回明晚办案之事，也便各自安歇。

次日早饭后，东山自向李德宅后、门首趄看一遭，却见许多的趄趄健汉正在门首，纷纷各散，又有些本村人们吃得红扑扑的脸儿，从内趄出。东山料是群盗将散，忙向大家一说情形，匆匆地用过中饭，即便分头做事。

绳其、楚材引了东山仍去踏看橡树冈、红土坂两处，以为兜截三娘之计，并嘱咐埋伏的捕伙们，但看今夜起火为号，即便去围李宅。江元、胡胜依然是昨日的一副行头，一路叫化连吆喝，直奔李德家去探底细，这且慢表。

且说东山等由那两处踏看回头，方才日色西斜，大家便兴冲冲先准备夜行衣靠并器械等，专候江元等前来回报。那得禄更为爽快，早准备好朱笔等物，便依绳其所说之法，彼此动手，都就胸前涂抹停当，及至一切都毕，早已夕阳将落，但江、胡两人还不曾回。大家初时也没在意，哪知一等也不来，二等也不来，直至初更敲起。大家正在心下沉吟，只听院中稀里哗啦一阵响，便闻胡胜大叫道："不好了，如今江元哥被人捉去了。"大家听了，不由大惊，正是：

机关忽泄露，断送老头皮。

欲知后事如何，且听下回分解。

第九回

充密侦无端遭棰楚
救同人奋夜瞰凶淫

且说东山等听得胡胜大叫江元被人捉去，猛惊之下，都迎向院中，只见那白薯挑担跌翻在地，胡胜方从担边爬将起来，便忙忙一说所以。

原来江、胡两人趁向李德宅前，装龙的装龙，装虎的装虎，胡胜纳了头，只顾叫卖，那江元却三不知地转向宅之偏门，以为这所在出入人少，想乘机混入。哪知那偏门近于厨房，佣工往来，搬送菜蔬等物都由那里，见江元蹭近前，便大吆小喝，直至将近黄昏时，方见个老仆妇送出个妇人来，于是江元蹚近门，假作乞讨。老仆妇道："你这么大个汉子，干什么不挣碗饭，却来乞讨？如今内厨下虽有些汤汁，你……你又没得讨瓢儿，怎的给你呢？"

江元道："不打紧，你老人家快行好吧！只需你领俺进去，三口两口，俺便吃入肚咧。"说着，向前略蹭之间，恰好从内蹚出两个壮健佣工，便顺手一摖江元道："你这厮又来麻烦怎的？昨日在大门前讨厌了半晌，如今索性又撞到这里，你这厮两只眼睛骨碌碌的，难道想进来偷摸吗？"说着，又是一推。

活该江元受些苦楚，只这一推，江元一个跄踉，险些栽倒，铿然一声，所负的麻袋落地，里面却跌出一段短攘子把儿。江元赶忙去遮掩，已被那佣工抢入手，抽将出来，且是锋光耀目。

江元忙赔笑道："你老不晓得，这把攘子是当初俺姥姥给俺压百岁的，说俺长得虎头虎脑，大起来，有个武将加锋样儿，所以俺一

63

向不曾卖掉哩。"

一言未尽，早被那佣工劈面一掌，一声喊叫有细作，这里江元料是不妙，刚要撒脚便跑，那偏门内早又抢出三五佣工，众手齐上，便将江元横拖倒拽，登时捉入。好笑这时胡胜还在宅前吆喝起劲，及至闻得偏门前一阵大乱，忙挑起担子，趁去张望，却正见江元猪子似的被人拖入，所以他便一口气跑来回报哩。

当时，东山等听胡胜之话，不由都惊，便同胡胜入得室来，绳其便道："如今事不宜迟，赶快去料理为是，诚恐江元禁不得人家敲打，说出咱大家来办案的底细，便大大不妙。"胡胜道："此层倒不须虑，俺江元哥虽是干筋瘦骨，若说挨打真还禁两下子，准不含糊。"

绳其道："如此却好。"因顾东山道："为今之计，只好俺先入李宅内，一来救出江元，二来顺势探探道路，刘兄等都在他宅后那片杨林内藏伏。咱彼此会面后，再定捕捉兜截的办法，你道好吗？"东山道："便是如此。"

正说着，只见胡胜已自忙乱着结束，打包头、扎裹腿地乱成一气，又取过带来的一根齐眉浑铁棍就地一拄，恨恨地道："俺若遇着男的，一下子打他成肉饼；若遇着女的，先用这家伙戳她个受用！"大家见了，也不暇笑他。

就这纷然之间，得禄早忙着摆上晚饭，大家匆匆饭罢，即便各自结束。绳其、楚材并东山一色的青色夜行衣靠，绳其佩了短刀，带了百宝囊，一应物件都是东山所带来的，因为东山来时诚恐晚间动手，所以准备得十分齐全。那楚材也佩了柳叶刀，带了自己的镖囊。唯有胡胜这时已扎括得金大力一般。

绳其随手掂掂他那棍，倒有百十斤重，因笑道："胡兄有此膂力，倒好去把守橡树冈。因为那所在隘口上，只容一人经过，胡兄持此棍去作当关之势，且是妥当哩。"

大家听了，正在都笑，得禄道："慢着，胡爷，胸前还没画九阳符哩。"于是重新叫胡胜解开前襟，依法画好，这一耽搁，业已初更将尽。

不提这里得禄送得大家出去，且自听候消息，且说绳其等悄悄出得陈家沟，抬头一望，只见疏星满天照，道路十分清晰，便各自施展夜行功夫，不消顷刻，已到那杨林之内，大家藏伏好，绳其道声珍重，翻转身便奔李宅后墙，便如一道烟一般。

胡胜不由咂嘴道："好的，怎么人家都灵便得似只猫儿，唯有我老胡便似笨牛呢？"东山赶忙拉他一把，便和楚材眼观四路、耳听八方地伏觇动静，这且慢表。

且说绳其奔到宅后墙边，倾耳里面，却静悄悄的，便由囊中取一石子，抛进去，只听啪嗒一声，似乎是触着木器，静听一会儿，却没动静，于是绳其一跃上墙，用个挂鱼式，用手扳着墙头，向内张时，只见里面却是一片空阔，遥望正房后身儿左右一带墙上，一边一个角门儿，似乎是有东西两院，东院中灯光耿然，上浮檐际；西院中却乌沉沉的，只微有火亮，那空园正中却似有桌椅等物，望不分明。遥听宅的前院中，颇有人笑语。绳其料是佣工们和那赴喜筵没走尽的贼党，殊不为意。于是一矫身，跃登墙头，轻轻飘落园内，先就似有桌椅处瞧时，果然是一桌一椅，但是桌上面却设有没点的灯烛，并朱笔、黄纸等类，绳其料是李德练习邪术之用，沉吟之下，先趑向东角门儿，用手轻推，却是关牢的。

方在怊悢，却闻里面有仆妇道："某嫂哇，你瞧咱主人今晚真须忙杀，又要练法术，又要和那小娘儿光明正大地那么着一下子，圆个房，你说叫顾哪头呢？"即闻又一仆妇笑道："这很不用你来操心，人家有本事一件件都办了，但是咱主人今晚有那小娘儿，恐怕就轮不到你了。"先说话的仆妇便骂道："歪辣骨，俺早知你见人家那么着，你就眼热咧！如今主人吃酒，咱也趁空打个盹去吧。但是今天捉个贼花子关在西院中，咱大家须醒睡些哩。"

绳其听了，方暗幸闻得江元的下落，便闻里面脚步微响，须臾便静。绳其暗忖，不如且觇觇李德等，再作道理，于是索性地离开角门儿，退后数步，提气轻身，唰的一声，蹿上正房后坡脊，略为倾耳，即便蛇行，转向前坡，顺瓦垄伏身张时，只见东院中屋宇参差，地颇宽绰。西边是一带花墙，料得墙那面便是西院，这正室窗前花木掩映，还有一株很高的梧桐树，枝柯伸擎，直接檐端。这时，却微闻正室内有笑语杯箸之声，于是绳其不敢怠慢，脚下略耸，早已溜到檐际，便用喜鹊穿枝式，一长身形，翻向桐树的横枝，两足一垂，已踏向丫杈之间，赶忙缩身向玻璃窗内一瞧，不由暗道一声"惭愧"。

原来里面靠东面高案间，正是李德和邬三娘在那里对坐饮酒。三娘已是便装，只绾个松松髻，穿一身红锦小衣，灯光之下，好不鲜艳。这时，已吃得莲脸微酡，一面瞅着壁上挂的雁翎刀，一面向李德微笑道："咱虽是怕不着什么公人、鸟人，但是你也须仔细。怪不得那天俺出去弹雀玩耍，却见两个猎人，精神得颇为可怪。如今又捉住这个尴尬花子，他虽咬定牙关，不认是公人乔扮，咱却不可大意。因为州里捕头刘东山等虽败在俺手中，焉知他不邀请能人，再来寻事呢？"

李德笑道："你只管放心！今晚咱们快乐时光，为甚心头怙惙？自俺用手段取得州官儿爱妾的头发来，料那鸟官儿胆都吓破，哪里还敢生事？即便这花子和你所见的猎人都是公人，凭你我本领，怕他怎的！不瞒你说，俺这混元大法，只需再练个三五日即便完成，那时俺用起法来，便有百万官兵，将奈我何？俺这两日聚会众友，虽说是吃喜酒，其实便商议着不久举事，先占据本州再作道理。少时，俺到后园练习罢，咱快乐一觉儿，哪些不好，你却没来由啾唧怎的！"说着举杯大笑，便移凳促坐，揽定三娘肉麻起来。

那三娘随他婉转之间，这里绳其挂念江元，哪敢怠慢，忙仍由树的横柯翻上屋檐，不料脚下瓦垄微然一响，便闻厢房中一仆妇从睡梦中模糊骂道："贼猫儿，等我捉住你，先剥掉你的皮！"

绳其都不管她，一路蛇行至西边檐头，略长身形，跃上花墙，向西院张时，只见群房参差，并有马厩、草棚、下房之类。只见偏西南角一处下房中，灯光隐然，靠西墙上还有个角门儿，大概西边还有跨院，倾耳跨院中隐隐有说有笑，并劝酒之声。

绳其正在沉吟，忽闻角门儿那边有人唤道："喂，王第八的，你还要热酒吗？不够时快来灌哪！"便闻下房中有人作谐声道："他妈的，你这小子，就不会给老子送来。反正今晚上俺是丧气定咧。你们都大酒大肉地吃，人家那么着的快活酒，偏派我这挨骂的苦差，两壶老白干，这厮吃了一壶半，他还嘴里不干不净。偏你也会叫，你叫老王或老八都使得，你这么上挪下凑的，什么意思呢！"说着，似乎狠狠地一拍桌子，即闻哗啦的一声，似乎是壶翻杯倒。听得绳其正好笑，便闻江元骂道："好小子，你有酒不给我吃，只顾用皮鞭给我搔痒儿，我告诉你，只老爷这条腿便够你盘杠子的，你高兴时再来来，老爷这里接着你的。"

绳其听得江元语音，不由暗喜，方从墙上跳落地，便闻下房中噼啪噼啪鞭声抽动，并江元乱笑乱骂之声。绳其忙趱去，就下房窗隙一张，先瞧见江元被人反缚在屋柱上，那屋内黑魆魆的诸物凌杂，农器筐箕之类一概都有，似乎是庋置杂物的空房。靠窗木桌上摆着两碟残碗，淆核杯壶都翻在那里，那屋柱旁正有个壮健佣工，一面手提鞭，一面怒视江元。

再瞧江元，只是龇着牙儿向他嬉皮笑脸，张得绳其正在暗笑，便见那佣工唰的一鞭，抽向江元大腿，却骂道："你这贼花子，是公人也罢，是私人也罢，这都不干我鸟事，只是今晚俺陪你受清风，委实令人气不过。你赚酒吃，还倒罢了，你不该吃罢酒，反来骂我。也是我慈悲生祸害，俺见你挨俺主人捶打不过，给你酒接接气力，你倒撒起酒疯来咧。如今闲话少说，我只用这妙法儿摆布你，你只骂出一句，我就是这么一家伙。"说着跑向柱旁一个土箕边，起手一抄，便有一道明晃晃的光华直耀入绳其眼中，绳其见状不由大惊。正是：

惊心窥暗室，触目讶刀光。

欲知后事如何，且听下回分解。

第十回

绳其怒打聚魂瓶
李德猛揿霹雳剑

且说绳其见那佣工起手一抄，光华四射，只疑他是拔刀，想去加害江元，正想闯入间，却闻江元没口子乱央道："好王哥，好八哥，好王八哥，咱没事价斗口玩，你怎的便认真呢？便是那会子，我说那么着，你姥姥不过是口头惠气，其实没有那回事。你想，你姥姥养下你妈来，你妈再养下你这么大个人来，咱哥儿俩岁数仿佛，你自想想，只管着急怎的？"

绳其听了，几乎笑出，忙瞧那佣工所持之物，不由掩鼻。原来那佣工举着根粪叉子，上面挑着许多黄浓浓的臭屎，业已凑向江元鼻吻之间，吓得江元一面乱央，一面正在扭着头乱躲。那佣工却背着脸，跳钻钻的十分得意。

当时绳其略一沉吟，拔刀在手，便悄悄蹑步而入。那佣工似有所闻，方要回身，早被绳其一个后掐脖，一手掐牢下面，扑的一脚，就势放翻，便用那刀就他头顶一按道："你只要喊，俺便一刀。"

那佣工一瞧绳其雄赳赳的模样，哪里还敢作声，只好被绳其用室中绳索捆缚起来，口内堵了土块。这时，喜坏江元，方要作声，绳其连忙摇手，便走去割开他绳索，正要背他上身，忽闻角门儿边又有人唤道："王老哥，你怎只管慢腾腾的不去灌酒？少时没得酒，却不要怨我。"

好绳其，真个机灵，料那人是佣工的伙伴，便噗地先吹灭灯，然后学那佣工语音道："俺这会子酒足饭饱，不要酒，要困觉儿咧。

68

你有工夫，替我看守这厮一霎儿不好吗？"即闻那人笑骂道："你没的放屁，你那挨骂的好差事别照顾我吧！"

这里绳其听那人履声已远，便忙忙背了江元，拔步出室，一径地从院之后墙跳入后园。足方落地，却见园后墙上人影一晃，绳其料是东山等，便脚下加力，一个箭步蹿至那正中高桌跟前，略一拧身，用个晴空放鹤的式子，嗖一声，跃上后墙，原想稳住足下，然后再轻轻飘落。不想墙上那人影正是东山，因为绳其入去后，良久不出，有些放心不下，所以在此张望。今见绳其背负一人，料是江元，暗喜之下，方要放开扳墙的手。哪知绳其跃势飞快，两足一踏，恰插在自己两手之间，但是这时东山右手已起，啪一声，正碰着绳其左胫，这一来不打紧，不但东山猛地左手一松，跌落墙下，便连绳其左腿一颤，也顺势直滚落来，吭哧一声，却苦了背上的江元，栽了个发昏章第十一。

当时三人通不暇言语，便由东山、绳其架起江元，奔入林内。楚材、胡胜乍见江元狼狈之状，正在又惊又笑，绳其已向大家匆匆地一说自己所见，并向东山道："如今事不宜迟，但当趁李德等只顾吃酒作乐时，咱们便里外地分头准备。依我之意，只须如此如此，李德等便是逃出宅，那两处隘路有人兜截，想也跑不掉哩。"

大家听了，都各称善，唯有江元只管卧地呻吟。绳其见了倒一时没作理会处。

胡胜便道："江老哥，你这时厮杀不得，在这宅后也不妥当。那么俺背你去，你给我壮壮威风，等我与人交手时，你来个瘸子打围，坐着喊如何？"

江元听了，忽地轻轻干呕，然后哑声道："不晓得，俺连喊的能为都没得咧。俺是被他们捉去后，连嚷带骂，一个喉咙业已干得冒烟，如今连说话都不响，没别的，只好在此听天由命吧。"

胡胜道："你休着急，俺自有道理。"说着挟起江元轻轻一举，置向一株树丫杈上，便道："江老兄，你切莫言语。少时，俺大家事毕，再来取你。况且这野林内没得人来，你困了，只管盹睡，且是自在哩。"

不提胡胜说罢，便和绳其等匆匆拔步。大家出得林来，自去做事，且说李德和三娘欢饮至三鼓以后，见三娘微有倦意，这才从怀中推出三娘，一径地取了提灯，提了长剑，由东角门儿趱入后园，便升座作法，一时间，灯烛辉煌，朱符乱画。又由怀中取出一个小小瓷瓶，上贴朱符，名为聚魂瓶，供在案上，只管自家捣起鬼来。

要说这混元邪法，作者往年闻父老传说，也自非同小可，是用一种拘禁之法，劫取野鬼灵魂来，附在所剪的纸人身上。据说作法之时，颇为阴惨可怕。那被拘的野鬼奇形怪状，都绕着法座，作狰狞攫拏之势，但是为法术所制，不得近前，归根儿都入瓶中，以备役使。

当时，李德画符焚毕，右手仗剑，左手迭起剑诀，口中念念有词，喝声道："疾！"不由登时一怔。因为他祭练此法是七日的工成，这日正当第五日，往日焚符念咒毕，顷刻阴风四起，群鬼都集。这时，忽地只飕飕起阵凉风儿，刮得灯焰摇摇，四外望望，通没得什么。于是李德诧异之下，赶忙地如前作法，说也不信，这次的凉风只起得略为大些。当时李德大怒，只认是野鬼中有什么邪魔要来坏他法术，便突地站起，一面改用真武剑诀，举剑一挥，正要喃喃念咒，只听啪的一声，案上的瓶立碎，便有个石子嗖一声，由自己胁下穿过，惊得李德跄踉一闪，眼光一眩之间，说时迟，那时快，便见对面正房屋脊上，电也似刀光一闪，一道光华直飞这里。

李德叫声不好，如飞地蹿离座位，手中剑未及举起，便闻脑后唰一声，便是个金刀劈风。若说李德也是惯家，你看他并不回顾，只略将头儿一低，反手一剑，当啷啷，刀剑相触，火星乱爆的当儿，李德一个箭步蹿出，老远急忙回身，先用剑护住了面门，仔细望时，不由且骇且怒，只见对面山也似站定一个提刀少年，浑身是夜行衣靠，顾盼间，一团英毅之气，胸前却斜缚十字绒绳，上系一红锦囊儿，便如掩心镜一般。

李德料是捕健等人，但是见那少年气象又不似公人，正在略为怙惙，那少年已摆动短刀，风趋抢来，一面大喝道："你这厮窝藏女盗，又弄邪法，端的是罪不容死！今本州捕健奉文办案，全伙在此，你这厮还想逃到哪里去！"说着，刀势一旋，直裹上来。这里李德不及答话，方举剑相迎，使开解数，却闻正房内邬三娘一声娇叱，接着便哗啦一声，似乎是有人撞翻酒案，又似有兵器相接之声。须臾，一路价奔腾驰逐，那声音业已哄向前院。李德料事不妙，心下一慌，只得且对敌人。就这刹那之间，那少年刀势使发，早已雪片似直飞将来，于是李德转怒，便一路闪展腾挪，躲开刀势，霍地一掣身，也便撒开剑法，从一片刀光霍霍中，即便奋斫而上。

两人这一交手，端的是怎生光景？但见刀光起处，横飞一片，寒云剑影来时，高散千团瑞彩，翻飞交舞。电闪风鸣，驰逐互攻，雷奔星转。一个仗混元邪法，剑花错落鬼神愁；一个凭商派武功，刀彩飞腾天地窄。豁分时，寒光两道；交并处，冷气一团。却从苍茫夜色中，显出撄拏两壮士。当时，两人一路价吆吆喝喝，刀来剑往，顷刻之间，早已绕院三匝。偏那少年一柄刀，纵横变化，越杀越勇。

李德到此，不由暗惊，情知遇着劲敌，也便将生平本领施展起来，趁那少年一刀斫空，他便托地跳出圈子，只将剑尖就地略拄，嗖一声，直飞三丈多高，用一个大鹏展翅的式子，倒提长剑向少年当头便揸。哈哈，厉害得紧！这一手儿，在剑法中名为疾雷轰顶，是趁那敌人战酣，不及防备，给他个从上取势。

哪知那少年更不慌忙，便就他剑下之势，猛地一矫身，从斜刺里直蹿出数十步外。这里李德下势既猛，不及收煞，一个剑尖嚓一声入地寸余，恰在高桌跟前，忙一扬头，恰碰在高桌脚上，正这当儿，便见身旁刀光一闪。正是：

　　两雄相角处，身手岂寻常。

欲知后事如何，且听下回分解。

第十一回

乾元镜祛邪擒李德
橡树冈脱屣走三娘

　　且说李德一剑搓空，又将脑袋碰得生痛，正要去望那少年，恰见身旁刀光一闪，一径地横旋过来。好李德，真个矫捷，因格拒来不及，便一矬身，唰一声，闪入桌底，赶忙地挺剑向外，正拟暗刺敌人之间，但闻咔嚓声，那只桌脚立断为两，桌儿一歪，不但上面的灯烛等物跌落一地，便连自己脊背上也实胚胚背了高桌，气得李德猛一挺身，先用高桌做暗器，向敌人掀去。那少年托地闪开的当儿，这里李德一摆长剑，正要重新抢去，便见正房脊上一条人影，箭也似直翻过来，突突突，跑得数步，身段十分伶俐。李德虽在慌忙中，却望清是邬三娘，正在暗喜有了帮手，气儿一壮，叫声苦不知高低。

　　便见三娘手挂雁翎刀，足才踏稳，突由屋脊那面一道烟似的早已追过一人，颤巍巍长刀一摆，便奔三娘，只脚步才起，李德这里早瞧科，又是一个劲敌，正在心慌，料事不妙，却当不得眼前敌人早已又刀刀逼紧，于是李德把心一敛，只得且顾自己。

　　这时园中、屋上分作两团儿，风轮似的翻飞酣战。好李德，力敌那少年全无惧怯。正在搅作一团，猛闻三娘啊呀一声，李德百忙中急望时，便见三娘娇躯一晃，托地向那人虚晃一刀，便奔西路，意思是想突围而去，张得李德正在吃惊，忽闻宅外哧的一声，便有支流星起火，飞上半天，接着便四面价喊声大举，只叫"休走了妖人、贼妇"，并有人大喊道："俺们本州捕健，全伙在此！凡是抗拒

72

的，官捕的都以妖匪论，弃械的无罪！"

这一声不打紧，便闻稀里哗啦一阵弃械之声，又有许多人喊一声，似乎是纷纷各散。李德情知事体大坏，留在宅中的朋友们都各跑掉，当时惊怒之下，这才想起用法术取胜，于是向那少年虚晃一剑，霍地跳出圈子，耸身一跃，已上后墙，忙诵咒语，向那少年一舒左掌，但听刮啦啦一声霹雳，就这声中，却有一片深墨似的乌云从他掌上溂然四布，顷刻遮住敌人的目光，但是李德却望得分明。

看官们若刨根问底，一定询这法术是何名色，便连作者也是不知，不过如是者为我所闻，也便如是地写，在这里给诸位解解闷罢了。说是掌心雷也可，说是障眼法也可，说是作书的满嘴胡诌亦无不可，总之无关紧要，且瞧热闹下文吧。

当时李德望得分明，见那少年被乌云所遮，略作一怔的模样，大悦之下，正要跳下墙，于中取事，说时迟，那时快，便见那少年猛地一褪那胸前的红锦囊，登时现出一面古镜，便有一道光华哧然射出，其赤如日，其明如月，惊得李德激灵灵一个寒战，刚暗道一声"不好"，但见满园中光明如画，乌云都消，那光华直射向自己，胸前如中铁杵一般。一个啊呀没喊出，腿子一颤，早已倒栽葱，跌落园内。那少年急忙抢来，向自己两腿胫啪啪地便是两刀背。

不提李德大叫一声，当即晕去，且说屋上三娘正自战那人不下，忽见镜光之异，又见李德事坏，这一惊非同小可，便舞动那柄雁翎刀，疾如风雨，正想设法免脱，便见地下那少年抛却李德，一耸身，早已登屋，短刀一摆，便和那人夹攻来战，并且那少年胸前一片光华，照得自己眼花缭乱。三娘虽是吃惊，但是到此危急之间，也只得拼命招架，于是一紧手中刀，顷刻间钩拦劈剁，左格右拒。偏那敌人两柄刀翻飞上下，便如两条游龙一般，吃紧地兜裹上来。三个人丁字儿团团风转，由那屋脊上或东或西，正在不可开交，便见前院中火烧照耀，人众乱喊。三娘急望时，却是一班捕健业已火杂杂杀到院中，只大叫"休走了贼妇"。

三娘见事不妙，心下一慌，方飞起一刀，格开那少年刀势，便见眼前白光一闪，那人喝声"着"，这声中，三娘赶忙地倒退两步，头儿一低，咭一声，刀锋过处，早斫落半个髻鬓。但是三娘毕竟是久经大敌的惯家，便趁这倒退之势，从斜刺里一矫身形，倏地翻向屋的前坡，用一个蝉过别枝式，嗖一声，蹿向西边的花墙，两只小脚赛如蜻蜓点水，顷刻之间，已达门楼。

这时，后面那人一面大呼赶去，一面抖手便是一镖，三娘反回刀，当啷一格，那支镖斜激出丈把远的当儿，三娘业已跃登前院的厢房，于是正室屋脊上那少年大叫道："晋兄仔细！俺且料理这妖人要紧。"说着，跳落后园，去瞧李德。这时，杀进来的捕健等也便由东西角门儿一拥都到。就这纷纷之中，屋上那人早望着三娘身影，匆匆赶去。

说了半天，这刀伤李德的少年并追赶三娘的那人，毕竟是哪个，料诸公都是明眼人，自不须作者点明，便知少年是绳其，那人是楚材了。

原来，绳其定的内外拿截的计划，先命东山向红土坂、胡胜向橡树冈分头埋伏，自己和楚材跃入园，便登正室屋脊，就脊的黑影伏住身体，方想略觇动静，跳入内院动手，恰值李德酒罢，已向后园作法。绳其因楚材没得宝镜护体，对李德或恐有失，所以命他去单捉三娘，自己却料理李德哩。

当时，绳其跳落地，一瞧李德，业已苏转，但是两腿胫都已断折，只痛得面无人色，就地宛转，一见绳其并众捕健，只剩了破口大骂。众捕健大怒，先是拳头巴掌一齐上，然后争用激筒秽水将李德摆布得王八蛋一般，这才取出准备的秽血染就的缚绳，将这位李一爷服侍起来。绳其命两名捕健专守李德，自领余人巡视宅中，唯恐还有伏的余贼。

方巡至靠东院一所小小跨院门前，却闻里面有妇女悲泣惊噪之声，入内瞧时，只见院内都是曲房密室，有七八个少年妇女，都有几分姿色，正聚在一处宽绰室内，相与悲泣。一见绳其等提刀入来，都吓得花容失色、乱藏乱躲。绳其料她们是被李德劫置在此，忙一述自己来此捕捉李德之故，众妇女听了，悲喜之下，不由都罗拜在地，便各自泣陈被劫来历，大概都是李德用邪法摄将来，便闭置在这院，任其淫嬲。其中有两个美妇，便是近州城某大户的美妾凤娇并女儿二娃。绳其听了，十分叹恨，便命她们不得妄动，静待安置，又复领人巡视各处。可笑偌大宅院，连个鬼影都没得咧。

原来事起之时，所有李宅的厮仆、佣工们恐被连累，早已一哄而散。末后绳其巡至一处柴房跟前，却微闻里面簌簌有声，入去瞧时，只见一堆柴草只管微微抖动。众捕健发声喊，掀起柴草，却从内中拖出个吓得半死的仆妇。绳其命她不要害怕，因问她李德练习邪法的所在。

仆妇道："俺主人练习法术或在内院或在后园，倒没一定，但是他却有所地窟，那机关门儿便在他住房中，宅中人无论哪个，不许入内，内中藏置什么，便是小妇人也不晓得。"说着，引了绳其便到李德住房。

绳其一路留神，只见那住房内桌椅翻倒，酒炙器皿等物乱丢得一世界，料是楚材和三娘搏战时所致，那靠东壁床帷后，壁上却悬着一幅山水立轴。那仆妇走去揭下图，忽现出一个精巧门户，由仆妇按机关，那门儿豁然立启，里面却有螺旋形下行的阶梯。绳其秉烛循梯而下，径入窟室，只见里面十分宽阔，日用机具，无所不备，杂庋着箱箧之类，又有两具长卧柜都加封锁。绳其先启两个箱箧，都是银两细软等物，及至用刀削去柜的铜锁，仔细瞧时，不由吃惊。原来一柜中都是枪、刀等兵器，那一柜中却是纸人纸马等物，上面都画有朱符。

绳其沉吟一回，一面暗想，陶善成所告发的不虚，这李德若不及早拿获，怕不为地方巨患，一面仍将长柜盖好，再就室中细瞧，却见一榻，十分华丽，大概是李德偃息之所，长枕旁却置着一个枕匣儿。绳其劈开一瞧，里面却都是妇女的亵物，如兜肚、睡舄之类。绳其一笑，方要抛向一旁，却见匣底上还有一本册籍，忙取过一瞧，不由慨然，动念暗忖道：这本册籍若落在官府手中，不知须株连多少人，其中未必都是贼党。李德既有如此气势，左近乡人等哪个不怕，焉知没有被迫胁入党的呢？倒不如一火了之，单拿李德正罪就是。想罢，将那册籍引就烛火，须臾焚掉，这一来不打紧，暗中保全了无数性命。原来那册籍便是李德党友的花名，每名下都注着住址、籍贯，竟有数百人之多哩。

不提这里绳其出得窟室，便引众捕就前厅落座歇息，专待东山等并楚材捉得三娘来，如今且说那慢大哥胡胜，自经绳其分布之后，便领了两个手下捕伙，兴冲冲向橡树冈方面埋伏，到得那里一瞧，不由大悦，只见那隘口路上果然险峻，除树石交横外，只有一条羊肠窄径，于是和捕伙等就一块丈把高的大石后隐住身体。等待良久，却没甚动静，胡胜耐不得，便如开锁猢狲一般，就石旁跳来跳去，或登高处延望一回，但见星垂大野，山风徐动。正闹得不可开交，却闻石后鼾声大作，胡胜瞧时，却是一个捕伙卧狗似的盹睡起来，胡胜大怒，便登时将他揪耳提醒，骂道："你这厮倒自在！这是什么所在、什么时光，却睡你娘的快活觉儿？"

偏那捕伙有些倔气，因正睡得甜蜜，被胡胜揪醒，便没好气道："胡爷，你乱的是什么？哪里这么巧，李德和那婆娘便恰恰地跑向这里。依我看来，咱被人分布到此，不过是配了角色罢了。李德等便是逃跑也必向红土坂，你不见刘东山已向那里去了吗？人家本州捕健会叫咱外来的生虎儿得了功去吗？"

胡胜听了，越发咆噪，正这当儿，忽闻白马庄方向一阵呼噪之声，顺风吹来，这里胡胜顾不得和捕伙厮缠，赶忙倾耳之间，早见远远地一支起火飞向天空，接着便隐隐地喊杀声动。胡胜料是绳其等业已动手，于是拉开架势，拄定铁棍，哈着腰，站向石后，瞪起眼睛，注定那要路口儿。

哪知待了良久，通没动静，那捕伙便得意道："胡爷，你瞧，俺料得不错吧！动手这半晌，一些动静也没得，不消说，咱这所在是白等咧！"

胡胜听了，正在长气，忽见一条黑影倏地由路口树旁直抢过来，胡胜暴起，喝声"着"，一棍击去，只听扑啦一声，那影儿却由自己头上翻向高树，一阵价磔磔大笑，原来却是只老枭，气得胡胜略背身形，正向那树上乱唾，忽闻一声呼哨，业已来得切近。

胡胜晓得是口号，连那两个捕伙也都仓皇舞起，各抄家伙之间，

76

说时迟，那时快，便见突突突一条人影，比箭还疾，顷刻间，已由路口抢到大石跟前。这时，胡胜慌了手脚，忙举起铁棍，一跳丈把，高喝声："贼王八蛋，哪里走！着家伙吧！"倏地连身扑去，但听啪嚓一声，火星乱爆，震得胡胜两膊酸麻，脚下一蹶，险些栽倒，方才扬起脸子来，却见大石顶上人影一闪，即有一物飞将来，啪的声，正打在自己嘴巴子上，再望那人影时，早已没得。

原来过得这路口，便是一片乱山合沓，于长林沓冥之中，却又歧路交错，况又在深夜之中，再想去追截却是难哩。当时胡胜一怔之下，还以为李德、邬三娘不定是哪个准被自己打落一个，忙命那捕伙脱露出篝灯仔细瞧时，好不晦气，只见满地上石块纷纷，原来自己那一棍却击中石头。

正这当儿，恰好楚材赶到，大家厮见，彼此地一询情形，知邬三娘侥幸跑掉，只好互相顿足。依着胡胜还想瞎赶将去，却被楚材止住，便命那两个捕伙由此转赴红土坂去报东山，速回白马庄料理一切。这时胡胜只管没好气，揭了大棍，方要随楚材拔步，那捕伙篝灯一闪，却见自己足下有一物，红郁郁的，胡胜拾起一瞧，不由大笑道："俺虽没捉得那婆娘，却打落她一只蹄子。"说着举向楚材眼底，楚材一见，连忙扭头大唾。正是：

被底灯前物，刀光剑影时。

欲知后事如何，且听下回分解。

第十二回

查盗宅东山起贼物
唊糕片胡胜戏厨娘

　　且说楚材见胡胜手举着一只软帮平底红缎绣花女鞋儿，尖翘翘，三寸有强，料是三娘仓皇脱落的，便扭头大唾道："胡兄，还不快抛掉这物件，拾它怎的？"

　　胡胜道："慢着，这对象不容易得来，待我把回去，一来报功，二来也叫大家开开眼睛，想见那婆娘是个妖淫货儿哩。"说着，便用那绿绸鞋带儿系向棍头，捎了便走，这里两捕伙也忙去知会东山。

　　不一时，楚材、胡胜到得李宅，绳其等一见胡胜捎着只小鞋儿，不由且笑，既询知三娘走脱的情形，不由顿足道："合该那厮命不当绝。"于是向楚材一问和三娘初交手的情形。

　　原来楚材当时自屋脊跃落内院，一推正房门，恰是虚掩的，楚材未曾入内，先备出路，便悄悄推门大开，然后蹑步而进，就东间软隙张时，张见三娘由酒案座上，一个呵欠站起来，径去摘下那雁翎刀，脱手出鞘，冷森森光芒簇起之间，这里楚材也便一挺刀势，方要闯入，却见三娘忽地置刀枕畔，又是软塌塌一伸懒腰，当啷一声帐钩响，早已放下一边帐帷，接着便转身登榻，窸窣一回，似乎是业已和衣卧倒。

　　楚材不由暗念道：稍俟这婆娘蒙眬时，再动手一刀了却她，倒也省许多手脚。正这当儿，恰见三娘似乎是翻身向内，一只脚儿却由帷边露出，撒脚裤上卷起来，现出雪白一段小腿。楚材逡巡之间，一面倾耳屋上，并后园中的动静；一面暗想道："这婆娘真也了得，便是困歇之时，还要枕刀而卧。"怙惚间，方用尖刀去拨帘隙，早闻得后园李德一声惊呼，楚材知绳其已经动手，于是一个箭步蹿入去，长刀一举，咔嚓声向榻便剁，但闻呼的一声，帐帷开处，急望时，却是个空。

这里楚材方在略怔，便见眼前刀光一闪，那三娘却从榻后转出，近在咫尺之间，楚材的刀方从榻上拔起，不及来挡，眼睁睁敌人刀锋已到咽喉。楚材急中生智，赶忙地一缩身形，三娘刀锋入榻沿的当儿，这里楚材猛地一个反跃，已跳向酒案之旁，便哗啷声一推，酒案直向三娘后脊打去，恰好三娘业已转身，方托地闪开酒案，这里楚材料屋内不足回旋，早已乘势夺门而出，三娘随后赶出，两人这才就院中交起手来，直格斗到正房屋上，恰见绳其也正和李德在后园中厮杀哩。

原来三娘向来是枕刀而卧，那卧榻不靠板壁，又是两边的帐门儿，本为的是一旦有警，可以方便。当楚材蹿入时，未免略有足音，三娘原不曾睡着，所以竟自翻向榻后。当时楚材述罢，也向绳其问回捉住李德的情形，唯有胡胜噘着嘴，忽地四下一望道："怎的，俺江老哥还在树上装人参果吗？"

一句话提醒绳其，不由鼓掌大笑道："你瞧俺好生忽略，怎的便忘掉江兄。"于是命人去取江元。正在忙乱之间，恰好东山趸转，大家厮见过，绳其、楚材方略述李德被捉、三娘逃脱的情形，忽闻院中江元呻吟道："啊呀，我的妈，咱们闲话少说，被捉的算他该死，逃脱的算她有命，如今公事完毕，咱大家跳了一夜猴儿，也该吃点儿吗咧。须知俺老江挨了许多的王八打，到这会子还空着肚皮哩。"说着，蹒跚趸入。

大家一瞧他煺毛鸡子似的神态，又是一阵好笑。胡胜便噪道："江老哥，你这话不错，人是公的，肚子可没有公的。再者捕家到了犯人家，若空着肚皮转去，似乎也没这个道理。"

绳其笑道："亏得江兄这一吵，我想大家肚内都有些空落落咧。如今咱索性先治肚皮，再说正事如何？"

众捕伙听了，真是巴不得这一声儿，于是哄然出厅，便向各室内搜索食物。

原来，当捕伙的专靠趁势捞摸犯人家，方有油水。大家入宅后，只碍着绳其监视，只得假装人样，但是各人心头早似小把挠的一般咧，所以这时都借着搜索食物，大得其所哩。

且说当时东山既闻绳其、楚材述罢一切办案的情形，并李德宅中许多光景，不由骇然道："不想李德这厮妖妄到此！今贼妇虽跑掉，且喜妖人就擒，方、晋两兄也就给地方上造福无量了。这次回得城去，俺本官定要竭诚请见，款留申谢哩。"

绳其、楚材听了，正在相视而笑，恰好得禄也自同一个捕伙趱来。原来陈家沟本距白马庄不远，得禄在家闻得白马庄喊杀声起，便抄起兵器向白马庄外探望，但是逡巡不敢贸然入去，直至这时，有向庄外逡巡的捕伙撞见他，说明办案的诸事已毕，他方随捕伙趱来哩。

当时得禄见过大家，又问明一切细情，自然是欣喜非常。须臾，众捕伙便似波斯献宝一般，各由诸室中寻出食物，也有果饼，也有骰酒，乱糟糟堆满一案。又有两个捕伙吆吆喝喝抬到两蒸笼馍。东山用手一摸，还稍有热气，正在诧异夜深时光哪里来的此物，忽见由门外战抖抖地趱进个二十多岁的媳妇子，蓝帕蒙髻，穿着围裙，似乎是个厨娘模样，一见大家，只顾了叩头不迭。东山命她不要害怕，问其来历，原来这媳妇却是李德家内厨的厨娘，专伺候李德夜间饮宴等事。当晚蒸馍方熟，恰值杀奸事起，吓得她不及收拾蒸馍，便藏向厨内榻下，及至这时，才被两捕伙搜出，所以连蒸馍都端将来。当时，大家听罢厨娘所述，不由都笑。

绳其便拍掌向厨娘道："如此甚好！俺们索性地一客不烦二主，便烦你到厨下连连地打饼煮粥，越多越好。"众人哄然道："正是，正是，你没得罪名，不必害怕，快去做来就是。"

那厨娘叩头唯唯，连忙趱去的当儿，大家回望所堆的食物，不由又是一阵大笑。只见胡胜扇着两只膀子，正在那里乱吃果饼，只管塞得嘴草包一般，一只手中还抓定两个蒸馍。那江元却眐着眼道："胡阿哥，你真可以。你便是饿，多少也须斯文些，你这么一来，叫

80

人家瞧着咱关外朋友不都成了大饭桶吗？"

大家听了，不由又笑，于是东山和捕伙们端得蒸馍去，且自分吃，这里大家聚拢到案边，随意地取食诸物。偏那胡胜手儿飞快，见江元拈起一个小小的精致果匣儿，里面却有雪页似的几片糕，匣儿才启，便觉辛香扑鼻。这里江元方在端相那糕，早被胡胜一伸手，连匣儿抢去，一面抓糕吞入肚，道声好香，一面将匣儿抛到绳其跟前。绳其随手按住匣儿，正觉好笑，那胡胜又已抓起一瓶酒来，嘴对嘴，紧赶一气，这次瓶方落案，却被江元抄去。大家一笑之下，也便各不客气，纷纷争吃起来。

不多时，诸物都尽，大家就案旁随意落座，一面谈笑，一面待那厨娘打得饼来。这时绳其一面手弄那匣儿，一面见胡胜坐在那里，红扑扑的脸儿望着壁角铁棍上那只小鞋儿，只管抓耳挠腮，并时或耸起鼻头，向空嗅嗅，便如声闻骚一般。

绳其以为他是或有酒意，也没在意，不想胡胜忽地似搔痒狮子一般，由座上拱将起来，却喘促促地道："你们且稳坐，等我去取些饼来，咱先吃着。"说着，一溜歪斜匆匆趱去。

这里大家一阵纷纷说笑。其中东山又说回自己在红土坂呆等的光景，大家听了，正在都笑，忽闻远远地似有妇人急噪之声。绳其疑是地窟中众妇女喧闹，正要命人去瞧望，却见一个捕伙面带诧笑之色，匆匆跑来，向大家娓娓数语，大家听了，不由骇然。

那绳其这时手中还玩弄那糕匣儿，便拖了东山当头便跑，一面道："奇怪得很，难道胡兄一条好汉子，竟是这等人不成？"一言方尽，只见江元一个跄踉，趴在地下，跳起来，便嚷道："哈哈，老胡你若真这么办，咱关外的朋友只好拿屁股见人咧！"说着，随手抢起一碗提灯，也如飞便跑。

须臾，大家哄至内厨房跟前，早闻得里面那厨娘只管杀猪似的乱叫，又闻胡胜喘吁吁地胡言乱语，接着便啪嚓一声，似乎是器具倾倒。这里大家大诧之下，即刻推门，不想却是关牢的。东山性起，啪一脚，端开门，大伙哄入瞧时，不由都怔得倒退两步。

只见一个靠椅翻在地下，那胡胜却狗似的趴在椅旁，只管耸送乱动，细瞧时，那厨娘却被他压在身底，一面乱滚得髻儿都散，一面没命地喊叫，两只腿儿已被胡胜岔分左右，那撒脚裤管直上勒到膝盖以上，露着雪白的小腿儿，只管乱舞。可巧一脚踏去，却被胡胜捻入手中，便要趁势捅将起，那只手便去乱揪厨娘的腰带。

正这当儿，江元放下提灯，先自抢去，拉了胡胜一只腿子，攧翻在一旁，那厨娘趁势跳起，闪入里间，呜呜哭泣。这里胡胜嗖地跳起来，便扑江元，并且腮赤如火，两眼都瞪，神态间十分异样。这一来大家都惊，便一拥而上，将他按坐在灶旁椅上，那胡胜还只管挣扎，并且劲头儿来得十足。大家一阵价面面相觑。

正在闹得不可开交，只见绳其略为沉吟，忽地就提灯瞧瞧那糕匣儿，不由哈哈大笑，便一言不发，径由灶旁水瓮中舀了半瓢水，先含水向胡胜劈面一噀，接着便猛地掐住胡胜后脖项，闹得胡胜一面将头乱摆，一面大嘴一张，这里绳其一顺瓢把，塞入他嘴内，水淋淋地便是一灌。胡胜虽是呛噎，却已闹了几口冷水，张得大家正在好笑，只见胡胜一个呵欠，顺势向下一溜，早已卧倒在地，鼻息数转，业已睡得死狗一般。大家见了，又是一阵称奇道怪。

绳其连忙含笑摇手道："咱不须混他，俟他药力过，自会好的。可见李德淫恶万分，竟蓄有如此强剂乱性之药。"说着，将手中糕匣儿举示大家。大家恍然之下，不由哄然大笑。原来那糕匣儿盖里面有五个蝇头小字，写着"龙马育阳片"字样，所以绳其料到胡胜是误吃了媚药哩。

当时大家一面笑，一面将胡胜掇置在厨榻之上，命两个捕伙在此伺候，一面替厨娘收拾一切。东山又亲向厨娘抚慰一回，那厨娘红着脸儿道："众位爷们，还没见哩，他就像发疯一般。若非小妇人闹得凶时，那还了……"大家忙笑道："不须说咧，他是误吃了混账药，由不得他，少时他醒来，罚他给你烧火就是。"

那厨娘哧地一笑，狠狠望了胡胜一眼，只得仍去料理饼灶。大家回到前厅，张见胡胜棍头悬的三娘那只小鞋儿，回想方才胡胜光景，未免又笑过一阵。这时却有捕伙先由厨下端到茶水，大家吃过两杯，业已鸡声喔喔，晨光熹微，那窗上已发出鱼肚白的颜色，厨下捕伙又端到几盘饼。大家正要用时，忽闻院中一阵脚步杂沓，当由捕伙引进四五人，一色的衣冠整洁，其中还有一人，头戴红缨官帽，诸人后面又有十来个庄汉，抬定五架食榼，其中都是酒肉面食等物。

当时大家厮见，由东山询知诸人来历，那戴官帽的便是本处地保，其余之人却是本庄首事人们，闻得本州捕总到此办案，便来赍送酒食，以尽地主之谊。当时众首事人望着东山等，极口称赞，又说道："李德这厮妖妄胡为，久有不轨之意。俺们身家性命要紧，都不敢得罪他。今蒙刘爷等除此大患，真是地方之福。"少时询知李德为绳其所擒，众人又是一番称赞。

东山向众首事谢过馈送酒食，便向那地保道："少时，俺就押犯进城，须用车辆，便烦你紧赶预备。"

地保唯唯不迭，当即同众首事匆匆趱去。不消说，是庄中富户晦气，屁滚尿流地且自备大车，以应官差。

且说东山这里既得了凑口酒食，便命人就席上摆列起来，连捕伙们大家同用，又分些命人送到密室中，与众妇女充饥，便吩咐她们准备起行，到官发遣。及至吃罢，早已天光大亮，偏那胡胜还在酣睡。大家也不暇理他。这时应用的车辆早已赶向李德门首，一时间，喧呼抢镶，招得四外村庄人们都来纵观，顷刻围了个风雨不透。东山先命人由地窖中昇出那两具长柜，又命密室中妇女都出，一切都毕，一瞧胡胜仍睡得死狗一般。

东山正没作理会处，绳其向楚材一使眼色，便笑道："他因吃药太多，所以如此疲倦，倒是叫他睡足了，方不至有伤身体。刘兄押犯，尽管先行，俺和晋兄并孙得禄在此少待。俟胡兄醒后，一同进城。这里封锁宅子，自有地保和得禄妥为料理就是。"

东山道："便是如此，但是方兄等不要只管耽搁，恐怕俺本官晓得方兄等擒此大恶，就要请见大驾哩。"

不提绳其听了，微笑点头，且说门外众观者，见众捕伙将车辆料理停当，先由宅内昇出两具长柜，大家以为是抄出的金银财宝，正在彼此交头接耳，便又有两个捕伙吆喝闪路，后面花花绿绿却是

83

一群美貌妇女，一个个含颦低黛，眼泪汪汪，羞羞涩涩，便坐了两辆车子。车夫带过车，停向一旁，众观者知是李德所劫置来的妇女，正在又是叹息又是乱骂，便见宅门前众人一闪，东山、江元当头，却引出两位少年壮士，端的是英姿飒爽，堂堂一表。大家料是绳其和楚材，正在耸然争望，只听门洞内有人礚礚大笑道："朋友，不必如此张致。李某也是一条汉子。今既被擒，便拼掉这颗脑袋，结识你们便了。"说着咚咚地跳出一人，哗啷声脚镣一响，只足下轻轻一踩，地尘扬起之间，早已影儿没得。众观者喊一声，登时大乱。正是：

　　已成釜底鱼，犹窜林中兔。

　　欲知后事如何，且听下回分解。

第十三回

草桥堡杯酒寄豪情
荆高驿冥感惊噩梦

　　且说众观者见李德手铐脚镣跑将出来，足下一跺，竟自影儿不见，正在惊乱之间，便见绳其一个箭步抢到对面，照壁角边噗的一脚，却蹴起一团尘气，当即一把，虚作抓牢之势。于是众捕伙会意，有的手内还提着秽水激筒，即便向绳其抓处激射将去。说也不信，只见秽水到处，登时现出个水淋淋的李德，当即被绳其一脚踢翻。众捕伙一拥齐上，这才将他服侍到一辆车上。这里绳其向东山道声仔细，眼瞧东山押了一干车辆便赴州城后，当即和得禄并地保等在李宅料理一切。

　　且说东山押了李德入得州城，登时轰动一时，奔走来瞧的真是人山人海。那绳其大名不消说，是快传人口，当时东山解犯到官，无非是提讯收狱，一面价办出上详公交，一俟回文到来，即将李德就地正法。那被劫置的诸妇也经官一一问明，招其家属，亲来领去。这一切琐琐都不必细表。

　　且说东山当时交差既毕，便向州官儿禀明绳其、楚材协同办案的情形。州官儿听了，十分称赞，因叹道："不意近畿之间，竟有如此侠士。俟其来时，吾当亲去拜谢。"

　　于是当堂赏给东山银彩等物，东山兴冲冲领赏出来，业已天色傍晚，便就宅中整备酒筵，江元在座，这时赛秦琼伤势已愈，也将他请将来，大家一面说笑，一面专待绳其、楚材并胡胜到来，大家便吃这场庆功酒。

不想一等也不来，二等也不来，直至将交二鼓，却是得禄同着个淹搭搭的胡胜趑到。东山急问绳其等，得禄一笑，便由怀中取出一张字柬，却是绳其笔迹，只寥寥数字道：

　　　　吾辈乘兴而来，尽兴而返。只取捉贼痛快，不耐见官烦琐。嘉会无常，再期异日。

　　当时东山阅罢，这才恍然绳其所以要随后赶来之故。因向得禄一问绳其等走脱的细情，不由鼓掌大笑。

　　原来得禄等候着胡胜，直到日斜时分，胡胜醒转，大家正要登车起行，楚材忽称内急，便入后园。少时，绳其忽地也手揉肚腹，龇牙咧嘴一面向得禄道："真是越忙越啰唆，偏偏我也要泻肚，你们先上车等候吧。"说着，匆匆也入后园。得禄哪知就里，果然和胡胜先自登车，直至良久，绳其等只是不来，得禄心疑，到后园寻时，却见厕墙缝上夹着这张字柬，得禄方知绳其等竟借屎遁，溜之大吉哩。

　　这里东山踌躇一回，只得且和江元等吃酒，次日送得他们走后，便去禀知州官儿，说绳其等不欲耽搁，已自趑去。

　　且说绳其、楚材由白马庄取路直奔归途，一路上说说笑笑，十分畅快。绳其因今年又有秋试，因向楚材道："今去试期不过还有两三月的光景，俺打算暂不赴葛垞庄，便在家中专习课文，晋兄何妨便居舍下，相共笔墨，俟试罢再转去如何？"

　　楚材听了，忽地慨然太息，少时，却笑道："若论揣摩程文，还是独习为宜，譬如咱两人相共晨夕，少说着，也须抛掉些谈谑的光阴，还是俟将赴京时，俺再到舍下为妙。"

　　这日两人行至岔路，休于旅店，地名草桥堡。绳其坚邀楚材到家下，少为盘桓，楚材不肯，两人不知怎的，都惘惘有离别可怜之色，便就店中置酒，相与痛饮。酒酣以往，楚材慷慨拔刀起舞，又取出随身带的那支铁箫，就樽前呜呜咽咽吹将起来，初为和婉悠扬之曲，继作苍凉变徵之音，听得绳其正襟危坐，不由刀柄触案，循声按节，末后听得兴起，竟顿开喉咙，高唱起扶风豪士之歌。一时间，箫韵悲凉，雄歌嘹亮，便如龙吟虎啸一般，迨至歌罢，绳其猛然站起，随手一刀，咔嚓声戳向屋柱，随即鼓掌大笑，竟携了楚材手儿，相送出店。那楚材不知怎的，忽地凄然泣下，直趄出数步远，还回头望望绳其，方大踏步趄去。

你想小小村落忽来这两个莽汉，杯酒淋漓地又歌又哭，不消说是岔人眼目，那店门首早围拢了许多闲汉探头探脑。绳其都不管他，翻转身趄回，又自家大杯价吃了一回，正觉有八分酒意，恰好那店婆儿扭头折项地笑吟吟前来换酒。绳其因楚材恻然别去，正觉心下有些闷，又见店婆儿颇颇俏丽，无聊之下，便满斟一杯，递与店婆儿道："大嫂，忙碌一会子，岂可不识酒味？来来，且吃一杯。你若好看耍刀时，等俺来舞回你瞧。"说着，跐跟站起，一歪身儿，本想去拔柱上那刀。

不想那店婆儿见绳其突如其来，只认他是有意调笑，吓得腿儿一颤，恰好颠入绳其怀中。绳其恐她跌倒，抄手一揽，却恰触着她软笃笃的乳峰，那店婆儿哟了一声，红着脸，如飞跑去之间，这里绳其却哈哈大笑，一径地拔下那刀出案，大叫道："主人家，快拿酒钱去，俺还忙着趱路哩！"那店主人气急败坏跑来的当儿，这里绳其已从怀中掏出一锭碎银，约有两余，抛在案上，拔步便走。

不提这里店主骇诧之下，忙去知会庄众，暗作理会，且说绳其被酒出店已是日斜时分，趄过三四里路，经野风一吹，不觉酒涌上来，恰好望见前面有处长林，其中细草如茵，正堪歇卧，这时林中颇有归鸦盘旋。绳其走得发热，一面佩起刀，略敞衣襟，一面仰面瞧林鸦翔舞之势，跐跟跟直奔林中，正掮起两只膊子，走得起劲，忽地道两旁深草中发声喊，绊索起处，这里绳其足下一蹶，早已虎倒龙颠地跌翻在地，急欲跳起时，早抢过四五个庄汉，先夺下绳其的短刀，然后七手八脚将绳其反剪手缚牢，然后骂道："怪道你这鸟汉在店中酗酒耍刀，又戏弄人家娘儿们。不消说，你又是来探路，想做活。须知这次有你吃的苦哩！"

绳其料他们是误会自己为歹人之类，连忙自述姓氏，极力分辩。

众庄汉听了，反都笑起来道："你便是撒瞒天大谎，也须沾些谱儿。那天神似的方绳其，新捉获遵化的妖人李德，便是罗刹女似的邬三娘都被他打脱一只花鞋子，他这当儿被州官儿留住，三日一小宴、五日一大宴的，只顾吃酒还忙个不迭，他会有工夫撞到这里吗？如今闲话少说，且去见俺会总去吧！"

绳其听了，摸头不着，只好被他们拖将去。须臾，仍回那店，一眼便望见店门首，许多庄汉各执器械，拥定一个结束劲健的人站在那里，如临大敌一般。那店婆儿也掺在里面，一见绳其便吵道："这泼贼手儿好不煞溜，三不知的他就摸俺妈妈（俗谓乳也）一下子，不消说，定是淫贼乌云豹的贼党哩。"绳其听了，正在越发茫然，已被大家拥入店中。

那结束劲健的人公然就室内昂然高坐，命众庄汉两旁列立，带上绳其来，便拍案喝道："你这厮尴尬行踪，店主已经报知本会。今本会总有查拿奸尻之责，你这厮端的叫什么名字？到此窥探何意？快些从实说来，免得皮肉受苦！"说着，一瞪眼睛，两旁庄汉一声吆喝，竟闹得十分威风。

绳其好笑之下，又是纳闷，正要重述姓名来历，只见一人由外面匆匆而入，一见绳其便笑道："原来果是方爷！亏得俺恰赶到此，不然真是笑话了。"于是与绳其解开绳缚，先一说自己来意。

原来此人却是刘东山的捕伙。东山见绳其等飘然自去，终是过意不去，便酌备酬金，命这捕伙随后赶来。这个捕伙恰便是本村的人，刚刚顺便到家中望望，却闻得本村会中捉住贼的眼线，那眼线又自称是方绳其，所以他忙赶来瞧望哩。

当时绳其既见那捕伙，也便笑述自己被捉之事。这当儿，上面高坐的那人情知是误捉了好人，忙屁滚尿流地跑过来，连向绳其揖谢不迭，百忙中，又来着众庄汉，忽见此人真是大名籍籍的方绳其，也顾不得站班摆臭架子咧，大家呼一声围向绳其，都光着眼乱望。

正这当儿，恰好那店婆儿也挤进来，一见放掉绳其，便吵道："你们怎的放掉他，难道他白摸俺妈妈不成？"其中一个楞庄汉便笑道："漫说是只摸你妈妈，便是再摸你要紧些的地方，也只好由他哩。"一席话招得大家哈哈一笑。那店婆儿忙趁乱一溜烟跑掉。于是高坐的那人忙揖绳其并捕伙就座，自己一说姓氏，并误捉绳其之故。

原来此人姓李，便是本村的联庄会总，因为密云县大盗丁顺自往年被杜大娘挫辱之后，居然蛰伏了好几年，只有时远出做些案件。近因大娘年老，不甚喜事，所以他又渐渐地就近处、京东北一带出没，近两月来各村中颇为警备，所以李团总闻得店翁的糊涂报告，致有误捉之失哩。

当时绳其听得丁顺两字，不由忆起所闻杜大娘摆布丁顺之事，但是也没在意，因望望天光，却笑道："如今话既说明，俺还是趱路要紧。"说着，向那捕伙道："不想你们刘爷还如此客气，你只回去复命，说我和晋爷心领就是。"说话间，向庄汉要过短刀，便要拔步。那李团总和捕伙哪里肯依，连忙大家拖留。绳其望那天光，委实将晚，也只得权住一宵。当晚李团总并捕伙极尽地主之谊，陪绳其酒叙之下，又谈回近来丁顺猖獗的情形，那捕伙好说歹说极致东山之意，绳其没奈何，只得收下馈金。

次晨，绳其别过李团总等，匆匆上路，当日行抵家下，见了余福，具述办案之事，那余福惊喜之下，却呈上建中寄来的一封书札，却是由济宁州寄来的。原来这时建中因政绩书最，捕盗有名，业已擢升州牧。书中极叙契阔之外，并言济宁、汶口闸地面有一凶僧，俗名吴元化，人称铁臂僧，筋骨劲越，腾踔如飞，现居金龙大王庙中，独霸运河一带，交通盗匪，私藏妇女，又和一个运河水寇赛霹雳王天福结为死党，以致地面上劫案累累、行旅裹足，现方设法剿捕。虽有耿先生、余庆十分得力，沿恐不足制伏巨盗，甚望绳其去相助。

又言济宁地面毗连兖、沂诸府，号称难治，那沂州一带又蔓延起一种教门，俗称白衣净教，奉白衣大士为神，广收徒众，不拘男女，一般地开坛烧香，宣演种种邪妄之说，一时无业悍点之徒归其教，以厚势力、以逞恣睢者甚多。那教首姓李名孟周，现居峄山中天华崖，地既险峻，复筑有坚固寨砦。其中道院云连，均为其徒麇集之所，又托言备盗，广积器械资粮，日习武事，刀剑之声相闻。

那当地官吏虽也觉得他们闹得不成事体，却因孟周教徒众多，不敢去招惹他，那教徒等也就渐渐蔓延于济宁一带，又有吴元化雄踞汶口闸，所以地面上甚为不靖。书后，又有一行细字道：望君甚切，希惠好音。

当时绳其阅罢书，向余福一说书中之意，余福忙正色道："虽是王老爷有书相招，您可千万不要去。若只管闹这些没要紧，您自己的功名也就不用奔咧。"

绳其笑道："老伙儿不必着急，俺也是想不去。王老爷虽说是地面上不安静，有耿先生在那里，想也尽足料理。如今秋试在即，且预备文字，赴考要紧。"余福喜道："这便才是。"于是立促绳其写就辞谢建中的回书，由驲递发去，他方才放下心来。

绳其也便真个的静下心来，逐日里攻读课文，又使人赴葛垞庄杜、吴两家问候一切，并言暂不赴庄之意。不一日来人回头，具言杜、吴两家均好，只是杜大娘前些日偶然患病，现已暂愈，因风闻得大盗丁顺又在近畿一带出没，杜大娘恐其不忘前仇，颇事警备。绳其听了，也没在意。

光阴迅速，转眼间已届秋初，赴京就试之期业已不远。绳其惦念楚材，想自赴豹子窝，约定行期，却被余福止住。正这当儿，忽地秋瘟大起，流行各处，往往一家都染病，死者相望，便是绳其也病了十余日，慌得余福料理医药，闹过些日，及至绳其病愈，早已七月望后。绳其一面料理赴京诸事，一面正要遣人去约楚材的当儿，恰好楚材寄信来。绳其一瞧那信，不由只顾跌脚。

原来楚材也染时瘟，一时间势不能行，信中嘱绳其先发，自己能否赴试尚不能定。当时绳其见信，又欲赴楚材处看望一番，当不得试期已迫，又有余福从中阻止，只得即日束装赴京，但是一路之上甚是怙惙。不一日试场事毕，绳其觉这次文字十分得意，便索性地勾留下来，等候揭晓。哪知运气不来，文章憎命，及至榜发，依然康了。绳其一笑之下，殊不为意，却反羡楚材，因病阻试，倒省得辛苦一趟，及至出都之日，业已深秋时分，一路所经的村墟间，时有新冢丧幡。

原来这年秋瘟，灾区既广，又十分淹缠，所以这当儿患病的还是死亡相继。绳其触目惊心，既幸自己染病能愈，又念楚材。这日晚上，宿在石匣荆高驲地面，相传这所在是昔日荆轲、高渐离相与击筑哀歌酣饮之处，驲北面有一突兀石台，高可数丈，耸立于荒峙蔓草之间，土人名为试剑台，据说上有一块巨石，中断为二，暂绝处俨似剑劈，便是当年荆、高两人酒酣试剑的古迹。

当时绳其落在旅店，既闻得有这等古迹，不由酒怀郁勃，便命店人备酒相待，一径地拂衣登台，循览古迹。这当儿西风烈烈，落日荒荒，极目处长云大野，秋气萧然。绳其慨念古人，十分感慨，又恨不得与楚材同此凭吊，一路价披荆拨莽，却于台之西北隅张见那两块断石，不由哈哈一笑。原来那石却是后人用人工断就，不过上面刻着"试剑石"三个大字罢了。

绳其好笑之下，又念后人附会古迹，便是景慕英雄之意，所以五代时，王彦章有两句名言，是"豹死留皮，人死留名"，看起来，凡是英雄，无不虽死犹生哩！一时间，觉得胸中浩浩落落，又在台上徘徊良久，方才踅转店中，早已掌上灯烛，酒饭都备。绳其趁着高兴，即便欣然独酌，酒入渴喉，又搭着吊古游兴，不知不觉业已沉酣。

正在唤店人换添热酒之间，忽一人拍肩，笑道："老弟有此游兴，怎不等俺同游呢？"绳其急望那人，却是楚材，似笑非笑地站在身旁，再顾四外，草树蒙翳，自己仍在试剑台上一处峭壁之下。绳其恍惚中，觉得楚材是和自己试毕同返，欣然一笑之下，正要去拖楚材，却见他倒退两步，以背就石壁，似乎是一拱手儿，竟自逡巡而没，闹得绳其猛然一惊，方唤道："喂，晋兄哪里去？"便闻耳畔有人唤道："客官醒醒。您老酒若够时，便早些安歇吧。"

绳其倏地一睁倦眼，哪里是在试剑石上，哪有什么楚材，自己仍倦坐酒案之旁，那店人方笑吟吟来换热酒。案上烛已结了个鬼眼似的蜡花儿，正在秃秃乱颤。正这当儿，一阵微风吹得破窗纸忒忒地响，听听村柝，却已二鼓敲过。当时绳其回思梦境，好不诧异，但是逡巡间，又以为是思念楚材，故有此梦，便命店人撤去酒饭，醺然就寝。次日行抵家中，尘装甫卸，和余福在前室中安置一切。绳其偶一抬头，却见壁上端正正挂着楚材的铁箫并那柄柳叶宝刀，因欣然向余福道："怎的晋相公的物件在此？莫非晋相公病起之后，曾到此间吗？"余福叹道："您还提什么晋相公，说来且是可叹哩！"绳其不由大惊。正是：

幽明遂异路，生死两分交。

欲知后事如何，且听下回分解。

第十四回

徐州路徒步送友丧
辽东道无心逢大侠

且说绳其见余福如此口吻，又面色戚然，不由猛触起楚材入梦之事，便料楚材必有缘故，正在一时间心头乱跳，那余福却长叹道："便是前两日，晋相公已因秋瘟病没，临终时特遣人送到箫、刀，说是赠你的纪念，还有一封遗书在此，你且不要伤感，稍微歇息，再瞧那书信吧。"

绳其听了，那两行英雄热泪不由夺眶而出，一时想起楚材如此人物，竟自天不假年，长埋玉树，直觉天地无情，人生如梦，伤感之下，竟自抚膺大痛，倒慌得余福一面劝慰，一面打脸水、绞手巾，忙个不迭。绳其止痛，忙要过楚材的遗书瞧时，不由又是一番惊痛，因那书中托绳其归骨故邱之外，便自述真实来历，原来楚材并不姓晋，却是个身遭家难、变名匿迹、落拓他乡的英雄。

这话说起来还在十年前，那江南徐州府古彭地面有一名胜所在，叫作范村，有山有水，土田沃衍，那地十分膏腴，著名全郡，又地近戏马台的古迹，所以过客们往往载酒来游，便是当地豪贵们也群以此为游览之地。

其时范村中有一著名的老家，姓范便是范增的后裔，世居范村，好行其德，有一位叫范承斌的奉母而居。承斌之父以军功起家，仕至直隶天津总兵官，捍卫京畿，甚著能积。承斌幼承家学，读书之余兼习武功，并且秉性至孝。其母黄氏出自武世家，性颇暴躁，往往意有不适，便督过承斌或至予仗。承斌长跪受训，必俟母意解，然后敢退。

这年承斌已是一十五岁，不料其父因至长芦沿海剿匪，为流矢所中，金创毒发，竟自死掉。承斌哀痛之下，扶榇奉母，即便还乡。且幸家中有片祖遗的沃田，足资生计，这片沃田便坐落在村东面，大可百余亩，地靠河汉，土膏滋润，无论旱涝，没得真歉收，是俗说的铁杆庄稼。这田便名为夜潮洼。

当时承斌到来，办过丧事之后，除奉母承欢外，依然文武兼习。但是这当儿，承斌家还有个门客叫霍世端，便是徐州城内人。这小子虽厕身范府，却素不为承斌之父所重，不过当只狗似的喂着。即至承斌之父没后，世端见孤儿寡妇拥了许多宦囊，承斌又少不更事，这其间大有油水可揩，于是便假作殷勤，追随不去，满想抵范村后，再慢慢施展出溜、哄、奉承、敬的手段来攫取金资。

不想黄氏却是个理家的老巴权（俗谓老而精干之意），不但在世端身上钩割不舍，并且为日不久，封出几两银子，立刻打发小子走清秋大路。世端这一恨，不消说，但是此处不留人也没法儿。也是承斌该遭家祸，那世端为日不久，却夤缘钻入徐州城内一家土豪门下，那土豪名叫孙敬仁，浑号孙刺猬，以屠贩起家，专以结交官府，横行霸道，手下养许多打手，赚人妻女、占人田产的事不一而足。那世端既挟恨范家，便乘间夸说那夜潮洼之美。敬仁大喜之下，便遣其党羽捏造了承斌卖田之契，遣人酌送田价，便领了手下人去收田地。那佃户们有不依的，都被孙家人打伤。于是黄氏大怒，领承斌告到当官。

哪知敬仁手眼通天，早将官人们都打点停当，可巧那官儿又是个糊涂虫，便依田契断给敬仁。黄氏这一气非同小可，依着承斌便要上京理论，但是黄氏暴躁性儿如何耐得，于是揣一把剪刀，领了一个仆妇，径向孙敬仁门前拼命叫骂。

哪知敬仁更来得老气，便喝令他一班姬妾并仆妇等将黄氏主仆团团围住，剥衣的剥衣，脱裤的脱裤，挦揪一顿还不算，那仆妇大叫一声，要紧所在已自被塞入一块长石。及至承斌在家闻警，方要赶去，那黄氏已丢盔卸甲，和那一步一哼的仆妇狼狈而归。承斌骇

94

怒之下，只得暂且将养母亲，再设法摆布田事。

偏那敬仁急如星火地逞其威势，一面遣手下人丈量田地，一面将范家所用的佃户一概驱逐。众佃户没奈何，都到承斌处诉说哭号，闹得承斌正在愤气冲天，恰恰黄氏因那一场羞辱，气急交攻，卧床数日竟自死掉。承斌大哭一场，却不动声色，一面埋葬母亲，一面折变家物，偿还众佃户的损失，称说是游学远方，只酌带资斧并家传的铁箫、柳叶刀，飘然而去。但是没过得三两日，孙敬仁和霍世端都夜失其首。这一来，轰动徐州，都料得定是承斌所为，因为承斌虽在幼年，已有豪侠之名哩。

当时承斌既杀人亡命，便易姓名为晋楚材，初思投奔其父的故旧，继而念浮云世态，流水人情，倘有不宜，反为不妙。于是一路游学，迤逦北上，末后来至平谷豹子窝地面，爱其山深林密，居民淳朴，楚材不由浩然叹道："此地名豹子窝，正堪豹隐避地，以待时机。"从此便卜居下来，以猎为业，还以晋楚材之名进得平谷县学哩。

以上所述便是楚材书中自述的来历，当时绳其阅罢书，惊叹之下，向余福说明其事，余福也自惊异不已，便道："范相公这归葬的事，倒是难事。难道主人千里迢迢地真送他去吗？"

绳其叹道："故人一言，重于九鼎！俺岂可负其所托？俟明日便当去哭临，并料理他归葬之事哩。"说着，取过那箫、剑摩挲一回，只是慨叹。余福知他性儿，也不再谏。

当晚，绳其命酒，自对箫、剑酬酢一回，悲吟咤叹不已。次日早饭后，正在打点金资，要赴豹子窝，偏偏没兴一齐来，忽地葛垞来人讣告，说是杜大娘竟自于前些日染瘟病没了。绳其猛闻，既念半子之亲，又思师生之谊，当时一痛自不消说，只是这当儿却没法分身去哭吊，只得致书玉英，唁慰之外，便说明自己有送故人之丧之事，须俟回头再去哭临，并致书于高氏娘子，请她帮玉英料理一切。

不提那葛垞来人领了书信，匆匆去了，且说绳其携了金资到得豹子窝，只见灵帏萧然，承斌遗蜕已经邻佑人们棺殓停当。大家相见，绳其附棺一痛后，向大家说明楚材的真实来历。大家听了，都各赞叹，便道："他这所宅舍已经他舍入俺村中做个纪念，如今方爷既仗义送他之丧，便折变了这宅舍，以做盘费如何？"绳其道："不须如此，此宅尽好留作纪念。俺已准备下送丧之费了。"大家听了，称叹之下，便帮绳其料理一切，一面雇好长行的驼骑，载了丧柩。绳其扶了承斌之丧，徒步登程，一路上晓行夜宿，直奔徐州，虽是步步凄恻，但是沿途纵览，中经泰山、黄河之胜，倒也眼界胸次都为之一阔。

不一日，行抵范村，便召集范家族人等说明缘故，交代明白，亲看着范生族人将承斌埋入先茔，然后准备了只鸡、斗酒，就承斌墓前哭奠一番，又取那铁箫吹了一曲，一时间悲风飒然，浮云迟回。那许多观者见绳其慷慨昂藏之状，便如观古书图一般，端的是不一日而名满徐州。

这时，孙敬仁、霍世端的后人都已落拓不振，有的远处谋生，并且承斌已死，谁还管这闲事？当时绳其惦念着杜大娘的丧事，也无心再事游览，于是事毕之后，便奔归程。可巧渡过黄河时，适值秋泛泛滥，绳其蹲在旅店中，十分闷闷，欲便道赴济宁一访建中，又恐多所耽搁，及至河路通时，已阻程旬余之久。当时绳其渡过黄河，真是心忙似箭，两脚如飞。

这日行抵家下，方望见门首，却见门首有个媳妇子，翘首延望，神态活似高氏。绳其只顾低头走路，也没在意，不想方到门首，早被那媳妇一把拖牢，只道得一声："我的表弟，你怎的这时才回头，可了不得咧！"说着，便哽咽难言，一把鼻涕两把泪地挥洒起来。

当时绳其见高氏忽到自己家下，又哭哭啼啼，真是丈二的金刚摸头不着，正这当儿，余福蹎来，接过行装，大家入内，那高氏悲悲切切，方述毕一席话，绳其大叫一声，竟是痛倒在地，少时霍地跳起，以刀斫案道："玉姑不幸，遭此毒手。俺只有急为报仇，尽俺夫妇之义！好在丁贼既有窝处，表嫂便速转去，准备祭筵，等候丁贼的首级，致祭杜大娘母女之灵罢了。"

读者诸公，你道端的是怎么回事？原来那大盗丁顺不忘前仇，既闻得杜大娘病没，停柩在家，便趁夜率人前去打劫。玉英闻警，当即伏剑对敌。毕竟是商家武功不同寻常，不但群盗披靡，便连丁顺也几乎吃朽，便呼啸一声，登屋便蹿，也是玉英一时疏忽，便娇叱一声，赶将去。不想丁顺早做计较，猛回手，嗖的一镖，正打中玉英左肩，当时不觉痛，还领庄汉们穷追一程，方才趦趄转，哪知那镖是支毒药镖，没多时毒气攻心，可怜玉英花朵似的人儿，竟是香消玉殒。当由杜家族人一面报案到官，一面料理善后。高氏当时急得要死，料绳其也将转来，所以亲来报说一切哩。当时高氏即时转回，会同了杜家族人，果如绳其之语，准备祭筵。

过得十来日，绳其匆匆到来，先向杜大娘灵前俯仰尽哀，然后就玉英棺前长揖号痛，泪下如雨，须臾，祭筵罗列，绳其却由带来的革囊中取出血漉漉的一颗首级，便是那大盗乌云豹丁顺！原来绳其自闻耗之后，只在家歇息一夜，便乔装身入贼窟，黄夜取得丁顺的头颅。不提当时杜家族人等一面称谢绳其，一面料理杜大娘母女的丧事，并由族长与杜大娘选立嗣子。

且说绳其自经恩师、良友、娇妻之变，感触太深，弄得性格颇似变易，回得家中，只是终日价纵酒酣歌，酒酣以往，或至痛哭，休说是举业弃置，便连最好的剑术等事也都抛在脑后，但是游戏性儿却越发加了一倍。有时与顽童们嬉戏，有时就村中妇女们斗个牌儿，更有时簪花傅粉，将方老太太遗下的古老花衫儿披在身上，骑只黄牛，吹起铁箫，在那红蓼洼一片山村中无不踏遍，招得妇孺们追随哗笑。绳其却越发自喜，并且那慷慨性儿也日甚一日。凡有祈求者，无论何人，无不立应。便有那黠滑之辈，不说是亲死未葬，便说是债逼要死，不断地来哄取金资，心痛得余福什么似的，却也无可如何。

转眼两年之久，绳其家资业已去掉大半，因为有一年中，绳其曾出数千金大赈饥民。当地官儿要与他请什么褒奖，绳其却躲向一班乞丐群中，和他们狗肉烧酒地大吃大喝了几日。

这年夏月间，绳其正在无聊，恰值近村庄众有几个在关外沈阳一带做行贩的，俗呼之为跑关东的客人，这班人无非是赵大、钱二、孙甲、李乙之类，因和绳其相识，便来话别。谈笑间说起关外风景，绳其无聊之下，便要同去一游。众客人因关外道径，说声遇劫只如寻常，有绳其同走，自然乐从，于是绳其和他们匆匆便发。出得那山海雄关，果然气象一新，但见左倚长城，右襟渤海，白草黄沙，弥望无际，好一片关外雄风。绳其至此，胸怀一阔，却不道累杀了众客人。

原来，绳其落店必要命酒酣歌，有时还招妓侑酒，一睡或至日色大高，如遇名胜山水，往往秉炬往游，半夜间方敲门打店地转来，弄得大家觉都睡不成。但是有一次，却多亏绳其，便是路遇劫盗五六人，被绳其一刀斫杀一个，余者慑服，都被绳其剥光，缚在树上，反从盗囊中搜得数十金。大家赶到前途逆旅中，便以盗金赍酒，痛饮一场，余者散与贫民。

这日行抵沈阳，众客四散，各奔贩所，绳其游兴未已，闻得长白山一带林木参天，风景尤胜，便独自踽踽行去。一路上，登山涉涧，转过兴安屯的地面，但见地势苍莽，似乎来至一片山环之中，问起土人来，方知地名金沙堡，地接吉林，颇为荒凉，除多有畜牧之场，便是淘金、采参的场儿。在各岔路上所遇的行人，都是成群结队，带刀携械。问起他们来，都是赴各金场、参场的。

这日绳其休于逆旅，正在饮酒，却见个贫老儿，倚了破敝行装，息于座侧，望着酒案上有欲炙之色。绳其独酌寂寞，因笑道："老丈要吃酒，何妨同酌呢？"那老儿忸怩着谢了一声，即便踅过，方吃一杯，忽地凄然泪落。绳其不悦道："老丈这便不是，酒来人欢，你如何对酒伤心呢？"老儿听了，那眼泪越发地滚下来。正是：

　　两行冤苦泪，一片不平情。

欲知后事如何，且听下回分解。

第十五回

创白衣教徒恣匪患
破峄山剑气定妖氛

且说那老儿拭泪道："尊客不要见怪，俺委实有片冤苦心事，不由伤心落泪。俺姓何，是关内人，携了女儿金妮到关外投亲不遇，便流落下来，亏得女儿会唱俚歌，便各处沿街卖曲糊口，不想来至此间，在采参场门前卖曲，便有人唤女儿进去，说是参场主人要听曲儿。俺因这场主人素有豪侠名望，也没想到意外之事，不料没多时，那人掂着数两碎银抛与俺道：'场主人已将你女儿收留了，这是身价银，快些将去。'说着，竟将俺驱逐离门。俺自知和他理论不得，只好心中苦楚，因此烦恼了尊客。"说着又复泪落。

绳其勃然拍案道："什么鸟参场主人，便敢强夺人女！你且稍待，那厮现在哪里，等我去和他理论。"说着，愤然站起。那老儿忙摇手道："尊客且住，这场主人好生了得。他创立这片参场时，许多的当地亡命之徒都被他用气力降服了，那盗贼之辈连参场左近一根草都不敢动。尊客气概虽是雄壮，却恐不是他的对手。"绳其大笑道："你不要管，你只领我去，保管索回你女儿就是。"何老儿拗他不得，只得溜溜瞅瞅，领了绳其一径趿去。

须臾，来至一处参场门首，只见一人便衣小帽，正在那里负手闲踱，一面价指挥众参客依次入场。那人生得面目和蔼、精神四射，已有五旬上下的光景。于是何老儿闪向一株树后，向那人一指，绳其会意，便大踏步走上前去，向那人冷笑道："你便是参场主人吗？你为何仗势夺人女儿？快些将出来，交还于我！"

那人听了，一怔之间，这里绳其已捻起拳头，踏开脚步，一面将何老儿一席话述出。那人听了，眼睛一转，方要分说，不料绳其已自摆拳打来。那人微笑，即便交手，没得三五合，那人忽地跳出圈子，惊叫道："足下且住，你如何会得商家拳法。"

绳其也因那人出手不凡，正在惊悚，便忙敛手，略述自己的生平来历。那人听了，大笑之下，也便一说自己姓名，登时和绳其握手，一径地让入场内，先查明何金妮之事，却是被场中人们私藏起来。于是那人立唤进何老儿，赏以银两，领去女儿，又责罚逐却那肇事之人。

你道这场主人是哪个，便是上文所述商老太的高弟，施老么施照，这时业已名满辽东，自中年之后，便深自韬晦，却在金沙堡经营这片参场哩。当时绳其既见施照，自然是情投意合，两人杯酒盘桓之下，施照闻得杜大娘母女都逝，十分太息，及至绳其听施照讲论起剑术，真如深林高岳，有龙虎变化莫测之感，方知自己从杜大娘所学还未造极诣，心折之下，即便从之习艺，一面寄书于余福，命他酌寄金资，以为旅费，从此相从施照，转眼间又是两年。

那日却接得余福由家中转寄来一封书札，却是王建中由兖州道署所寄，书中大意是自己已擢升兖、沂、曹、济兵备道，因峄山白衣教首李孟周啸聚群盗，业已揭竿举事，自己奉上峰之命，方提兵进剿，请绳其火速相助为理。书中并言曾接高氏的书信，颇知绳其近来佯狂自喜之状，自己甚为惦念，极盼绳其检束性情，以就功名。

当时绳其得书，既义不容辞，又和建中多年契阔，借此行会会故人，再纵览齐鲁风光倒也不错。主意既定，便拜辞施照，并邀同行。施照笑道："足下剑术，此行足以了事。俺隐居已惯，无志腾骧，但有一语君须记取：教匪倡乱，盲从者多。足下办贼时，但诛元恶，余者能多所保全，便不负俺周旋之意了。"

不提两人慷慨别过，且说绳其先到家下，向余福略述一切，安置了家事，即便匆匆登程，不一日行抵兖州兵备道署，和建中、耿先生、吴思恭等晤面之下，握手一笑，好不欢畅，彼此地各叙别后情形。

绳其一问教匪乱事，方知那教首李孟周是铁匠出身，生得黔面长躯，颇娴拳棒，性好结纳，不吝财帛，济人之急，江湖间赠他个绰号，叫黑尉迟。

有一年他在东昌府岳光楼旁一家废园中安铁灶、做生意，孟周好酒，晚上歇工时必独酌，以息劳倦。说也奇怪，每逢孟周一举杯，便有个白胡矫老头儿趑来求饮。孟周以为是邻叟，也没在意，但是屡屡如此，孟周不由起疑。一日候其醺醉，便侦尾于后，却见那老翁闪入岳光楼中，孟周跟入瞧时，却见个庞尾黑狐醉卧在吕仙神龛之下。

当时孟周暗笑道："原来是你这厮屡来扰酒，却须留下皮当酒钱哩。"于是解腰带将那狐缚了。方在抽刀，恰好那狐醒来，宛转间，仍化为人，便央道："你能放过我，我有一卷异书相赠，能使你一生吃着不尽，并且深究其旨，可以入道，但你却不可误用之，以致杀身之祸。"孟周唯唯之下，手才解缚，那老翁已溘然而逝。

次日晚上，孟周竟于榻头果得异书一卷，其中都是符咒奇怪诸法，于是孟周尽通其术，便倡设白衣教，开坛收众，闹将起来。一时间，土豪大绅、江湖亡命以及愚骏之氓，无不归之。这时他的党羽自远处来归的，有崂山下清宫道士粉面郎君陶保成、江湖红衣魔女邬三娘，近处死党有铁臂僧吴元化、赛霹雳王天福，其余小些的党羽潜伏在曹、济、兖、沂一带，不计其数。孟周起事，据匪中传说，是在峄山中得了一种什么谶文，是一块石头上生有"李王"二字，所以孟周公然自负。刻下孟周方为官军所围，有费、兰、峄三县令指挥其间。因其党羽健悍，又有邪法，所以相持不能进剿。

当时绳其听罢，沉吟一番，又从耿先生细问回孟周的党羽，方知陶保成、邬三娘都在峄山中，孟周左右那吴元化、王天福却仍在汶口闸金龙大庙中，暗与孟周通气，策应一切。原来吴元化等自那年被建中捉捕，不过向他处避了些时，建中去济宁之任，他依然趑回哩。

当时绳其听耿先生说罢，便笑道："孟周既有官军围捕，不愁他跑掉，今似宜先除吴元化等，剪其劲臂，然后再合力剿山，自可一鼓而下。"建中道："此计甚善，大哥此去，须用多少军健，便可分拨。"绳其笑道："刺取这两个泼贼，倒是以出其不意为妙，老弟等可督兵直赴峄山，会合费、兰、峄三县令，且作虚围之势，候俺了却吴元化等，再相机行事。"建中、耿先生都各称善。

当日置酒与绳其洗尘，大家引杯之下，谈今忆旧，真是欢畅得紧。不提次日建中、耿先生酌带兵马且赴峄山营次，且说绳其结束停当，佩了柳叶刀，只带一个伶俐捕健，引路来至汶口闸，就僻静小店中歇下。绳其易装，先向金龙大王庙前后左右踏看一番，恰值吴元化送了一帮过往的香客出来，绳其偷张元化，生得铁面猬髯、帚眉凹眼，身佩戒刀，手捏素珠，好个凶恶之相，正做出一团和气，向香客客气间，便见四五个打手模样的人抓定一个商贩，后随一个彪形大汉，生得十分凶丑，捏定油钵似的大拳头，滔滔走来。

绳其悄向人一探听，那大汉正是王天福，方从运河下抓得个没交他陋规的客人来，大概是又作威福。绳其听了，正在留神，便见那商贩见了元化，只管磕头乱央。于是元化拖住天福大笑道："咱这会子哪有工夫理会这等小事，你也太小气了!"说着，喝开商贩，和天福把臂入庙。

绳其既踏明道理，即便回店，待至二鼓敲过，便结束伶俐，佩了长刀，一径地扑奔庙的后墙，飞身而入，趸过后殿，只见靠西有个圆洞角门儿，角门儿那边院中灯光隐隐，绳其悄步入去，可见院中松竹翳如，十分幽雅，正室五间，里面是灯烛辉煌，并有杯箸之声。绳其悄就室窗缝一张，正是元化和天福相与饮酒，身旁都置着刀剑。

但见天福道："俺就不服气咱教主只好姿色，不顾朋友!就凭邬三娘投到教中，并没多日，教主便叫她不离左右，同守山中，却命咱两个在这里给他巡风儿。"元化笑道："咱没长那漂亮脸子来，生这瞎气做甚?依我看，咱在此倒好，教主事成，咱自然是开国翊运的功臣。若说个丧气话，等树倒猢狲散时，咱从此溜之大吉，岂不方便?"说着，哈哈一笑。

绳其见状，暗忖:力敌两人，不如用计。于是潜转身，便奔那角门儿旁丛竹后伏住身体，却模糊糊喊了一声。便闻吴元化道："老弟，你且宽饮。那猫声狗豗的，准是庙佣们又吃醉咧，待我瞧瞧去。"即闻步履声趑出室来。绳其忙偷望,早见元化敞披大衣,腆起大肚皮,一径趑到角门儿边,向外瞅瞅,却没得人,因唾道:"这个醉鬼惯来搅人,又他娘的去摸咧。"

这里绳其暗挺刀锋,正在抢出,合该凶僧命尽,便见元化一扭身,就丛竹前解裤便溺,白亮亮小肚儿方才脱出,这里绳其一翻手腕,刀锋早到,咪一声,刺入去,趁势刀锋下划,连那小和尚子都同归圆寂去了。可怜吴元化哼都没哼,扑通声,尸身栽倒。绳其抽刀之间,却闻天福在室内唤道:"和尚,怎么咧?难道你也吃醉?等我去扶起你来。"

好绳其,真个机灵,便噗的一脚将元化尸身踢入丛竹,自己却登时蜷身仰卧。那天福哪知就里,忙地跑得来,夜色之中,只认是元化跌倒,方折腰去扶,绳其猛跃,刀光一闪,天福一颗头早已滚落数步之外。及至庙众们闻声惊起,但见元化、天福两具无头尸身横卧在血泊里。

不提庙众大乱,料是官军中能人来刺杀王、吴,自有人去飞报孟周,且说绳其连夜价赶到峄山官军营中,见过建中等,次日便会合诸军官,先挑出元化、天福的首级去,一面散出檄文,凡教众悔过归诚者,准其无罪,但捉孟周等首恶数人。那李孟周见了,正在吃惊,官军这里早已鸣鼓进攻。孟周狃于往日的官军,至不在意,及待对敌之下,不由大惊。不但众官军异常踊跃,并且从官军中飞起一道白光,腾踔夭矫,便如闪电,光所到处,教众们尸仆如麻。当时粉面郎君陶保成奋勇临阵,和那白光追逐了没得十来合,早已身首异处。

孟周惊惶之下,率众便退,好歹地把住山口,仔细瞧那白光,却是一壮年豪士。命探子一侦察,方知是建中从直北邀来的绝世大侠,叫作方绳其,于是孟周转怒,虽是这一阵又折了陶保成,但因有法术可恃,也不在意,于是连日价和邬三娘轮流出战。无奈绳其锐不可当,力敌既不可,孟周弄起邪法,都被那乾元镜光所破。孟周恨怒之下,有一夜便披髯仗剑,挑选骁悍教徒数百人,作起罗天鬼户妖法,火杂杂便去劫斫敌营。

一时间风雾弥漫，杀声动地，正在踊跃之间，只见敌营中忽地飞起一片光彩，亮如白昼，腾跃倏忽，宛似电迈，光所到处，教徒披靡之下，又夹着些纸人豆马之类平铺了一地。只这一阵，孟周不但折了好些教徒，连自己也几乎成擒。原来光彩到处，绳其一柄剑和着镜光，便如天神一般。孟周虽也了得，怎敌得绳其剑术，当时狼狈败北，却亏得邬三娘前来接应，好歹地收拾余众，退回山中。

于是建中知贼势蹙，提兵进逼。那教徒弃械投诚的日有数百，依着建中、耿先生便要进剿山中，绳其恐多所杀伤，便向建中悄悄数语，建中称善，当即多差精细探子分头去了，一面价派人向上宪处报捷，一面和绳其置酒作乐。不一日，探子来报，于是绳其、耿先生各易装束，只酌带数名军健，匆匆便发。

且说李孟周既被官军蹙迫入山，见教徒人无固志，情知人势已去，便与邬三娘打扮作农家夫妇模样，酌带金珠银两，藏了兵器，一面价传令下去，命其众固守，称说是去行法术刺杀建中、绳其等，一面出得山口，便悄悄地直奔西南杀狗港地面。原来这杀狗港是运河的一股支流，西连洪泽湖，过此以往，能通安徽、河南，地极荒僻，所以孟周等想从此远遁。

当时孟周、三娘狼狈行去，幸喜官军不曾觉得，须臾，行抵港边，从夜色苍茫中，只见白茫茫一片，恰好靠岸芦苇中有灯光隐隐。孟周知有渡船，当即唤渡，便闻有人应道："如今夜深不便，明日再渡吧。"又闻有人道："兄弟，不要发懒，这时来的准是好生意，多得钱吃酒，也是快事。"于是欸乃一声，船儿摇过。

孟周等不暇细瞧，及上得船一看，却是两个壮健艄公。孟周等方才安置下包裹，便见一个艄公将船儿拨到港心，一个艄公便向孟周伸手道："快拿十两银的渡钱来吧！"孟周道："一次渡船只，如何用许多钱？"那艄公道："你嫌贵，就别渡哇！你若没得钱，便拿你这小娘儿作抵也是一样。"

孟周等大怒，方要一把抓去，但见两艄公一个猛子，蹿落港内，四只手一扳船沿，那船早已底儿朝上。这时芦苇中又摇出一只船，火把照耀下，有军健数名，早和那艄公七手八脚由水中缚出孟周和邬三娘，一径地连夜价押赴建中营中。原来那两艄公便是绳其和耿先生哩。

于是峄山教匪悉平，山东大吏叙功，保荐建中加级自不消说，绳其、耿先生都得了知县职分，从此绳其筮仕东省，所到之处贼盗绝迹，并许多的侠义行为，不可胜记。五十以后已擢升知府，绳其不欲久困官途，便解组，就济南城内流寓下来，一时击技大名，时称一绝。直至晚年，还不断地游戏市廛中，这便是一代大侠的遗闻逸事。商家剑派却颇流传于齐鲁，有肥城陶功甫、济阳戚于易，都有声于时，但是方之绳其，却瞠乎后矣。正是：

　　　　笔传游侠传，剑气作虹飞。

说到这里，全书完毕，诸公且去回家用饭，再听作者胡诌他书如何？哈哈！

本书据1930年上海大通书局版誊录，版次不详。

蓝田女侠

1939 年再版本新增序言

这本《蓝田女侠》的内容，本来是一种野老的传说，每当长夏无事的当儿，作为瓜棚豆架下笑谈的资料。现在经赵绂章先生妙笔的一番渲染，把它组织成这样一个有趣而生动的武侠故事了。

整个故事的构成，以蓝家父子和沅华的种种事迹为全局的重心，其他再加上几个除暴除怪的插剧。紧张处，令人聚精会神；平淡处，亦委婉有致；洋洋洒洒，真是妙事妙文！

蓝理鲁而勇，有瘟将军气吞斗牛之势；沅华慧而俐，惩凶于嬉笑游乐之间，临敌在万分紧张之际，静如处子，动若脱兔，那种矫健的身手、活跃的神情，令人看了，神往无已。

一个社会里面有着各色各样的人物，有善的，有恶的，也有可善可恶的，它一方面固然是"人"的问题，一方面同时也是"社会"的问题。

蓝翁的发起修理鸣凤堤，竟碰到了种种不应遭遇的阻碍，恶棍的贪诈、奸吏的阴险，象征着当时政治的黑暗和做好人之不易！后来蓝翁终因被陷而身系图圄，家业也从此一蹶不振，一家数口勉过着最低限度的生活。这种惨痛的事迹，不是使人太觉痛心疾首吗？不过，蓝氏的前世虽在这种沉痛的空气中过去了，而蓝氏的后代却陡然地重振声，还个个学得一身举世无匹的武艺。这种做好人得好报的教训，也许说法是陈旧了些，但总多少带有谆谆劝善的诚意。

最后须向读者一提，本书后面的几回，带点儿当时史迹的描述，意义稍感不正确。所以我说，把它当作一部武侠小说读固可，当作一种野老的传说来消遣也未始不可，但须抛撇历史的意义。

韬汉　一九三九年三月二一日

第一回

风云兆动山谷起潜蛟
桑梓情深海堤筑鸣凤

古人有句颠扑不破的话，是叫作"英雄儿女"。如此看来，天下断没有舍掉性情，可以成事业的。这"儿女"两字范围甚广，凡伦理天性中，不容已的事都包在内，并不仅属于缠绵歌泣。因有这片性情鼓动，所以才演出许多可歌可泣的侠烈事来。英雄作用是个表面，其实骨子内还是女儿醇诚，所以一身侠骨归根儿还是万斛柔情，不然，便是大盗奸民，还有什么英雄可称？

著者何以嚼这阵舌头，只因往年津门大水，满街坊上洪水横溢不止，灶下产蛙。著者那当儿正困居旅舍，出门望望，只见流民塞途，一个个鸠形鹄面，携男抱女，便是戏园庙宇里面都此疆彼界地划域而居。那敝衣破裤、儿襁女褓，仿佛临潼斗宝一般，一件件堆列出来，热风一吹，那一种人气蒸郁并诸般臭秽气和在一处，酿成一股微妙奇馨扑鼻贯来。

著者赶忙跑开，一面走一面看那浩浩之水，向各弄中分头注去，如水田沟洫一般，不由腐气大发，暗想这水之为物，苟善用之，其利最溥，如陕甘等处，很有些借黄河巨浸灌溉民田的，怎的畿辅水利，自有清某亲王讲求过一阵，终究不能成功呢？一头想，一头拖泥带水转回，刚走到自己寓舍窗外，只听得里面有人咭咭而谈，忙跨进一看，却是静海黄容伯与泉州杜少蘅，两人都是著者文字朋友，见著者瞎撞得如泥母猪一般，不由拊掌大笑。那当儿天色已暮，还加着潇潇细雨，一阵阵疏风吹入，透骨价凉。

110

少时茶房送过灯烛，泡上茶来，黄、杜两人随意品茗。著者直着腿子跑了一阵，却乏极了，便拔脚登榻而卧，微吟道："最难风雨故人来。"容伯笑道："快莫风呀雨啊地闹，再落两日雨，都要到水晶宫寻那敖广老先生谈天去了。幸亏这阵大水是由牛栏山溢过来的，倘若海啸起来，更不得了哩！"

少蘅道："我们闽中海啸是常有的。"著者听到这里，不由便将方才途中那段腐思想高谈阔论起来。容伯道："这事不过作始甚难，半途废掉罢了。我闻得老年人传说，便是我们天津这里，还开过数百顷稻田，所以至今，才有那七十二沽的遗迹。听说是康熙年间，一位蓝镇台用标下兵丁开垦的营田。及至抚臣奏上，皇上甚为嘉奖，并赐这片地名蓝田。这个武官也有意思得很。"

少蘅道："不错，不错，说起来，此人还是我乡亲哩。他是漳浦县人，单名一个理字，号义山，曾随镇海侯施琅平过台湾，是名盖天下的一员虎将。生平功绩，人大半还都晓得，却是他怎么便有那等的英勇、那等的武功，人便不晓得所以然了。还有他两个兄弟，一个名瑗，一个名珠，怎么也都是骁捷绝人，大家更莫名其妙了。哪知暗地里却有个粉黛英雄、飞行女侠，略出余技，便教成了蓝氏三杰。她却如神龙一般，始终隐在云雾里。你道此人是哪个，便是蓝理同胞女兄，细演起来，真是一段剑侠传哩。"说到这里，忽倾耳听听，雨声已住，便站起道："容伯，我们走吧。"

著者正听得入神，哪里肯罢？便一骨碌爬起，拉住两人道："岂有此理！这不是特地作弄我吗？人家听到杨文广被困，不晓得下回分解，便愁得生病；你冒操了一个头儿走了，不消说，这夜觉儿我便不用睡了，快些谈完，再去不迟。"说着一迭声喊进茶房，特地开了一瓶洞庭碧螺春，泡好送上，索性移个座儿，靠近少蘅。容伯也欲知就里，便助著者催少蘅述来，以下便全是少蘅的话了。

且说福建省漳浦地面，有一个小小聚落名叫怀珠坞，傍山临溪，南接海港。居民数百家，大半以渔农为业，风俗淳朴，平常无事，连城市都不肯去，真个是出作入息，过起太古日月。不料有一年，居人忽听得深山中隐隐地隆隆有声，仿佛许多水磨儿旋动声响，响

111

却不甚大，每到夜静方才闻得。后来逐日响大，直有一年多光景，那声音却终日价如轰雷一般，震心骇耳。居人听得惯了，虽也骇怪，也便不以为意。

哪晓得这年六月中旬，天气热得流金铄石。忽然西北上涌起一块非黑非黄的怪云，奔马一般，顷刻四布，登时日光沉晦，向空一望，变成一片深琥珀颜色。接着那风排山撼岳价吹起，一阵紧一阵，飞沙走石。只见山麓村头，一排排树株卷舞，那雨点儿栗子大小，直打下来。落了一阵，忽地山坳里震天一声怪响，居人望去，只见白茫茫一条飞波，由山岈涌出，阔可两丈余，奔腾直下。便是头大的顽石都轻如弹丸，滚滚相逐，登时所过之处，如斧劈剑削一般，界成一道深沟。

其中却有一青色长蛟，磨牙耸角，迅疾如风，直向海港奔去。后面水势却也奇怪，都壁立着如一线银堤一般，相随而下，远远闻得，将海港冲击得砰訇震耳。幸亏这怪物由村西二里余过去，大家虽惊得要死，幸免漂溺。少时风雨也便收息，大家变貌变色，聚在一处纷纷相告。便有胆大的巡着水线直到海港边。只见海塘沙堤早被水冲塌数十丈远近，其余一段段崩缺的还有数十处，大家见了，登时愁颜相向，没作理会处。

原来这近海居民最怕的是海波偶溢，看这沙堤十分重要。这堤名为"鸣凤"，数百年来，岁时都要加修筑理，存有常款的。当时大家议论一番，只苦的是巨款难筹，便有人献策，欲请官帑。座中一位老翁生得慈眉善眼，年可五十余，慨然道："请官帑呢，固然是办法，但先须出钱打点本地士绅，并衙署中诸色人等。那官儿跟前，更不消说，即便请得下来，官中先中饱一半，再搭着兴工经手各事的都是官人。你们想他们再剥蚀一层，所剩还有几何？便把来糊里糊涂搪塞了事，不多时坏掉，空费些手脚不算，还带着连月价伺应官役人等，大家不得安生哩。"

一席话说得大家一团高兴减却一半，都默默低头不语。老翁道："依我看来，还是大家募集，再搭上常年修款，自己修理为妙。"一人咻地一笑道："这真是俗语说得好来：隔着斗笠亲嘴——差得远哩。那修款能有多少？便是募集些，也是耗子尾上生疖子——有脓也不多，哪里济事？"老翁道："这倒不难，且如此办去。好在老汉还有碗粥吃，款不足，由我接垫便了。"众人听了，登时喜悦，大家拍掌，少时各散。

原来这老翁姓蓝，世居此村，妻子苏氏甚为贤德，在这村中是有名富户。膝下一女三男，小的方才周岁。女名沅华，时方垂髫，生得慧美伶俐，却天然的好淘气奔跳，身轻于燕。有时顽皮起来，你看她垂着个小髻儿，蹿来蹦去，什么上树探雀咧，登墙垛瓦咧，除非没皮树不曾上去。

这时沅华年方十岁，已许字东乡岱嵩聚吴长者之子吴永年为室。三个兄弟，长名理，次名瑗，小者名珠，终日价嬉耍淘气。那蓝理年只八岁，生得且是异相，虎头燕颔，剑眉海口，捏起小拳儿，铁铸也似的。寻常四五百斤重的石碌磳，他只滚来滚去，如弹丸一般。

第二回

得奇士绛帐留宾
议堤工青蝇集座

　　这日蓝翁一路沉思，刚蹕到自家麦场边，只见场垣大树下，坐定一人，年有五十余岁，生得瘦怯怯的，面目寒俭，拱肩缩背，穿一件长袍儿，都补缀得花花绿绿，身边倚定一束行李，瞑目而坐，看光景似个游学文士。蓝翁见了也不在意。哪知履声惊动那人，忽地双眸一启，碧莹莹寒光直射过来，委实有些精神。蓝翁觉得异样，便搭趁着问他邦族。

　　那人起身笑道："小可姓黄，山左莱阳人氏，流荡江湖，已多岁月。"方说到这里，只听背后如万马奔腾，和着那儿呼噪，将那地震得轰隆隆一片怪响，直卷过来。蓝翁大惊，忙闪身回望，只见一头惊牛，撑起尺许长锐角，四足如飞，如雷鼓一般，拖直长尾，却被一儿童单手拖住，飞也似闯来。仔细一看，正是蓝理。

　　蓝翁吓得面无人色，叫声："啊哟！"说时迟，那时快，只见那牛和蓝理已撞到那客人跟前。蓝理性起，山也似站住，单臂用力，喝声"住"，那牛一个头差不多抵到地，尾巴拖得墨线般直，蹄儿乱刨，休得移动分毫。俗语说得好：牡牛性是牵不转的。当时那牛被蓝理奈何得怒到极处，登时两目如炬，哞的一声，便要旋转身触来。忽见那客人微笑走近，将蓝理臂弯弹了一指，登时放开牛尾。那牛趁势直蹿出数十步远，后面群儿早哗笑拥上，牵将去了。只有蓝理方玩得起劲，被人打断兴头，且减他威风，登时大怒，虎也似扑向那客人，抱住人家的腿，如蜻蜓撼石柱一般，便想扳倒。蓝翁过来，一面揩着额汗，一面喝住，赔礼不迭。客人拊掌道："此子神勇，真所谓天授。若非小可，须禁他不得。"蓝翁愧谢一番，便邀入家中，置酒款洽。

细谈良久，方知那黄客人学术渊博，兼攻技击，因久困名场，愤而远游。生平足迹，几半天下，随缘流转，倒是个磊落奇士。当时宾主谈得入港，天色已暮，蓝翁便留客宿于外室，自己踅回内室。

方到帘外，已听得他娘子苏氏吱吱喳喳地数落蓝理，忙掀帘跨进，只见蓝理噘着嘴，立在榻前，黑油油的脸儿绷得笛膜儿一般。沅华却偏着身儿，缩在娘子背后，一面笑，一面做鬼脸儿引逗他。那瑗儿方得六岁，生得粉妆玉琢，如泥娃娃一般，方坐在榻上，一手抚着珠儿的下颔，一手扯着娘子，问长问短。娘子不耐烦起来，恨道："都是拗业种儿，叫那牛触杀一个也罢，也不知哪里的蛮气力，没的将来做大巴子元帅（此北方俗语，言人雄武也）去。"

蓝翁笑着坐下，道："莫要吵了，理儿等这样顽皮，须不是常法。我已看中一位先生，且是个文武全才，管保读书击剑，件件来得。"便将方才那黄客人说了一遍。苏氏喜道："如此甚好，快些野鸟入笼吧。"说着一看沅华，影儿不见，不多时却笑容未敛，抿着嘴儿进来，附着他娘的耳道："我方才悄悄到外室窗隙向内一张，怎的那先生盘腿趺坐，垂眉定息，如和尚一般，倒好耍子。"苏氏喝道："偏你这妮子，线牵的一般，快些同理儿歇息去吧。"沅华一笑，将蓝理携归己室。

这里蓝翁便又将商议修堤之事谈了一回。苏氏性儿最慈善，听了十分欢喜，便道："不是昨日吴亲家那里，也是为他村中招练乡团，许多经费他出了一半哩。"蓝翁叹道："提起此事，我不知怎的，总替他悬心。你可知他村中为何练起乡兵来呢？"苏氏道："我仿佛听说，他那里左近地面出了伙海盗，都是杀人不眨眼的角色。盗魁手下竟聚积了数百人，打家劫舍，十分凶恶，真有的吗？"

蓝翁道："谁说不是呢？我就为这事心下估量，出费卫顾乡土固是好事，却有一件，也难免与盗结怨，真可虑得紧。还不如我这修堤事，不过费些家资便了。"苏氏合掌道："阿弥陀佛，好心自有好报，若都这样虑起来，天下事无一件做得了。那油瓶见歪了不扶、树叶落下怕打头的，也未见便百年长寿。"蓝翁听了连连点头，当时各自安歇。

次晨忙到外室，那黄客便揖谢要去，蓝翁扯住，将欲延他课子之意委婉说出。黄客沉吟道："小可随缘寄迹，本无不可，既承不弃，便依尊谕吧。"蓝翁大喜，登时扫除别院，铺设起书室来。择吉置酒，邀请村众来陪先生开学。当时宾客满座，望见先生这副干骨架儿，都暗暗发笑。那蓝翁却恭而且敬地殷殷款洽，大家都吃得醺醺的方散。从此沅华与理、瑷两个入了学，便是满村中都安静了许多。

说也奇怪，那先生偏会随他们性儿迎机教导，一任他满院中闹得天翻地覆。有时先生还掺在里面助个兴儿，一般价蹿纵跳跃，抡拳踢脚，手法步法玩得旋风一般，好不有趣。因此沅华等欢喜得没入脚处，唯恐拗了先生，不与他们合伙儿玩了，便有教必学，且是会得非常的快，文课一罢，便磨着先生去玩。

且喜那先生无般不会，什么少林拳、武当派，一桩桩玩起，层出不穷。沅华等但知乐他的儿童天趣，并非理会武功，哪知暗中已成了个小小家数，后来索性地闹起长刀短剑，并诸般兵械。蓝翁有时走来，看了也自欢喜。

光阴如驶，转眼已四五个月光景，蓝翁及村众筹备修堤事也草草有些头绪。除修费并捐集之外，还差得三万余金，蓝翁慨然自任，便卖去数顷上好的水田，还差得三四千金，幸那苏氏贤德，竟将所蓄金珠簪珥之类尽数折变，以济不足。夫妇义声哄传远近，早惊动了官中，并地方蠹痞，以为有这等大冤桶，谁不想横插一扛，从里面捞摸些油水？因此蓝翁门前几乎户限穿破，或毛遂自荐，或为人作曹邱，都说得天花乱坠，甚至馈遗投赠，总要在里面任个事。蓝翁都一概婉辞，大家皆不悦而去。

一日蓝翁方在家核算各项用途，只见一人，年有六十余岁，鹰鼻削颊，一张嘴瘪得臼儿一般，穿一身灰色农裳，掖起前襟，手内拎了短鞭，一面将驴子系在庭树，一面笑嚷着向室内来道："蓝老哥，老兄弟，怎的有这等事，通没给我个信儿。我虽老膊老腿不中用了，给你算个工账还来得哩。"说罢笑着进来。

蓝翁望去，却是城内衙门混饭吃的泼皮秀才张瘪嘴，绰号儿又叫"飞天烙铁"。但凡事沾他手，必要大受其热，所以得此微称。他曾引逗着邻儿玩耍，那孩子方得四岁，手内擎着个烧饼，他馋痨发了，便道："我给你弄个月牙儿看。"一口咬去少半，果然绝似新月，那孩儿已经嚷起小嘴儿。他又道："再弄个方胜儿，更好耍子。"说着从烧饼那面结结实实又来了一口，方胜儿虽成，那孩儿早哇的一声哭了。即此一节，其人可见。

当时张瘪嘴一团和气，笑眯眯地唱个大喏。蓝翁没奈何，冷冷地让他坐了，问道："张兄近来得闲了，一向不曾见，真是能者多劳，想城内外许多乡里乡亲的，一天到晚多少事借重老兄，亏得您有这精神应付，真是一分精神一分福哩。"

张瘪嘴登时得起意来，一面捶着腰胯道："可不是嘛！俺如今倒追悔不迭，不该开着任事的门儿了，你想都是耳鬓厮磨的好乡邻，人家敲门打户地求到跟前，总算是瞧得起咱们。"说着冷笑笑，望望蓝翁面色。蓝翁越发不自在起来。他接说道："好在左不过替他们跑跑穷腿罢了，那衙门中朋友都是自己人，我有甚话儿，他们便是一百个不如意，也不好意思驳我这老面孔。"说着挺起胸，三角眼一瞪，竟有个敲山震虎的光景。

蓝翁忍了气，只作不理会，仍然寻些没要紧的话陪他闲谈。张瘪嘴便渐渐提到修堤事，忽地将椅儿挪了一挪，凑向蓝翁跟前，低语道："不是这等说，我并不是没饭吃，要与你管这工账。你想这等大举动，在官人哪个不晓，都老虎似的张了大口。你又通没些点缀进去，我早就听得许多风言风语，我掺入这里面，有我这面孔照着，怕不与老哥挡多少风雨。难道我的小六九没处使了，要在这里卖弄？"说罢摇头晃脑，好不可厌。

蓝翁强笑道："老兄既有此好意，何不早说？刻下管工账都已有人，这便怎处？"张瘪嘴见不投机，登时将脸一沉，道："那么雇工买料，想还需人吧？"蓝翁道："通是村众会中人大家分办，好在张兄盛意是维持官中人，如今且屈在监工里面，既无稽算钱款之劳，且掮出这面大旗，又替我挡了风雨，岂不甚好?"一席话不软不劲，张瘪嘴竟说不出什么来，见不是路，便搭趁着扯回了，怏怏辞去，等机会发作。

蓝翁也不在意，只忙碌着纠工庀材，择日开工。海下贫民本多，邻邑的人也都络绎奔赴，便在沿堤宽敞扼要之处，分开段落，搭起许多芦棚，分居众工。应用石料、灰土之类，一处处山岳般堆起。邻村协助的人都甚为踊跃，一般地设了巡查乡壮，似备人众滋事。那远近估贩也居然赶来趁些生意，静悄悄一片地，竟闹得如市集一般。蓝翁偕村众不辞劳瘁，都措置得井井有条。

第三回

怀珠坞冯尹隐奸谋
螭头沟何娘谈异迹

到了开工这日，便在村庙中设了海神灵位。村众大集，刑牲荐酒，酬神饮福，大家欢呼畅饮。

正吃得热闹，只见一个青衣仆人将红缨帽掭得高高的，手举红帖，跑进来直奔蓝翁，将帖递上。蓝翁一看，却是县中二尹冯某，便一面心下估量，一面走出。村众都摩肩叠背地下座望去，只见冯二尹顶冠束带价侧身进来，一面嘴内吸溜着谦逊，一面同蓝翁让入客室。

蓝翁方要逊坐，只见他翻身便拜道："大喜，大喜！老兄这等义举，是永垂不朽的，岂是寻常喜庆？"蓝翁只得回叩了起来。归座进茗，冯二尹道："兄弟游宦多年，虽见些当地义绅急公好义，却是毁家济众，像老兄这菩萨心肠实在少有。昔于公治狱，能济多少人，还要大兴驷马之门。像老兄这样，不该起个城门似的大门吗？"说罢哈哈大笑，忽地一折腰，由靴筒儿内掏出两个红纸条儿，上面都有一行小字儿，递给蓝翁，低语道："这两人却是县公奉荐，老兄斟酌好，弟好回复。"说着竟笑吟吟瞅定蓝翁，有非此不可的光景。蓝翁沉吟一回，便道："此事由我面见县公再定吧。"冯二尹道："也好。"说罢冷笑着兴辞而去。

蓝翁送得回来，气愤愤向村众一说，大家嚷道："这断断不可允他。他们一掺入，这事便休想完整了。"蓝翁道："正是呢！"当时且忙忙开工，过了几日，蓝翁自到县中，将所荐两人辞掉，惹得官儿也不自在起来，便留心寻他茬儿不提。

且说蓝翁一意修工，转眼间已经数月，甚是经营得法，真个是工坚料实，长堤仡仡，竟筑好十分之九。心下畅快，自不必说，但是家中骤然去此重资，未免稍形拮据。他也不在意，督工之暇，便与黄先生闲谈谈。这时沅华等儿戏着学的武功，寻常四五健男便近她不得。

一日，夕阳将落，蓝翁偶然踅到村头望望，只见由山径中走来一行人，都是行縢草笠，足下麻鞋，走得尘头土脸，肩着包裹香楮，一面说笑着，将临切近。蓝翁望去，不由笑唤道："于兄哪里去，为何徒步起来？"就见内中一个矮胖子笑吟吟跑近，握手道："我远远望去，便疑是你，不想果然。"众客伴也便止步。

蓝翁匆匆问起，方知他们结伴向泉州螭头沟天妃宫进香。这闽中天妃，灵应本来非常，一年香火极盛。蓝翁听了，心有所触，便欲邀众客到家款待。于客道："啊哟哟，可了不得，我们都是克期斋戒的，直去直回，半路上便有天大的事也不能耽延的。"说罢露出一团诚敬之气，拱拱手，同众客忙忙去了。

原来于客是蓝翁旧友，一向在海船上帮人家经商的。蓝翁闷闷转到家，陡地起了诚念，也要随喜随喜，便与娘子说知。苏氏还未言语，那沅华已乐得跳将起来，磨着蓝翁一定要跟去游逛。蓝理也高兴要去，吵成一片，亏得苏氏作好作歹哄着她，方才罢了。

次日蓝翁忙到堤工上，将几日应办事宜托了村众，回家来虔诚斋沐，备了行装香楮，父女两人各跨驴一头，唤个长工跟随，竟向螭头沟进发。一路上山光水色，野鸟闲花，寻常景物到得沅华这活泼方寸中，都觉着有无限愉快，一张小口只喜得合不拢来。偏那长工也会顽皮，给她捡了些石子装在行囊内。逢着飞集的水禽山雀，沅华随手打去，发无不中，都把来一串串价挂在驴屁股上，倒累得蓝翁一路呵斥不绝。

这日将到螭头沟，那海滨斥卤之地，一望都是白沙碎石，日光照去，有一种亮莹莹的光彩。长风吹起，那浮沙高起凹下，远远平望去，便似波澜动荡一般。沟左一山，临海突起，峰峦回杳，云物深秀，名道林山。那天妃宫便建在山腰，磴道萦纡，长可数里。从下面望去，便似五云楼阁，海上三山，一层层端的十分庄严雄丽。

这当儿进香男妇成群结队，蚁儿相似，或骑或步，有还诚愿的，都个个披发跣足，身着赭衣，负枷带索，爇香叩头，口宣佛号。沅华莹莹俊眼东张西望，哪里接应得暇，真有口倦于问、手倦于指的样子，不由大悦，将双脚一磕驴腹，风也似跑去。众香客见她伶俐姿态，都暗暗纳罕，蓝翁也便紧跟下来。

少时已到沟畔，只见石坝绵亘，一望无际，一片人家，十分热闹。家家门首都贴了招寓香客的帖儿。红男绿女，一簇簇随买些香烛食物，各家旅舍也都人众杂沓。蓝翁父女便趱到街东首，寻望旅店，只见有一家一带砺垣，茅檐低覆，门首一架松棚儿，颇有雅趣。那店主婆儿只二十余岁，生得妖妖娆娆，好个俏丽面庞，臂儿上蒙着青帕，揎起藕也似两条玉臂，一手持帚，一面扫除门前，一面口内吱吱喳喳，招揽香客。见了沅华，不由嫣然一笑道："这位小姐儿便住俺这里吧。"说着笑嘻嘻将沅华驴带住。

蓝翁见此处雅静，早跳下驴来。那店主婆儿笑道："啊哟，小姐儿想是疲乏了，等我抱你下来。"沅华且会装憨儿，果然由她来抱，却如生根一般，一丝儿也不动。蓝翁喝道："莫要顽皮！"沅华方笑着一跃而下。店主婆儿笑道："哟，好伶俐身段儿，就活像性姑姑似的。"沅华道："你说什么？"蓝翁道："这妮子只顾顽皮，快些卸装，也好歇息。"那店主婆儿果然手忙脚乱，一面让他父女自就客室，一面将装骑安置好。用巾儿抹着鬓角汗渍，走进室来，口内还咕哝道："偏偏忙得什么似的，这店伙儿黑崽又回家去了。"原来这店中只她主仆两个，后院住家，前院做些生意。海滨人家，往往如此。

当时店主婆儿殷殷伺应茶饭。蓝翁问起，方知她姓何，丈夫出外做个商伙。这何娘子言语伶俐，将沅华趋奉得十分欢喜。蓝翁自去店外望望，并预觅上山兜儿，准备明日登山。沅华无事，与何娘子说笑一回，便信步趱到院中，又走向后院，只见草室三楹，十分净洁。那后面一带竹林，矮矮短垣，外临旷野，远远地见海船风帆，隐隐约约如一簇簇小树一般。望了一回，踅转何娘子室内。沅华忽然想起何娘子方才说的性姑姑来，便问其所以。

何娘子道："说也异样，俺这里道林山本来寺观甚多，其中却有个海潮庵，颓废已久。前三四年，忽有个女尼云游至此，法名性涵，年只三十余岁，生得端重美丽，只是有一种凛凛冷僻性情，蛇虎强暴，一概不怯，便是那等孤鬼似的宿在荒庵。

初来时节，那些青皮光棍们见她孤弱可欺，不断地去探头探脑，后来竟有两个结伴黄夜跳进。不知怎的，次日两个尸腔儿都掷在庵后，再找那两颗头，却高高地挂在百丈悬崖上的树梢儿上。那地方便是猿猱也不能到，真奇怪得紧。从此那海潮庵再无人敢轻蹈一脚。却是性姑姑时常游行，蔼然可亲。往往这里大家见着她，有时那里也见着她，大家偶然谈起，印证起来，只差得顷刻工夫，你想她脚步儿何等捷疾！所以我说你身儿伶俐似她一般。"沅华听得十分入港。何娘子道："明日我还须登山进香哩，倘遇着她，我指与你看看。"

第四回

沅华女村店诛凶
性涵师道林示兆

　　说到这里，两人携手而出，到店门一张，恰好蓝翁负着手转来。刚走到门首街心，只听后面一骑马泼刺刺闯来，厉声喝道："老儿要死哩，还不闪开！"蓝翁赶忙一歪身，仰面望去，只见马上一人，生得恶眉暴眼，短衣缚裤，腰下皮带中隐插匕首，两目灼灼，凶光四射。鞭马跑来，忽然望见何娘子，嘴内噫了一声，便将辔头一松，慢慢走过数步之远，又回头狠看了看，方才撒马跑去。临街看的人都觉诧异，邻店中却有两个香客暗暗咂嘴儿。何娘子却不理会。

　　那时天色已晚，便忙着掌上灯火，收拾客餐。蓝翁父女自入己室。少时何娘子端整停当，大家吃过，又烹进香茗，便去关了店门，道声安置，自去歇息不表。

　　且说蓝翁父女啜着茶谈了回途中风景。那时四月初旬，闽中天气便有些燥热，当时熄了灯火，一钩新月微映窗际，稍觉清凉些，便各登榻，和衣卧下，急切中却睡不去。只听得隔板壁邻店中香客谈话，七拉八扯，十分喧杂，矜奇角异地谈些天妃灵迹。一客道："这样威灵所在，那不清不白的负罪隐恶的人断不敢来。便是前年这时节，有中表姊弟两人，平日价有些不清楚，在家下张扬开来，想借着进香设誓遮掩丑声，以为不过起个牙痛咒儿罢了，哪里来得神鉴？当时两人焚香跪倒，果然血淋淋起了重誓道：'如有暧昧，必遭神谴！'却一面肚里暗笑，厮趁着走下山半，在一片茂林中休息休息，四顾无人，两个眉来眼去，登时故态复萌，便拣了片茸茸草地，一搭儿抱定，阳施阴受起来。及至兴阑要去，却再也分拆不开，登时喧动远近，闹得佛号如雷，你道不可怕吗？"

一客叹道："这事情果然不虚，但是神道难测，我说句驳你的话，那负大恶的人，他又偏敢来，你不见黄昏时那个驰马的男子吗？那便是岱嵩聚隔溪井尾溪海盗渠目，看他大相，好不凶恶得紧。"众客哄道："且自由他，管这些隔壁账做甚。"蓝翁听得分明，也甚诧异，不由想起吴亲家那里终非善地，听听沅华，也还未睡去，便道："明日一早登山，须早些睡吧。"说着心头一闷倦，反沉沉睡去。

沅华却惦念着何娘子谈的那性姑姑，好奇心胜，两眼皮儿却如棍支的似的，听听他父业已睡熟，索性一骨碌爬起，跳下榻来，到院中望望。只见静悄悄一片空地，月光照着两头驴子，长长的两条黑影晃来晃去。侧耳听听，万籁无声，不由走至院心，兔起鹘落地闹了一路拳脚。唯恐惊醒蓝翁，只提着气儿，轻翻徐转，微尘不起，便如猫儿一般。打得高兴，一路纵跳，已到后院门首。忽见草室上一股黑烟似的扑落院内，赶忙将身儿缩在墙角，就闻得何娘子啊哟一声，随着咔嚓一响，仿佛案裂之声。

沅华心下纳罕，便随手拾几枚石子揣在怀内，一跃登墙。恰好墙下一株海棠树枝叶丛茂，将她倩影儿遮得严严的。因这时何娘子方要洗浴，刚端正了浴盆，赤着白馥馥上身儿，窗儿还未暇落下，沅华望去十分明了。就见她战抖抖掩着眼睛，伏在榻上，身边一个健男将手来牵拉她，那案角上还明晃晃插着把匕首，颤巍巍余势犹劲。仔细一看，那健男正是那驰马男子。

沅华大悟，登时怒起，真是初生犊儿不怕虎，一回手掏出个石子，觑准健儿凶睛，嗖的声打去，正中左目，睛珠瞎掉。只痛得那健男跳得三尺高，打了个磨旋儿，情知遇敌，拔起匕首，闯出室外，向竹林中便跑。

哪知沅华机警绝伦，早一个燕子掠水式，由旁边院墙跳落墙外，脚下一紧，如弩箭一般，早绕到后墙下伏定。那健男恰好跃出，一纵身向野地便跑，沅华紧跟将来。

行了里余路，忽地得个计较，便装作男子声音，尽力地一声大喝。健男大惊，忙回身用一目望去，却是个伶俐小孩儿风也似赶来，不由老大一怔。说时迟，那时快，沅华石子又到，噗的声打入右目，竟生生占了眼珠的位置，痛得健男一头栽倒，满地翻滚。

沅华且不理他，忙赶回何娘子室内，只见何娘子还惊得痴痴迷迷，赤着上身儿，呆坐榻上。浴盆被那健男踏翻，泼得满地是水。沅华倒觉好笑，忙拍着何娘子肩儿嘶唤。

少时，何娘子清苏过来，见是沅华，越发怔住。沅华便如此这般述说一番，何娘子如梦方觉，扑簌簌两泪遽落，只揽着沅华手儿，又是感激，又是惊爱，道："小姐儿这点儿年纪，怎的有这样本领，莫非是天人下界吗？"沅华笑得咯咯地道："不过玩两个石子罢了。且让那厮瞎爬去，你便安睡吧。我父醒来，不是耍处。"说着便跑。

何娘子忙追出室，到院门前，沅华忽一回眸，大笑道："何嫂真个吓昏了，怎的还精着上身儿。"何娘子猛然悟过道："明早见吧。"忙飞跑进去。

不想沅华一阵笑，忽惊醒蓝翁，吃了一惊，忙起身点上灯火，却不见沅华，方在一怔，只见她悄手蹑脚推门儿蹭将进来，笑吟吟扑到蓝翁跟前，竟指手画脚地将方才事说了一遍。在她想，只如儿戏，哪知将蓝翁几乎吓坏，便正色喝问，将此中利害讲与她听。她方将舌儿一吐，瞅着水澄澄小眼儿，默默坐下。

蓝翁又恐她发闷，转哄慰了几句，等着她一头卧下，沉沉睡去，这里蓝翁凭空思潮起落，直至天明。看那沅华方睡得好不甜酣，侧着脸儿，两点梨窝，还时时微笑，便自己起来，忙着检点登山物具。

少时，何娘子早结束得光头利脚的，送进茗盥等物，向蓝翁问讯过，一眼望见沅华，一只臂儿伸出被外，忙走去与她掩好，一面端相她面庞，不知怎样亲亲她方好。蓝翁已知就里，不由叹息，低声道："主人家却夜来受惊了。但不知那厮……"何娘子忍不住，扑地跪倒。蓝翁方说得"快起"两字，忽听店门前一阵喧闹，如有数百人奔走。

蓝翁大惊，忙跑出一张，只见三四个店伙儿模样的，揽定一人，浑身泥沙污秽，乱草黏了一头，面白如蜡，血痕一条条下被颐颔，鼻梁两旁两个血窟窿，便如魔鬼似的，一步一哼撞将来，后面拥了许多观望的人。店伙儿一面走，一面报怨道："幸亏寻着你，送你到井尾溪，不过搭些辛苦；若寻不着，我们这人命关天的，违误官司算吃定了。"说着一直拥过。

蓝翁暗捏一把汗，忙转回室内。何娘子已服侍沅华梳洗停当，蓝翁便悄悄将方才所见说了一遍。何娘子只是念佛，沅华却没事人儿似的。当时忙忙用过早餐，山兜已到，何娘子便将店事暂托邻家，随他父女出来，随路雇一乘山兜，循着曲曲前进，竟向道林山进发。

一路上，香客接踵，远远望去，一层层磴道萦回，林木掩映，簇簇行行的人儿都如蚁儿盘旋，甚是有趣。

日未及午，已抵山门，结构伟丽，自不必说。蓝翁等便整衣而入。穿过二门，便是正殿，甬道宽敞，净无纤尘。两旁奇松古柏森森翼翼，直接白石月台。这当儿殿前铁炉旃檀喷溢，庙祝执事人等鸣钟伐鼓，忙成一片。蓝翁等好容易挤到殿前，只见九楹龙柱，雕镂如生，其中帷幕幡幢之类，都用一色黄绫，灿灿耀目。殿中仙官武卫，冠带戈甲，并案前捧剑、印的宫装女童，各塑得来弈弈如生。正中衮幔高揭，便是天妃圣像，其余殿壁上所画天妃圣迹，并神怪水族之属，更奇诡曼衍，惊心悚魄。

蓝翁并何娘子见此光景，不由肃然，便拉沅华爇香叩拜而起，复向各处随喜一番，便转出山门，欲寻归路。唯有沅华只惦记着何娘子说的性姑姑，只管悄悄拉何娘子问来问去，何娘子也便东张西望。

这当儿三人走了两箭远，刚转到几株楸树根前，忽听树后有人笑道："挖掉人家眼的，却来这里烧自在香儿。"三人大惊，那人已飘然转出。何娘子急向沅华道："突的不是性师来也。"蓝翁摸头不着，只见这女尼身似寒松，神如满月，眼光到处，冷森森彻人心骨，不由悚然呆立。方要致问，那何娘子已同沅华趋到女尼跟前道："性师快悄没声的，却怎的知此事儿？"女尼合掌道："若要不知，且先息念，何况已因念成事哩。"沅华瞪瞪地望定她面孔，诧异非常。女尼便抚着她鬓儿道："因缘生法，贫衲也辞不得，却是时机尚早，且去休吧。"说罢太息一声，趋向山门而去。

　　蓝翁在闷葫芦里，装了半晌，再也忍不得了。何娘子看出情状，忙草草将自己与沅华一番闲话述说出来，蓝翁方晓得是没要紧一大堆，当时哪里在意，只有沅华却有所失。三人便乘兜下山。

　　这夜何娘子勤动款待，与沅华谈至夜深方睡。那随来长工是个笨汉，只知喂得驴饱，钻入草房，纳头便睡，所以许多事全然不知。次早蓝翁父女临要起程，将出店资。何娘子眼圈儿红红的，拉着沅华，哪里肯受。只强笑说道："我早晚得工夫，还要望望小姐儿去哩。"说着含泪送出，直望得他主仆三人影儿不见，方怏怏转回。

第五回

试短剑狭路逢仇
赠缅刀尺书志别

且说蓝翁等一路无话，安抵家门。苏氏见了自然欢喜，把个蓝理喜得跳来跳去，搴着沅华问长问短，又道："这几日工夫，先生又教了我们许多刀法儿，姊姊却不会哩。"沅华便将途中风景说给他听。

少时晚饭后，夜阑人静，蓝翁便将沅华冒险击贼事说给苏氏，只吓得苏氏一把抱住沅华，那痛泪直泻下来道："这不是杀人的勾当吗？我的老佛爷呀，幸亏那厮瞎掉，不然还了得吗？"一面又气道："这都是黄先生闲得没营生干，教给孩儿们些坏勾当，将来还不闹到天上去？明日快些赶掉他是正经。"只有蓝理乐得手舞足蹈，听到得意处，满屋乱跳，大笑道："若是我，便夺过他的匕首，将他狗头切掉，方才痛快！"被苏氏呵斥一回方静。

次日，蓝翁先赴工次监看一番，又与黄先生谈了一回，谈到沅华击贼并那女尼，黄先生向沅华微笑道："这事就是胆气可嘉，若说角武之道，非有十二分火候，不能自在游行，切须牢记。"便长吁道："吾漂流频年，今日还晦藏不暇哩。只是你们说的那女尼，却确非常流，惜我名心都尽，也懒于访晤她了。"说罢不胜太息。

光阴转眸，看看又交秋令，那堤工筑得飞快，将次完竣。节近中秋，蓝翁高起兴来，便置备酒肉，在工次大会村众，并犒众工。先两日都预备停当，到中秋这日，便邀黄先生同到工次饮宴赏月。

沆华、蓝理都高兴要去，沆华更悄悄地携了柄短剑，以备舞弄。当时大家慢慢行来，到堤次各处观看一番。众工人这日也都休息，三五成群，随便说笑厮斗，见了蓝理，便都争来引他玩耍。

少时，苍然暮色自远而至，一丛丛烟林薄霭都淡沉沉的。少时皎月如盘，渐渐推出东溟。大家便分曹促坐，就宽敞处欢呼痛饮起来。蓝翁父子自与黄先生、村众等坐在一处。

酒过数巡，各席一阵阵捭战行令，十分热闹。蓝翁看了，也自欢喜。那蓝理却如狲狙一般，东跳西蹿，哪肯安坐。这当儿月到中天，越发皎洁，如一片琉璃世界，将大家涵漫在内。黄先生吃得有点儿酒意，忽地鼓腹长啸，清烈遒壮，声如鸾凤，赴着海天回音，响震林木。大家耸然停杯，黄先生已霍地站起，就广场中使个旗鼓，试回拳法，真个龙蹿凤峙，捷疾如风。但见一团影儿嗖嗖有声，众人喝彩不迭，便趁势嚷道："可惜不曾将剑带来，不然就月下舞一回，好不雅趣有致。"一言未尽，只见沆华笑吟吟站起，将前襟一翻，取出一柄短剑，锋锐四射，滟滟如水。众人鼓掌道："妙极，妙极！黄先生须要助个清兴。"

这时沆华一个健步，早将剑递上。先生奇气坌涌，接来向空一掷，一道寒光直上天半，唰的声落下。先生趁势接来，使开门户，嗖嗖舞起。只见纵横夭矫，远近高下，一缕缕银光乱闪，衬着一片月华，翻来滚去，便如万斛水银泻地流走。末后越舞越疾，但见剑光如龙蛇出没，竟不知黄先生藏在哪里。众人一片声喝起连环大彩。

正这当儿，忽听远远丛树内吹起一阵笛声，尖厉凄壮，音调急促异常，极高亮处，竟如呼哨一般。黄先生猛然一怔，忙收剑倾耳，顿足道："不速之客来了。你既寻到，我也没得说处。"蓝翁等都摸头不着，那黄先生已奔将去，大笑道："吕四兄何作此态，快些来痛饮赏月，且极今朝乐，莫使唐突主人，我辈明日自有事在。"只听笛声顿歇，一人猛应道："这何须再讲？"嗖的声从丛树中跳出一人。

这当儿蓝翁、沆华等也都走拢来，只见那客穿一身土色短衣，裹腿布履，身材矮健，生得虬髯满颊，横眉阔口，手内擎一支铁笛，长可三尺，有虎口粗细，乍望去，分明是一柄铁鞭。见了黄先生，眉儿一扬，一语不发，挺身儿站住。黄先生早会其意，忙将剑递与沅华，便邀同行。那客方怀起铁笛，大踏步跟来。蓝翁等暗暗称奇，只得相让入座。众人见了，都交头接耳。只见黄先生满脸霜气，提起壶儿斟了三巨觥，置在那客面前道："别来数年，且尽此觞，明夜这当儿，我们鸦头阜相见何如？"那客浓髯戟张，纵身大笑道："还是黄君能体鄙意，闲话休提，就是这样吧。"说罢，更不看余人，引起巨觥，一气儿灌下，跄踉起身，致声唐突，瞥眼间已跃出数十步外，高唱而去。

黄先生笑道："火气未除，却是自讨苦吃哩。"蓝翁便问其所以，黄先生只是摇首。大家觉着事蹊跷，便饮几杯，也便各散。唯有蓝翁父女十分纳罕，无奈黄先生性儿古怪，也不便十分跟问。沅华只悄悄留意，却见他镇静如常。

这日午后，忽从行囊中寻出个小小皮箧，开来，取出两件物儿，一是把折铁缅刀，柔韧犀利，可伸可屈，盘来不盈一握，展开长可三尺。刀柄上镌着两行缅文，是镇国稀世之宝，还是他当年游缅甸时所得；那一件却是盘走锁铜丸，伸开来长可三丈，丸如巨杯，制得十分精妙。黄先生抚视一番，将锁丸藏起，拈起缅刀，向沅华叹道："吾少年时游行防身，端赖此君。今年华向晚，无所事此，且喜理儿福相，便以此为佩刀之赠吧。"说罢唤过蓝理，殷殷递过，只喜得蓝理没入脚处。

沅华却乖觉，趁势问道："我闻得那鸦头阜荒草长林，蛇虺出没，是人迹不到之地，去那堤还有十几里地。先生无端的三更半夜去会那客人，须不稳便，还是不去为妙。"黄先生笑道："他既物色我到这里，便是不可开交的来头，岂可不去示馁？好在我自揣绝能制他，不必为虑。"沅华道："我悄悄跟去何如，看他究竟怎样，方才快活。"黄先生沉吟道："你若去，须听我嘱咐，不可妄动。不然被人知觉，我若对敌，无法护你，不是耍处。"沅华喜道："好，好。"

计议既定，这夜晚，沅华只推不自在，先去困倒。迟了少顷，却隐了灯火，悄悄走到书室。那黄先生已结束停当，带了锁丸，提了长刀，沅华也携了把短剑。师弟两人出得院来，各施飞行术，哪消顷刻工夫，早到阜畔。一望沙石确荦，草木阴翳，果然荒僻得紧。那阜本是土沙所积，岁久年深，竟如小山一般价松楸茂密，小径崎岖；阜下却是一片平阳，细沙历历。

这当儿浮云翳空，遮得那月儿黄晕晕的颜色。黄先生忙拉沅华登阜，拣一株老松令她上去，端相柯叶严密处，藏好身体，然后驰下阜来，就平阳卓立，昂首四顾，握定长刀，一声长啸。

就这声里，便见一团黑影从远远丛薄中飞出。沅华望去，便如霜雕掠空，唰的声已到黄先生跟前。两人见了，更无一语，登时霜刀铁笛，搅作一团，风车般卷滚起来。

黄先生这一交手，方知敌人武功今非昔比，是特来蓄意报怨。当时不敢怠慢，忙一挫长刀，跃出圈外，喝道："吕四兄且慢逞性儿，当日之事，不过失掉你万把银两，非有积仇，不共日月。依我看来，哪里不结识朋友，且丢开手吧。"说罢拱手要去。这原是黄先生老境平淡，不愿作这重孽缘。哪知吕客以为他畏怯，越发逞起醉猫性儿，越扶越叫，登时凶睛一瞪，大喝道："且用你这头颅抵我万金，也将就得了。"说罢舞铁笛直抢进来。

黄先生没法，只得重复交手。这番却刀法一变，纵横旋绕，一片白光铺罩开，竟远及二亩余休想见他身体。这套武功据个中人讲起，名为"猿公戏玉女"，还是当年战国时越国处女所留遗，全仗轻灵神变，罡气内功。那手中器械不怕是一段槁枝枯木，使开来不亚利刃，好不厉害得紧。

沅华在高处，望得分明，只见团团的大银阑如月边风晕一般，或高或下，将敌人迫得手忙脚乱，几乎失声喝起彩来。就见那吕客失声大叫，铁笛一横，跃出刀光外，撮起唇来，极力地呼哨两声。

只见四面丛林内，突突突跳出二十余人，风也似抢到，丛刃如麻，向黄先生团团裹上。

沅华大惊，刚要跳下，只见黄先生一矬身躯，风也似先奔吕客，喝声："着！"长刀过处，吕客头颅飞去数步。众人怒吼赶到，黄先生早翻转身，飞奔高阜，据了块危坡，众人早仰面攻来。只见他长刀一掷，早砍倒一人，接着唰的声，抖开铜锁，左右前后，金光乱闪。那铜丸如有眼睛一般，专寻那贼颅敲去。不消半盏茶时，一个个都滚落阜下，横尸狼藉。

黄先生踌躇四顾，不由长叹一声，收回走锁，对着惨淡月华，搔首良久。沅华也便跳下，踊跃奔来道："亏得先生有这手段，不然我便拼性命与他们厮并一回。"

黄先生握手道："此处不可久延，我们且去吧！"说着与沅华便寻归路。黄先生忽如碎嘴婆子一般，殷殷地嘱沅华道："剑术之要，须静如处女，养若木鸡，有以待敌，不可为敌所待；知白守黑，决不可徒矜客气。我所能者，犹是迹象的事，算不得什么哩。此后切宜谨记。"一路唠叨。

将近村里余，只是数支火燎，一群人各执器械，闹哄哄从村中走来。原来蓝理一觉醒来，不见沅华，忽想起日间在书室闻的事，忙跑去告知他父母。蓝翁大惊，苏氏竟吓得语言不得，所以登时集众去寻。黄先生望见，向沅华道："家中人寻来，你便快去，我去去就来。"说罢向来路转去，影儿一晃，瞥然不见，闹得沅华瞪瞪的，不解所以。

这当儿众人已到，遇着沅华如获珍宝，便忙忙拥回家来。蓝翁夫妇正气急败坏地坐立不安，既见沅华，方才稍定，便大家围定，问其所以。沅华细细述来，众人都惊得呆了。蓝翁顿足道："黄先生本来奇特，踪迹难测，此番他中路趱回，保不定便飘然远引了。只是这血淋淋的事，近在堤工，这便怎处？"说罢十分焦急，忙趱到先生书室，闷候良久，哪里见他转回。沅华更心头辘辘，也便赶来，与蓝翁说起先生赐刀理儿，并途中许多谆嘱，回想来，似有个诀别光景，父女愁叹一番。沅华忽一眼瞥见砚角下露出一纸字角，忙抽来一阅，却是黄先生所留的书。

第六回

触强梁吴家溅血
誓薪胆侠女寻师

大略道"仆赋命不犹，少逢国难，卅年来奔走海上，为诸侯客，颇欲一奋子房报韩之志。同辈故人，散处甚众，或折而就人羁勒，聊以自误。嗣海隅大定，仆亦倦游。顷所遭吕客者，名四官，绿林之雄也，数引倭寇掠沿海诸郡邑。仆偶遇之于江西道中，方掠行商万余金，且缚主人沉江中，余数伙觳觫待命，值仆挫其锋，乃誓报以遁。今所以来也，顾仆素志，晦迹学道。今若此，势不能留。至薄技所能，不过此道之嚆矢，顾公子辈，慎勿自足"云云，末书"黄伫顿首"。蓝翁看毕，骇讶不已。沅华望了那黄先生一束行囊，恓惶惶落下泪来。当时父女趄回内室，沅华自去歇困，蓝翁夫妇终夜何曾合眼。

次晨，蓝翁忙先嘱咐家人等不许声扬，刚要赴工次，寻村众商议这事，只见村中乡保等早慌张张寻来。蓝翁哪里有什么主张，且同他们去寻村众，大家更是张口结舌，只得先胡乱报案再讲。不消说相验询当地乡保，并附近村众，照例公事，闹过几天，大家都闹得昏头奔脑没高兴。且幸官中得不着什么头绪，只好认作群盗仇杀，将要含糊了事。只有蓝翁却怀着鬼胎，唯恐风声偶露，要究寻这黄先生。过了数日见无甚动静，心下少安，依旧督起工来。

这日方转回，离村不远，忽见家中仆人跑得大汗满头，喘吁吁迎来道："且幸主人转来，不然小人还须寻去。"说着回身便跑。蓝翁诧异，唤住问他，他道："方才岱嵩聚来了一人，急寻主人，我家

134

主母一面遣我来寻，一面与那人讲话，说是吴家被什么盗哩。"

蓝翁一惊，飞也似跑至家，一脚跨进，便听得客室内有人谈话，并他娘子呜呜咽咽的声音。赶忙进去，先望见娘子将沉华揽在怀里，哭得泪人儿一般。蓝理却气吼吼望定沉华，只将牙儿咬得咯吱吱的怪响。沉华却面孔惨白，一点儿泪痕也无。那来人却是个朴实村人，坐在一旁，只是叹他的寡气。

娘子忽见蓝翁，不由要放声大哭。那来人一面握手，一面与蓝翁厮见，不暇客气，便夹七杂八地将吴家祸事再为叙来。

原来吴长者练办乡团，甚是严正。人数既多，哪里都是一个娘的儿子，未免有桀骜强悍的掺杂在内。吴长者查着过犯，都一律严处不贷，这类的人已暗暗切齿。也是合当有事，一日，其中有李乙、张丙两人黑夜巡缉，撞到个小村中，只有数十户人家，冷冷清清。夜色既深，两人在一条长巷中趑了一回。那小户人家大半临街就是住室，窗儿矮矮的，灯火荧荧，或纺绩工作，或儿女笑语，都听得逼真。

两人走倦了，便在一家檐下坐了歇息。李乙叹道："官身儿莫想自由，你想这当儿，人家说说笑笑，骨肉团聚，何等自在？偏我们夹尾巴狗似的冲风犯露，替人家打隔壁更。回到团中，平平的倒还罢了，若遇老吴不高兴，便要倒个小灶儿。恨将起来，哪里不吃碗饭，便跳个岔道儿也罢。"张丙道："快悄没声的，咱们歇息转去是正经。那井尾溪一群魔王，要奈何起人来，便厉害哩。"便笑道："你若想你婆子，快回暖暖窠儿去，我替你巡着。"

李乙一笑，随手一掌，捆在张丙脖儿上。两人方要起行，忽听门内咯咯的一阵笑，接着足步细碎声音，跑入临街室内，便见窗上男女抱揽的影儿一晃，扑的声灯火遽熄。李乙将张丙一肘，鹤行鹭伏地属耳窗际。只听里面一头窸窣有声，一头谈些家常琐屑，末后却笑语渐稠，声音也低起来。良久良久，只将两人听得如雪狮子向火，赶忙离开，悄悄唾了一口，怏怏地又趑了一回。

巷尽处，却有孤零零几间草室，里面只姑妇二人，方在灯火绩麻，从苇箔中透出灯火。李乙这时忽起淫念，便扯张丙闯然而入，只见那婆儿方伏在榻上整理那一团团的麻线，年纪只好四十以来；那媳妇却低着云鬟，勒起一支裤管儿，露着藕也似一段小腿，正一上一下地在腿上搓那麻线。当时姑妇忽见两人闯进，吓得作声不得，就见李、张两个虎也似先抽出器械，喝令噤声。随手掩上门儿，熄了灯火，直至五更将近，方才扬长而去。姑妇两人饮泣一回，无可如何。当时虽是仓促，那李、张两人面貌衣装也便记清。久而久之，村中便晓得了，沸沸扬扬传开来，早被吴长者查知。李、张大惧，晓得性命不保，索性一不做，二不休，竟公然投入尾井溪群盗伙中，将吴长者团中虚实情形和盘托出，做个进见礼儿。

这当儿渠魁龙大相双目瞎掉，这第一把交椅便让了悍目卢文。这卢文飞檐走壁，件件来得，绰号"燕尾儿"。其弟卢质，身长七尺，力举千钧，白皙皙面孔，蚕眉星目，便如世俗所画吕温侯图像一般，善用长刀藤盾，舞开来风雨不透。那杀劫血案只如寻常，官中何曾敢正眼儿去觑他。当时卢文既膺首领，正思抖抖威风，恰好李、张投来，那岱嵩聚吴长者办团自保，本就触他恨怒，当时既得要领，便黇夜点起党众，分一股截阻乡壮。卢文却率数人杀入吴家，尽性儿搜掠金资细软，然后一把火焰腾腾烧起，顺风胡啸而去。吴长者一家登时罹难。及至乡壮得知警闻，又被群贼截住，混杀一场，各有死伤，已是来不及了。

这村人草草述毕，蓝翁倒抽一口凉气，噎了良久，方才缓过，那痛泪也直泻下来。第一恐苦坏沅华，忙先令苏氏等哄她入内，一面备饭款待村人，又细细询问一番；方知卢文等声势浩大，这仇竟无从设法去报，只好报到官中，悬一纸空文缉捕罢了。村人饭讫，自回报岱嵩聚村众不提。

且说沅华如痴如梦地过了几日。蓝翁夫妇只忙着调护她，倒将愁痛暂时搁起。后来见沅华神色稍复，只是面孔冷冷的，如寒冰积雪，越发终日价致力武功，仿佛借此消遣似的。有时价书空自语，有时仰天呆望，蓝翁等以为过些时自然好些。

这时堤工将竣，开销越多，预备之款还是不足，没奈何东挪西借，成了个欲罢不能之势，蓝翁只好一力儿担在肩上，却也闹得心憔神瘁。且喜鸭头阜事静下来。

一日薄暮，蓝翁夫妇引逗着沅华没说强笑地混过一宵。沅华只是怔怔的，忽地屈膝，跪倒父母面前，垂泪道："儿欲暂违膝下，约期十年。那黄先生说得好来，武功角胜，必须十二分火候。儿血仇在身，讵容不报？是非从师尽艺，不能如愿哩。"

苏氏听了，先颤巍巍一面挥泪，一面拉起沅华道："我儿快莫混闹，敢是气苦癫痫了。那从师学艺，都是说书唱戏的人编造出来的，你一个娇怯怯女孩儿家，何曾离过父母顷刻，就轻轻说一去十年。知道你那师父在哪老山老谷里？你绢制的人儿似的，受得了那等苦楚吗？啊哟哟，我的孩儿，可不痛杀了人。那恶人自有恶报，没有一百年不睁眼的老天爷。好孩子，快歇了这念头，我便算得你的济了。"说着便抽抽搭搭，大把儿洒起涕泪来。

蓝翁也泣道："瞧得你小小人儿，志量如此，其中许多难处，且不必说，只是刻下年光，哪里有绝世异人？你虽有隐娘之志，也是没法。"沅华道："父母若能割爱，成儿之志，那日道林山所遇性师，便是异人哩。"苏氏问起来，越发怕得什么似的，哪里肯依。还是蓝翁有些见解，左右沉思，知沅华心如金石，挽劝不得，只得细细地将此中理势讲给娘子听，他娘子方才好些。

过了两日，沅华更不怠慢，便克期与蓝翁再赴螭头沟。当夜大家话别，苏氏只有哭泣的份儿，拉着沅华，反复叮咛道："过个一年半载，你便快些回来吧。只当去散散心，千万莫逞性儿，一去十年。"蓝理等亦哭泣不舍，忽地抽头跑去，将那柄缅刀拿来，定要与沅华将去。沅华见了，倒一阵痛泪直流，握住他手道："转眼间我便归来，那时我学会什么，一定要教与你的。这刀切须宝惜，且留你习弄，你忘了先生说你福相吗？"蓝理听了，方才稍悦。

当夜大家不寐，沅华行装早都停当。晓色甫分，仍然备得两头驴，沅华拜别娘亲，竟同蓝翁长行而去。苏氏如剜却心头肉一般，生剌剌看她去掉，不由掩面大痛，亏得蓝理等围绕来，好歹劝住。

且说蓝翁父女一路上各有悲感，便无心观玩景物，只得行去。将到螭头沟，只见远远对面来了一骑，一个短衣人随后厮趁着。沅华目力最强，便道："那骑上影绰绰是个妇人，看那身段儿活似那何娘子哩。"说着一抖辔先迎上去，蓝翁随后赶来。只见沅华将到，那骑真个登时站住，走近一看，正是何娘子。只见她光头净脸，穿一身布素衣裳，十分整洁。骑上面还带了些蒲裹儿，夹七杂八，仿佛向哪里探亲似的。一个笨实实小厮，捎着雨伞、包裹随在后面，便是那店伙儿黑崽。

何娘子方揽定沅华手儿，一面笑，一面噪道："哎哟哟！真是无巧不成书，竟闹了个喜相逢哩。我一向只是不得闲，这当儿才要望望你去，却遇着了。怎的你的脸儿白渗渗的，莫非害病来吗?"沅华道："且回店再说。"何娘子早望见蓝翁，忙下来道个万福，蓝翁也忙致寒温，挥手命她乘上，一行人都奔向店来。何娘子忙得一团糟，殷殷款待，不必细表。

及至稍静，沅华与她谈起所遭变故，并此行之意，将何娘子听得花容更变、失惊打怪，流泪道："不知小姐儿竟有这些苦楚，且喜性姑姑还不曾去，前些时她偶然谈起，还这里洞天、那里福地地说了好些。事不宜迟，莫被她云游去了。"

沅华道："正是呢，我们次早便去。"当夜蓝翁对着一穗残灯，见沅华孤孑孑小影坐在那里，想到此后从师，不消说深山大壑，麋鹿为群，终日习做些铁铮铮严霜冷雪的勾当，何曾还得个和煦气儿?不由两眶热泪循颐而下，便道："我儿既坚志如此，切须先净诸缘，不必念汝父母，明晨便请何娘子引你谒那性师。我便转去以慰汝母。"沅华泣诺，各自草草卧下歇息。

次晨蓝翁果然又嘱咐一番，硬着肚肠竟自转去。这里沅华自与何娘子来至海潮庵，投在性师门下，何娘子自回店去，这且慢表。

第七回

遭坑陷善士系囹圄
卖田庐贤母撑冻馁

　　且说蓝翁一路上垂头丧气，孤零零转来，望见家门，一阵凄惶。仆人等接过驴子，方才跨入院内，已闻得客室内有人咭咭而谈。仔细一听，却是那张瘪嘴的声音，不由一瞠。那室内家仆已忙跑出，近前低禀道："主人切须留意，他不知怎的，只管探询那黄先生哩。"

　　蓝翁一肚皮不自在，只好定定神，扬扬走进。只见张瘪嘴扬着下颔，用眼一瞟，慢条斯理地站起，龇牙儿一笑，随即做出一副极恳切的面孔。一语不发，先将蓝翁拉向里间，低语道："且喜老兄转来，我这趟腿算不曾瞎跑，有个风火般天大事寻你来置理，可是你怎的得罪了冯二尹，他要抓你斜茬儿哩。啊哟哟，血淋淋的勾当，是玩的吗？亏得我官中朋友多，被我得知风声，你有什么不明白处？那冯二尹好不狡猾，他是闲得没事干吗？不过想你些好处罢了。我听了赶忙磕头礼拜地求那朋友在冯二尹跟前按住这事。什么话呢？我们相交一场，眼睁睁看你受祸，那不成了狗娘养的了吗？"说着，义形于色地将脖儿一缩，伸起一指道，"还好，幸得他口儿张得不大，不过指望这个数，万把银两。我拼着老面皮再与他错磨错磨，七八千金，总还下得来。别看老兄有声有势，什么修堤咧、善举咧，是个头儿脑儿的，他们官场中人都是狗脸儿，说一声唰啦落下，便是他亲老子也不认。"一席话驴唇不对马唇，劈空而至。

　　蓝翁忍着性儿，略一沉吟，已有些瞧科，暗道：不好，定是黄先生这段事不知被哪个泄露风声。当时只得装憨儿道："张兄这篇话真有些蹊跷，究竟为什么事呢？难道我倾资修堤，修出罪过来了？"

张瘪嘴笑道："老兄竟长了本领，会这个腔调了，这话儿真风凉得紧。"说着又凑到蓝翁耳边，喊喳半晌，末后拍案道，"就是差着没处寻他去，不然怕他怎的？"蓝翁见事穿透，心下虽有些估量，只是这当儿财力支绌，哪里来得及？又想想事无佐证，怕他什么，趁着近来许多闷气，竟向张瘪嘴发作起来，冷冷地一笑，拂袖而入，直将张瘪嘴塑在那里。这一气非同小可，见许久没人理他，便向仆人发话道："真是好心当作驴肝肺，我吃了自己的清水老米饭，难道好管这闲账？但愿从此没事才好，我便落个闲扯淡，也不算什么。"说罢颠着屁股，恨恨而去。

这里苏氏见了蓝翁，自有一番情形，只得将愁念沅华暂行搁起，心内七上八下，且惦挂着张瘪嘴这事。过了几日，幸得没甚动静，蓝翁放下心来，且打叠起精神，经营堤工。

十一月初旬天气，日影儿飞快，忙忙碌碌堤工告竣。村众十分欢喜，便仍在村庙内设了海神之位，大家饮宴酬待，以庆落成。正在兴高采烈，吃到半酣，忽得四五个公人，恶狠狠闯到席前，将红圈票向蓝翁一亮，不由分说，一索牵了便走。蓝翁老腿笨脚，竟踉跄被捉将去了。村众大惊，登时酒也散咧，一面遣人追去探听，一面走告苏氏。苏氏又急又痛，当时只哭得死去活来。蓝理性儿起，拾起缅刀，便要追去理论，被众人死活拽住，便劝慰一番，且自各散。

当夜苏氏前思后想，女儿既那般境遇，丈夫又遭这横祸，灯影下对着三个孩儿，呜呜咽咽，直到天明。次晨起来，草草结束过，刚要自己赶进城去探个实在，那村众业经到来。原来追探的人早连夜价赶回，方知蓝翁果然因黄先生这事，被冯二尹在县官跟前竭力怂恿，说他私窝凶匪，纵逃无迹，事关若干人命，已经下在死牢里了。苏氏听了，登时啊哟一声，翻身栽倒，目睛上插，口角边流出白沫。

蓝理大怒，登时虎吼一声，跳起来便跑，要去杀那冯二尹，四五个人还拽他不住。仆人等忙搀起苏氏，捶唤良久，方哇的声吐出一口浓痰，号啕大痛。村众苦苦劝住，便有四五个老成些的发议道："蓝奶奶这不是哭的事，我们大家且赶去具个保状，看是如何。"苏氏哭着谢过，村众便忙忙去了。

到得城内，先觅人写好呈报，投将进去，然后大家在牢头手内通融过，着一个人混入牢内，望望蓝翁。只见蓝翁蓬头垢面，全副刑械，如处置大盗一般，监在一间囚室。见了村众，只是长叹，却也没作理会处。当时村众便将来意述知，蓝翁叹道："且看时命吧！只是我无端遭此，一定是宿世孽缘，只好听天罢了。"村众等慰藉一回，太息而出。及至呈保批出，却将村众骂得狗血喷头，哪里肯准。大家没法，只得转去。

苏氏越发愁啼，只得破着金资，东磕西撞，先变尽方法替蓝翁上下打点。你想一个没脚蟹般的妇人家，哪里懂得此中窍要，不消说费十个钱，倒有九个掉在水里。那当地讼痞如张瘪嘴一流，见了这千载难逢的肥事，早一个个顶着烟上来，个个以陈平、张良自居，一条条出奇计划，说得天花乱坠，还有些耍纸虎、撞木钟、找落（吾乡方言，白手诈财也）的朋友，这个说县里舅老爷与我换帖，那个说某刑幕师老爷与我是一个人儿；更别致的，竟有说："我家家主婆，一年到晚不断地进衙内，与太太绞脸修鬓的，说说笑笑，通没忌讳。那老爷更是和气有趣。有一日俺婆子穿了双新鞋子，花花绿绿的，那老爷还低了头，笑眯眯地看了半晌，赶着命太太替了个鞋样儿去哩。要从这里插手进去，花费不多，管保事办得千妥万当。"

苏氏听了，哪里找主心骨儿去，便不问周详，如急病乱投医一般，只管一样样试验起来。那金资流水地淌去，只好日变田产，渐渐衣服器具、瓦窑般一片宅院也慢典出。再加着蓝翁牢中费用，更是个绝大漏卮。哪知官中用意，原吓诈他的财，只不哼不哈，张着口老等，并不将蓝翁怎样，只给他个长系拖累。苏氏愁极，便每每蹑到牢中，与蓝翁痛哭一场，却唯恐蓝理生狞滋事，不带他去。这当儿早知沅华到海潮庵，不多日子便同性涵云游去了，音信都无，因愁事重重，只得索性且放下这条肠子。

光阴如电，转眼已七八个年头，冯二尹并那县官早已去任。后任因蓝翁案情甚大，谁肯担这干系，所以仍系在狱。这当儿蓝瑗、蓝珠都出落得身材魁梧，有力如虎，终日价与蓝理读书之暇，习些武力。蓝珠性儿且聪颖非常，书卷过目便能默诵不忘。唯有蓝理筋骨如铁，雄赳赳好个大汉，性子烈火一般，瑗、珠两个都怕他三分。只是这当儿家道贫穷，母子们便租了本村王老者的场院中几间草室，胡乱栖身。苏氏与人针黹缝纫，敷衍度日。蓝理兄弟每日价轮替着捡些柴草，担向左近村中划卖，人家见了，都太息得什么似的。

第八回

刈山薪村竖肆蜗争
入染坊英雄甘蠖屈

哪知村童们见蓝理割那柴草，一镰下去，便抵他们割半日，顷刻间两座小山似的，担在肩上飞也似的去了。少顷便回，又如此割去，大家便不舒服起来。暗地计议道："蓝家小厮，偏有这般牛劲，像这等玩法，我们只好喝西北风了。等着瞅空儿，我们给他个厉害方好。"当时十余人计定，准备行事。

这日蓝理到村外，方束好高巍巍的一担柴，要肩着起来，只见众村童挤挤眼，便有一个突然倒在蓝理跟前，揉着肚儿，厮唤道："蓝哥儿，快些替我揉揉，想是发痧了。"蓝理哪知就里，忙放下担子，折下腰，刚伸去手，却被那卧的用两手极力拖住，大叫道："快些动手。"众童一声喊，飞也似的拥来，便如小鬼倒金刚一般，抱腿攀腰，便想扳倒。蓝理倒笑将起来，一挥手离开卧的那个，倒将众童牵得跌跌滚滚，其中便有哭骂的，蓝理也不理会。

原来苏氏因他生性刚烈，时时诫训，所以谨记在心。正在纷乱，只又有几个抛掉这里，赶去将那柴担踢拉得纷纷遍地，蓝理再也忍不得了，吼一声赶去，用两指将那为首的劣童脖儿一掐，悬空地提开，扔在一旁，捎起余柴飞步转来。那被掐的劣童良久方大哭大骂，原来脖儿上早去了两块油皮，紫殷殷的血液透出。众童便乱噪道："这还了得？赶快向他家理论。"哄一声拥定被掐的，一路哭骂，闹嚷嚷赶将来，登时随路又哄和了些儿童帮热闹，端的十分凶恶。

那蓝理到家，众童亦到，便挤在场院门首叫起阵来，喊声动地。

王老者住在跨院，也惊走过来。那苏娘子方在灶下炊晚饭，被湿柴郁烟熏得眼泪滴滴，忽闻外面喊着蓝理哭骂，直惊得面色如土，以为蓝理闯出什么事来，便一面拭着眼泪，一面跑出。已见王老者横在里面，笑吟吟同众童乱噪，忙问知就里，心下少安，只得同王老者抚慰他一回，又将出些果饼给他们，方才散去。王老者还笑道："这事却不怨理哥儿哩！"说罢自回跨院。

这里苏氏又问过蓝理一番，母子用过晚饭，那天色已晚将下来，便关了院门，掌上灯火。蓝理兄弟自阅些书籍。苏氏一面针黹，一面望望屋内光景，又想起方才村童厮闹，若在当年，哪里有这些事，不由双泪遽落，对蓝理道："儿呀，不是我不望你上进，只是现在这般光景，衣食都难，只靠你们打些柴草，也非长策。昨日王老者偶然提起，有个染房里要觅个徒伙，帮帮工作。吃碗现成饭，倒是小事，到底学出手艺，也可为业，多少还赚几个钱，添补家用，你道好吗？"说着那眼泪越发淌下来。蓝理见母亲苦楚，也泣道："便是这样，好在两弟在家，孩儿便去。隔些日望望母亲，也是如在家一般。"苏氏道："正是呢。"当时各自安歇。

次日方要寻王老者商量将蓝理荐到染坊，只见村中两个首事人匆匆跑来，见了苏氏嚷道："蓝奶奶快些去吧，你家丈夫不中用了。方才官中人唤家属领尸，我们已打发他去了。听说是牢瘟传染，一霎时便故去了。"苏氏母子听了，恍如晴天霹雳，顿时痛倒在地，悠悠苏转，娘儿四个相抱大哭，王老者也踅来，收泪相劝。当时忙忙成服，一面置备棺衾，一面命蓝理同着人去装殓，草草抬至家下。亏得王老者一力襄助，村众等也都念蓝翁好处，多多少少都有些赠赙。停灵一七，便扶柩向祖茔埋葬，只将苏氏母子哭得死去活来，没奈何还只得支撑这愁苦岁月。

一日苏娘子向王老者提起染坊事，王老者慨然应允，走去一说，居然成功。好在两村相隔十余里，且是来往便当。过了几日，苏氏与蓝理收拾了个小小包裹，嘱咐一番，含泪送出，由王老者引着，竟向染房而去。少时王老者转来，苏氏又称谢一番，这且慢表。

且说这染房主人姓邬，本是个外乡人，当过长随，不知怎的，和一个婢女勾搭上手，便趁空儿将主人家金资偷盗许多，卷逃而出。一路藏匿，幸未发觉。后来撞到这村中，便流寓下来，想了个染坊生业。这当儿他夫妇都有四十余岁，膝下一个女儿，已有十八九岁，生得来且是稀奇，单论那风姿，已是豹头环眼，势如奔马，噪起来老声老气，如破锣一般，若拿柳眉杏眼、桃腮樱唇、葱指莲足，诸般鲜艳艳名色来比拟她，也未尝拟不于伦，却是谁要开这爿水果行儿，一定倒定了霉，因都是烂坏掉了的货儿，却集捡来都堆在她身上。饶是这等，她却不敢妄自菲薄，有负这天香国色，一般价施朱点黛，作张作致，打扮个像花鹁鸽似的，通没些安静气儿。便在染坊内帮做些营生，那邬氏有什么正经，从小儿在那主人家，学得嘴馋身懒，再就是那桩事还要紧些，每日睡到日光晒屁股，方才爬起。还乏得她压油儿，草草笼上个母鸡窠（俗言乱头不理也），拖着鞋子，先到三瓦两舍家点个卯儿，这里掀掀人家的锅，那里瞧瞧人家的缸，李大姆、张二嫂地说笑个尽兴，然后拖着裹脚条回来。屋内丢得横七竖八，驴屎掺马粪，休想她着一帚儿。有时高起兴来，无论三更半夜，前后的吵成一片，便是鸡儿、狗儿都须她指挥安置。染坊中徒伙呼来唤去，什么倾洗马桶，都命人去做，稍有怠慢，便颠着屁股骂起。偏搭着姓邬的又是个酒鬼，三杯落肚，百事不问。

这当儿坊内先有个伙计姓田，生得来蜜嘴甜舌，不知怎的凡遇着邬氏，你看他东掏西摸，恨不得生出三只手，竭力工作，遇着那女儿，顿时下气低声，眼光瞟得热辣辣的，不知怎样好。俗语说得好：一货有一主，没有不开张的油盐店。暗地两人竟打得火一般热。这当儿蓝理忽到，如鸡群中跳出仙鹤，田伙儿哪里容得？第一要点，恐他那心上人被人家攘去。哪知这等腐鼠般物件，人家正眼儿也不曾觑着。只是那女儿未免觉得在先事有些不值起来，心地既移，面情必露，都被田伙儿看在眼里，一股醋气直彻脑门。哪知蓝理做梦也不晓得。从此田伙儿觍起狗脸儿，处处与蓝理为难，在邬氏跟前言三语四。

不消说，过了数月，那女儿见蓝理冷冷的，有时节扭头折项，掩着口儿踅到他前，俏俏地飞个眼光，那蓝理倒别转头去，恨得她什么似的。一日事有凑巧，那女儿方独坐堆布的屋内，只见蓝理穿了围裙，挜挲着两只精怪似的靛手，忙忙走进来取白布，那布架儿却堆得甚高。她便定意要引逗他，忙让蓝理立在凳下接布，自己端个篮儿踏上去，先将低处两匹递给蓝理，忽地脸儿一红，低笑道："偏偏忙着手，这蚤虫儿也会作怪。"将两手探入襟底腰下，掏掐一番，却暗将带儿解开，只鼓着肚皮，将裤儿掖紧，然后伸高两臂，去抱那高处的布。

蓝理方举手要接，忽见她啊哟道："不好……"一声未尽，那裤儿凭空落下，赤条条的应有尽有，正对了蓝理面孔。她却就势将布丢掉，软答答地抱住蓝理肩头。蓝理大怒，只一晃肩儿，那女儿连凳便倒，他哪里管她，只气吼吼抱布跑去。

那女儿泣骂良久，羞愤成怒，从此方知蓝理不是什么好主顾儿，便和了田伙儿变法儿欺辱他。幸亏蓝理每每气恼，便想起母训，只一味价混着过去。转眼已一年有余，每逢时遇节，便回家望望母亲并瑗、珠两弟，见他们武艺日进，也自欢喜。

第九回

蓝理探险起雄心
卢质遗书大决斗

    一日蓝理正在染作，只见一个獐头鼠目的人趑趄进来，望望染色，便道："我们有许多布匹不便运来，你们能携了染缸就到我那里去染吗？"蓝理道："尊处哪里？"那人道："井尾溪。"蓝理猛然一怔，忽想起吴家被祸来，不由雄心陡起，一皱眉，趁势说道："使得，使得，足下上姓？"那人道："我姓王，在那里卢府中管些杂务。你到那里只管问铁膊王二爷，无人不晓。"说着抹抹鼻儿，似乎唯我独尊的光景。蓝理一听，越知就里，当即应允那人，定期而去。

    这里蓝理告知主人，届期收拾收拾即便赴约，过了一个把月，方才回来，却暗中将大盗卢文那里许多情形探得明白。知他那里，声势越大，各处党羽已有数千人。单是井尾溪已有数百贼，甚是了得。这当儿燕尾儿卢文，因占淫龙大相妻女，龙大相眼虽瞎掉，党羽自在，便大家设计，置酒高会，将卢文灌醉，如制伏春秋时南宫长万一般，用生革缚好，抛入烈火烧掉。哪知过得几天，卢质发作起来，不消说龙大相，便连他党羽一气儿杀掉，依然将大相妻女占据，便火杂杂地夺了这把交椅。这魔头非复人类，啖人之肝，盐人之脑，直如寻常便饭，众人哪还敢哼一声儿，将方圆数百里闹得暗无天日。官中也有些觉得，虽不敢拨撩，却时时防备，那赏格儿各处贴得好不热闹。卢质闻得风声，索性要大作起来。便随时分置党羽，要趁机会攻掠附近州县。这些情形都被蓝理侦得，便暗暗记在心里。当时转来也自无话。

邬酒鬼见他辛苦一趟，委实得些好钱，便背了田伙儿，多给他些工资。田伙儿越发不悦，一日吃得醉了，恰好新生了一缸青艳鲜澄澄的起花头靛，彩色异常漂亮。蓝理甚悦，刚在那里检点应染各件，只见邬氏蓬头乱鬓的，撇开八字脚走来道："蓝伙儿，快些到后院来，将那堆鸡粪捡起，不然被狗儿刨掉，怪可惜的。"说着唠哩唠叨，立督着蓝理便去，她还跟在屁股后东指西点，好容易弄清楚，为时已久。

　　蓝理一肚皮没好气，忙忙趑回。刚走到染室外，忽闻得一阵奇怪声息，原来那女儿闻得邬氏一路嚷靛儿彩色，她便蹭了来望望，恰值田伙儿倚着酒意来寻蓝理岔儿，两人望望，室静无人，便越接越近，就在那靛缸后厮并起来。正在不可开交，忽闻蓝理脚步声，那女儿忙将田伙儿推开，一溜烟从后门跑去。田伙儿色兴未遂，酒意正酣，便一抹狗脸，躺在就地海骂起来。蓝理跨进，还望见那女儿后影儿，当时怒极，刚要揪起田伙儿，忽一沉吟，叹息而止，又一望那靛缸，那股无名烈焰腾腾烧起，再也按捺不下。原来养这靛儿彩色十分古怪，但偶不慎，有污秽冲触，分明鲜花似的色泽，登时灰黪黪死气扑人，想是此物喜洁，性本如此。还有说养靛死活，关乎主人运气，这便是故神其说了。

　　当时蓝理气极，恰好座侧有块压布巨石，便提将起来，向缸一击，咔嚓声缸破靛流。那田伙儿正骂得起劲，猛然一惊，方要挺起，那靛水却如激筒似的射个正着，登时变了个靛人儿，精魔一般，大号大叫。蓝理越怒，赶上前扯着腿子，直叉开去。这阵大乱早惊动邬氏，飞也似奔来。可笑那该死的田伙儿糊糊涂涂，竟不曾系裤儿，见邬氏到来，只好就势捧着小腹，蹲在那里，杀猪般叫起。倒说蓝理使酒疯，撞毁缸，岔坏他了。蓝理又不便直诉所以，当时顿足跑出。这里田伙儿又变了一席辞令，说蓝理怎的骄横无状，他在这里，我只索不干了。不消说那女儿又敲起边鼓，邬酒鬼有甚分晓，登时将蓝理辞掉。你想蓝理这等人，做这等事本如避难一般，一笑辞出，回家来拜过母亲，仍与两弟读书练剑，倒十分快活。

　　这当儿各处村镇因井尾溪盗风日炽，大家都拣选少年，习练武技，怀珠坞村众也便选集各家丁壮，共二百余人，择地建场，置备器械，名为"知方社"，专习拳棒扑跌，保卫乡井。首事的还是当年同蓝翁修堤的一班人，王老者也选入里面。大家议起教头一席，便想到蓝理是再好没有的了。当时寻苏娘子一说，自然乐从。从此蓝理充了教头，尽心授技，整理得十分威武。不消半年工夫，怀珠坞社众武术超过别村数倍。蓝理却早出晚归，殷殷不懈，便将瑗、珠也带入教场，同大家打熬气力。别村中社众一半羡叹，一半嫉忌，提起蓝理，远近皆知。卢质那里，便自留意不提。

且说这年正月，距蓝翁修堤告竣将及十年，村众集议，倡仍在当日村庙中，聚宴酬神，并议些知方社中事。思念蓝翁旧德，便在旁座与蓝翁设了木主，并命蓝理请苏氏临场爇香，以尽大家诚意，苏娘子听得好不伤心。到了这日，只得结束停当，与蓝理慢慢赴庙。

这当儿苏氏数年来经了多少忧患愁苦，便是仙人也要老了。只见她白发鬖鬖，皱纹满面，一头走一头拭泪。蓝理扶入庙中，大家迎出厮见过，苏氏叹道："老身是不祥之人，还与这胜会做甚！"

大家同声劝慰，苏氏先拭泪拜过木主，然后到海神案前爇香，忽地感念家难，那积年不平之气，只管按捺不了，不由数数落落，对神位哭诉一番。众人忙劝道："蓝奶奶且莫伤心，俗语说得好：老鼠拉木排，大头儿在后头。只看这教头兄弟，如此气概，将来还会错吗？古人说积厚流光，是不会错的。"说也奇异，众语方毕，忽闻蜡烛上哔剥一声，灿然一道青烟，如长虹一般，飞向木主香炉，与那香烟氤氲，缭绕作一处，突地结成一个宝盖，飞上不散。

众人大骇，正在互相愕视，只见一个人徐步而入，年可卅余岁，生得短小精悍，一种装束分外奇怪，立在庭心，拄拳腰际，将夜猫似两眼一翻，猛问道："哪位是蓝教头？在下有书相致。"

蓝理与村众一看，觉得来人诧异，便迎上抱拳笑道："我便是蓝理，足下何事相访？"那人端相一回，一回手掏出一封书来，递给蓝理道："足下且自斟酌，不必勉强，过两日在下还来此地，敬取报书。"说罢一举手，脚步一转，嗖的声跃出庙外，登时不见，众人大惊。

蓝理草草阅书，恐惊了母亲，忙命两弟送她转去。这里众人早如群蛙乱聒，围定蓝理问其所以。蓝理道："不要忙乱，且坐下再说。"

当时大家就座，饮过数巡，都光着眼望蓝理嘴儿，要听个下落。蓝理起身略述来书之意。原来是卢质送来的一封定期决斗书，因蓝理名著一时，别村社众便替他鼓吹起来，说蓝理怎的自负，常念道："卢质这贼骨头，多早晚碎在我手里。"如此一传扬，明为赞扬蓝理，暗中却是给两下拢对儿，他们坐山观虎斗，哪些不妙？所以卢质才有这番举动。

当时众人听罢，都吓得脖儿一缩，胆小的竟有狠一狠，放掉酒杯，溜之大吉的。蓝理却豪气飙举，心花怒放，连举数觚，跐踉而起，向社中少年道："我们结社，原为御贼，今天夺贼魄，自来寻死，不是蓝理夸口，合该此贼命尽。诸位高兴愿从行助助声威的，尽可自言。"众少年真个被他提起气来，登时揎拳勒袖，咬牙切齿，愿从行的竟有二十余人，蓝理大喜。当时酒罢各散。

蓝理回到家，暗嘱两弟，瞒过母亲，次日作好回书，送入神庙香案上。果然次晨趄到那里，书竟不见，知是那人已经取了，按下不表。

第十回

井尾溪遇姊诛仇
漳州郡论功得罪

且说那井尾溪、岱嵩聚交界之处有一片沙原，横亘数里，中隔长溪，溪东便是卢质巢窟，一般的阁城坚棚，楼橹森然，剑戟光芒，甚是齐楚。将届决斗之日，蓝理结束好，携了缅刀，率少年二十余人，竟赴岱嵩聚。歇了一夜，早轰动村众，夹道纵观，只见蓝理黑凛凛天神一般。便有本村父老殷殷款洽，谈到当日吴家被难，蓝理猛然忆起沅华，感愤之中，勇气百倍，便由父老引到吴家遗址。只见一片旧基，纵横荆棘，早被吴姓族人售与人家，做了个豢羊场所。那一片残阳，照着群羊戢戢，好不荒凉满目。蓝理凭吊一番，慨然长叹。

当夜假寐片时，晓色甫分，众父老已到。蓝理等饱餐毕，谢过父老，率众起行。不移时已到沙原，临溪一望，沙石澈底碧清，活活流水，只有二尺余。早闻得围城内喧呼震动，少时棚门大启，只见一人全身劲装，率众而出，都是高一头、麦一膀的角色，一个个横眉怒目，八个不答应的样子。为首那人便是那致书人，绰号"飞天豹"，名叫王都，是卢质手下第一悍目。当时雁翅排开，肃然而立，蓝理望去，竟有数百人。众少年见了，未免变貌变色，蓝理握手道："快莫气馁，我自有道理。"一言未尽，只听众贼暴雷一声喊，就这声里，棚门内飞出一人，提刀拥盾，旋风般直奔将来，便是卢质。随手将长刀一招，贼众拥在背后，一涌涉溪，竟临沙原。

好蓝理，真是胆大于身，只见他剑眉一扬，仰天一笑，忽地将缅刀递给一个少年，纵步迎上，山也似矗立当场，大叫道："卢头领诳哄蓝理，便请来缚，既倚仗人众，还决的什么斗？"说罢大笑。

卢质骄悍已惯，本不将蓝理放在心里，当时被讥，便道："如此更好。"说着向众一扬刀，众贼登时站住。他却一翻身，跳出数步，向蓝理立个门户。蓝理一望他武派，心下更觉坦然，当时接过缅刀，颤巍巍一抖，一片白光突地飞赴，比鹰搏还疾。卢质眼光刚一眩，那刀锋已在脖儿上绕了一匝，还亏他身手捷疾，闪挪躲过，哪敢怠慢，便龙腾虎跃地搅作一团。一场好杀，但见刀光双耀，盾影独旋，翻翻滚滚，来来往往，转形移步，挣命分毫，都屏息会神，各蹈要害。不但当场喧呼都静，便连两下里余众也都视端形肃起来。只闻得野风萧萧，一片铮钹相撞之声，却见蓝理刀势越变越疾。少时卢质性起，忽地身势一矬，步法大变，将身影儿藏在盾后，着地旋将来，刀锋灼灼，只截敌人胫趾。蓝理跃纵虽疾，却也稍为吃力。

正在性命相搏的当儿，忽闻隔溪娇滴滴的声音喊道："卢头领仔细着。"接着众贼齐嚷道："奇怪，奇怪！"卢质百忙中，偷眼望去，只见一个女子高髻锐履，衣带飘扬，戴一顶鱼婆笠儿，斜背黄袄，如飞仙一般，踏水如平地，飘然竟渡，不由老大一怔，步法一慢。只听蓝理欢跃道："好了，好了！"一挫缅刀，将卢质裹住。

卢质略一恍惚，盾势少迟，一脚踏出盾外，只听脆脆一声响，被蓝理一刀剁落，登时大叫栽倒。蓝理趁势又一刀，拾起首级，大叫道："贼渠既诛，余众无罪。"这当儿悍目王都最是狡猾，又畏蓝理雄武，便领众首先拜倒，恭恭敬敬引路，要请蓝理过溪处置一切。蓝理且不得暇，忙先将卢质之首交与随来少年，跑至女子跟前，两人执手泣下。原来那女子便是沅华，蓝理略述家难，沅华挥泪道："不意数年有许多风波，吾别后情况，当异日再述。从此后尚须数月相别，今吾师命吾至耿藩处小有所事，不意经此相遇。吾克期往返，不得稍延。吾弟回见母亲，且为我致意吧。"说罢更不留恋，行若驶风，少时已杳。

蓝理良久神定，方率众少年昂然过溪，直入卢质巢窟。检点贼众，先遣去大半，唯那王都手下尚有百余人，都愿投官自赎。蓝理沉思一番，便欲赴郡首功。王都道："不如且候数日，卢质之党四外还有许多人，谅早闻风震慑，待小人去书招来，一总去投诚，这功绩岂不大些吗？"

蓝理见他说得有理，当即应允。哪知王都别有用意，每日价以招致为名，东出西没，其实是率党暗中劫掠，不知不觉已将蓝理陷到污泥坑内。蓝理决斗既胜，诛掉大盗卢质这种名闻，比风火还快，官中岂有不知？等了数日，却不见他来首功，已有些疑惑；后来探知蓝理还在贼窟，也不晓得做些什么。加着王都肆掠，依然是井尾溪旗号，许多疑团一聚拢，那当时郡守便觉蓝理一定是入了贼伙，大碗价酒，大块价肉，论秤分金银，论套穿衣服起来。登时闹得巡更盘诘，四门戒严，将一座郡城守备得杀气腾空，如临大敌。提起"蓝理"二字，小儿孩都不敢哭，可怜蓝理还蒙在鼓里。末后王都掠足，一溜烟率党遁去，蓝理方知上了个恶当，忙遣回随来少年，将贼窟各事草草收拾，交付当地村众，暂候官中处分。自己却兴冲冲拾了卢质首级，前来首功。

这信儿早到官中，暗自留神。守门兵卒见这只猛虎撞进来，不容分说，登时拿下。蓝理哪知就里，大叫无罪。众人骂道："看称这厮硬邦邦黑煞神似的，便是个贼胚儿。有罪无罪，且到官去说。"说着一步一棒，如牵猴头狮子一般，将蓝理拥至郡守堂下，飞报进去。

这当儿两旁观者万头攒动，大家交头接耳，纷纷揣测，还有叹息地道："小人儿家性子不定，真也难说。"一种似叹似讽的话儿，蓝理听了，好不气闷。少时郡守升堂，拍案喝问。蓝理只得忍气细述杀贼之状，辞气慷慨。郡守冷笑道："你无论怎样遮掩，难道王都肆劫，你一向全在梦中吗？"蓝理愤极，便誓天自明。郡守转怒，喝命与死囚系在狱里，待详文斩决，这且不表。

且说瑷、珠两人见社中少年回述情形，十分欢喜，并闻得巧遇沉华，越发欣然，便将一切事慢慢告知母亲。苏氏听了又惊又喜，更是伤感，只盼蓝理早回，问个底细。哪知过得四五日，蓝理被收之耗已经传来。瑷、珠大惊，便先瞒过母亲，只说是哥子被官中奖励录用，又趁空儿赴郡打探一番。兄弟既见，不消说悲愤交集，却也无法可施，只得转回，再候动静。这当儿社中教头事，蓝瑗便暂为庖代。

过了数月，一日黄昏时候，母子们用过晚餐，这当儿家道稍裕，但那苏氏却是好勤成性，常将那公父文伯之母的一篇无逸道理策勉自己，并训诫儿子，所以仍是日日纺织。这当儿灯下坐定，方在各勤所业，忽闻那场院门儿叩得一片价响，蓝瑗急忙跑出一张，却是社中一个少年，气急败坏地附了蓝瑗耳朵说道："方才有个信息，甚是不妙，昨日郡中处决盗犯十九人，闻得教头亦在其内。"蓝瑗神色暴变，呆了多时方清醒过来，一时不知怎样才好。那少年道："社中已去人探听，或者传闻，亦未可知，且再听消息吧。"说毕自去。

第十一回

十年约合浦还珠
一江风人鱼掀浪

蓝瑷只得转回，勉强坐下，对了书卷，哪里还认得一字，且幸苏氏不曾理会，因急痛慌忙，竟忙闭院门。苏氏整一回苦麻，方有些倦意，忽然烟火吐焰，光耀满室，只见眨眨眼工夫，竟结作两团紫征征的花儿，并蒂颤动，苏氏喜道："莫非理儿要来家了。"

蓝瑷听得一阵锥心，那两眶热泪哪里还忍得住？忙一伏首爬在案上，忽地一阵风吹得门窗怪响，灯火摇摇。蓝瑷当此竟有些怕将起来，忙叫道："娘啊……"一言未尽，只见帘儿一掀，噌的声跳进一个大汉，满脸上一搭一块，尘垢涂地，只露着灼灼两眼，乱发四垂，短衣跣足，只差着两个无常鬼的高帽儿。只听他也叫声："娘啊！"直扑到苏氏跟前，抱膝便哭，却是蓝理。苏氏方恍惚如梦，未暇开言，只闻蓝瑷狂叫一声，连椅便倒。蓝珠赶忙扶起，蓝理也吃惊，捶唤良久方苏，觉着蓝理火炭似的手抚在他背上，方才心下少定。

这阵大闹，直将苏氏呆在榻上。少时静下来，蓝理忙先叙出狱之故。原来那郡守决意入蓝理于盗，详文既上，接着又捕获王都余党十余人，一并因起。过了些时，斩决公文到来，这当儿还有他案待决贼犯，共是十九人之数，便要一并斩讫。却是官中有一种习尚，名为撞天缘，凡一起论斩盗犯，人数多了，便按人置签，其中只一签上注"生"字，掣得者的便可释出不死。论其用意，虽是慎刑，却也未免以生命法律当作儿戏。当时出斩这日，都验明正身，点集堂下，将签筒恭恭敬敬置在堂前，便命众犯随意去掣。大家你争我夺，都要先下手为强，只有蓝理没事人儿一般，末后只剩一签。蓝理道："这是我的了。"抽来一看，恰好是"生"字，所以登时释回。

蓝瑷听罢只喜得打跌，一面笑述自己方才所闻，一面那眼泪还是纷纷乱掉，真个是喜极了。蓝珠也便拉着母亲相对憨笑。苏氏定神，又细细将此事始末询了一番，便叹道："怎的官中事都这样不分皂白？只看你父便是榜样了。"蓝理慨然道："从此孩儿便穷居养母，一世也不想遭际功名了。"苏氏正色道："这又不然。你忘了古人存心之厚，看得天下无不好的人，只管尽我所当为便了。况且困志拂虑，正天之所以玉成，快不要堕了志气。"一面说，一面与蓝理设食，换过衣服，亲手与他洁除头发。

母子方在喜气洋溢，忽闻檐际嗖嗖一阵风，接着帘钩一声，先听得叫道："娘啊！"便见蓝瑷凭空一个筋斗翻出去，大叫道："噫？沅姊，沅姊。"苏氏一怔，梳儿落地，蓝理早披发跑到帘际，便见沅华与蓝瑷同挤进来。姊弟三个一搭儿拥到跟前，那沅华珠泪早簌簌落下。苏氏猛然见了，一阵喜痛，不暇言语，趁势将沅华揽在怀里，老泪横披，只有呜咽的份儿。亏得蓝瑷跑将来，牵牵这个，拉拉那个，方才止住悲痛。细将沅华一望，只见她一身青绡衣裤，窄袖劲装，身材儿较去时长大许多，真是艳如桃李，冷若冰雪，另是一番风姿，精神照人。当时大家围定，如众星捧月一般，先细询去后光景，只见她不慌不忙说出一席话来。

原来沅华自入海潮庵，见性涵哭述来意，性涵叹道："你既有志为此，先须意志静虑，坚忍耐劳，三年后再传吾术；却是这三年中，也便是筑基功夫，切毋忽视。"沅华顿首受教，从此执役庵中，凡扫除、炊汲等事，都做得十分停当。那性涵只是朝钟暮梵地修她的清课，有时定息趺坐，每至午夜，只将沅华清冷冷丢在一旁，与那饥鼠、老蝠领略这佛堂灯火。

沅华初时，对此萧寂之境，未免思潮坌涌，但怔怔地坐下来，那家中事便如在目前，不消说苏氏的声音笑貌，便连家中的鸡儿狗儿都一一涌到心头，不由悲凄万状，竟恹恹瘦损下来。一张小脸棱棱削削，每日价风吹日晒，蓬着短鬐，撑着脆骨，如秋末寒鸡似的，在这深山古庙中晃来晃去，好不可怜。性涵却绝不在意。过了几日，稍觉相安，索性断了忆家之念，渐渐觉精神复旧。

一日午后，沅华提桶出汲，临溪一望，照见自家倩影儿，华腴了许多，伸伸腰肢，十分疲倦，便振起精神，将桶置在一旁，就溪边平敞处试了一回拳脚，如风车般旋舞。只听性涵唤道："沅华，且不汲水，做此儿戏做甚？"忙回头一望，只见性涵笑吟吟已到背后，赶忙收住步，低头站住。

性涵道："你且尽技试来，看是怎样。"沅华听了，未免有持布鼓过雷门的光景，没奈何红着脸，竭尽所能，试了一回，卓然立定。性涵点头道："若论外功亦是高健正派，不过防身罢了，今日且不须此哩。"说罢，促沅华汲好水，一同回庵。沅华一肚皮疑团，又不敢问。

过了月余，性涵向沅华道："昔浮屠氏不三宿桑下，诚恐日久恋著，有妨修业。今吾已觅得一个所在，最宜潜修，过两日我们便去。"次日性涵果然走别山众。那何娘子闻信也到庵来，与沅华留恋一番。师徒二人收拾衣囊瓶钵，飘然信步漫游前去。一路上烟餐水宿，随路观玩。

这时节闽广不靖，郑氏雄踞台湾，暗地里勾结豪侠，散布得各处都是。便有那依草附木的水旱强寇，无论与海上通气与否，都揭起这面大旗，附在遗民里头。还有些失路英雄铤而走险的，一时纷纷扰扰，地方上甚是不安。性涵见了十分叹息，便渡过仙霞岭，迤逦向江西进发。

一日夕阳欲没，来至江边，只见风帆来往，一叶叶如凫鸭相似，这当儿残阳照水，澄波如镜，一点儿风丝也无。沅华方待唤渡，忽见性涵登沙阜一望，便招沅华近前，指与她看道："你见吗？"沅华随指势望去，只见隔岸左边，十数里近远，沙岸浅水中，却有两个妇人赤条条露着一身，两个长乳白莹莹系匏相似，披发至肩，在那里拍水顽皮，你拥我抱，又似洗澡儿，将那水激得银山一般，飞花溅沫。

沅华失笑道："哪里的混账老婆家，通没些羞，多少船儿来往，便这等一丝不挂。"一言未尽，倏地江干群树，飕飕飕响动，风头吹到，只见那两个妇人泼剌一声跃起丈余，复跳入水中，悠然而没。沅华望见她下身却是大鱼，不由吃惊。性涵道："此名美人鱼，又名江豚，见则大风，我们暂息再渡吧。"

这时众江船比龙舟竞渡还快，都七手八脚纷纷泊岸。那风已排山倒海价吹起，加着江声浪涌，砰訇震荡，好不可怕。师弟忙趺坐在避风处，倚装而待。那风足足吹了一个更次方定，仍然澄江如练，将一天云翳吹得净无纤滓，碧澄澄夜色，飞起一轮皓月，便听得众客舟欢呼解缆，闹成一片。那艄公揽渡，也便大呼小叫，招客就船。性涵师弟也便携装而登，就静处坐了。只见众客杂沓，还纷纷话那方才风势，艄公却缓缓摇起橹声咿呀，乱流而渡，还一面颠三倒四价，信口唱起山歌，十分适意。

第十二回

除棕怪觅地武功山
伏山姑修真石城洞

众客谈得高兴，内中一客便笑道："这阵风虽来得着实，还不及棕老爷子撒阵酒疯儿哩。"一个少年正箕踞船头，大笑道："依我看来，是信什么有什么，昔人说得好来：偶然斫作木居士，便有无穷祈福人。什么一根朽棕缆，说得神龙一般，还有头有角，麟爪峥嵘，一般地兴风作浪。"一言未尽，只吓得一位老者颜色顿变，握手道："快些嘿声，这船性命须不是老兄自家。"说着便将棕爷爷许多异迹历历述出。

原来这江中旧有这厉害怪物，为害商旅，非止一日。故老相传，还是前明开国时，太祖皇帝扫荡烟尘，曾在这里麋兵水战，只杀得江波都赤。当时御舟棕缆，十分伟丽，巧匠逞奇，作得来蛟龙相似，不消说饱餐战血，后来检点起，竟遗落在江中一条。这物件本取精用宏，日久年深，便赋了些灵怪之气。初时出没游泳，还不怎样，后来竟大作威福，每当风静月明，便没头尾如一段铁柱似的横亘水面，舟人偶然不敬，登时风浪暴起，江船尽没。

当时老者述备，众客大半知得，便嚷道："这话不虚，性命所关，不是要处。"那少年觉得没意思，只噘了嘴，一语不发。沅华听了，暗暗纳罕，性涵道："物情变化，本不易测，但有害众生，理宜剪除，不知有这段因缘否？"正说间，船到中流，忽觉上流水势狂涌，月明下隐隐见一黑物昂起头，箭也般追来，蹩起高浪，山也似压下。艄公失声大叫。转眼间，舟儿簸起丈余，轰的声砸在浪头，满船尽水，众客跌跌滚滚，一齐呼号，还有百忙中乱宣佛号的。

沅华方在吃惊，却见性涵垂眉定息，忽地双眸一启，灵光闪灼，徐举一指，喝声"疾！"只见一道白光飞出指端，电也似直奔黑物，在空中如银环一般旋了一旋，唰的声刺入波心。一声响亮，登时将那黑物斩为两段，便如两段巨梁飘浮水面，霎时间风平浪息。众客大惊。急看那白光时，只见越缩越小，越发精光耿耿，射得人心骨冰冷，倏地如萤火的大小，飞回尼僧指尖，竟自不见。当时众客情知有异，便连那负气少年也一般地五体投地，向性涵膜拜起来。性涵道："这孽物还是自戕，贫衲不过上体天意罢了。"众客不敢细诘，却暗暗称奇，从此江中除却此患。

当时船到彼岸，众客谢别，纷投旅舍，性涵师弟也便宿下来。沅华却再也奈不得了，候至夜深，跪求授术。性涵道："我们此行，原为觅一绝静之地授汝剑术。我久闻安福之西与袁州交界之处有座武功山，其中洞壑深邃，包罗万象，论其高峻，不亚南岳，里面胜境甚多，最宜修习，在道书中称为第十九洞天。等到那里，俟你筑基坚稳，再授未迟。"沅华不敢强聒，只得顶礼而退。

次日师徒起行，依然随路赏玩。行了数日，已将近武功山麓，沅华远远望去，已觉空翠插天，竟奇负秀，云气回合，灵光蔚然。越行越近，只见一处处清泉白石，鸟磴烟萝，煦暖如春，山花遍地，沙径盘纡，颇为平坦，便如置身画图一般。沅华大悦，观之不尽，顿觉身健神清，凡襟尽涤。

师徒徐徐行去，可数里远近，还闻得樵斧响林、牧笛动野，那林梢涧曲，山居人家的炊烟，还一缕缕袅起，映着一片风光，十分有趣。

又走了一程，渐入渐深，人籁都绝。忽闻得水声潺湲，浮空而至。沅华纵目望去，前面却有一道长溪，清鉴毛发，其中文石游鱼，历历可数。且喜有道独木桥儿可以度过。性涵道："四五年前，吾曾草草一游此山，恍惚忆得过了这溪，便是朱陵岭。逾岭不远，还有冰丝潭，甚为奇妙，便距那石城洞甚近了。我们便居此洞，你道好吗？"沅华喜诺。

两人渡过危桥，又行数里，果然高岭横云，盘转上去，只见众岭合沓，盘曲逶迤，上面流泉，一条条琮铮激荡，曲折隐现，都汇在朱陵岭下。性涵等下岭，循泉流行去，不过四五里远，便得一潭，黑沉沉陷在两山峡中。潭上乱石林立，纵横乱插，那各道泉流被乱石阻击得飞鸣怒跃，都争着从石隙中喷溅而下，如散珠撒盐一般，千条万缕，亮晶晶如缫雪镂冰，好不美观。再看那深潭时，仿佛一极大车轮轰轰转动，缫那无量冰丝，想自无始以来，便不舍昼夜价机声轧轧了。

沅华俯观良久，只喜得雀跃不已。两人觅径过潭，只见一路上长松夹峙，渐渐宽敞。少顷，望见石城洞，高森森轩豁呈霞，四围乔林灌木，遮天蔽日，果然气象不同。性涵见了也便开颜微笑，这一笑不打紧，只将沅华喜得打跌。原来她自从师以来，还是初次见她笑脸儿哩。

当时师徒一面指点，一面奔去。看看切近，忽闻得灌木丛里嘻嘻地笑了两声，风也似撞出一个妇人，一般地涂脂抹粉，画眉惊鬓，独有那点樱唇，绽开来几至耳际，虾蟆精似的，好不难看。再望到下身，越发新奇，竟是个独脚傀儡，那脚跟又拧向后面，便这样活木桩似的，噔噔地春到面前，笑得扑天哈地，舞起两手，先向沅华扑来。

沅华初见一惊，继而怒起，不管好歹，牵住她一只手，顺势向身旁一操，又飞起一脚，踹在她屁股上，只见那怪物扑的声抢跌在地，还只管拊掌大笑。沅华越怒，捻拳赶上去刚要打下，性涵道："快莫伤她，此物性善，无害于人，遇着迷路山行之人她还保护。她介在人兽之间，名叫山魈。原是深山中一种灵物，能通人意，一般的也有居室资生之物，山中人都称她山姑，能御狼虎猛兽，如有行李牲畜，但寄顿到她那里，却不会有失的哩。"说着近前挽起山姑，口语手画，命她导路。

山姑倾听凝视，果然喻意，越发喜跃，先围绕她师徒嗅了一回，仿佛亲爱光景，登时前驱引路。少时经过她巢旁，沅华望去，只见在两珠大树上杈丫之间，横七竖八都铺施巨木，架定一间草室，一般的窗栏户壁，件件俱全。更奇的是树下还有一间室，便是积贮食

161

物之所，如人家仓廪一般，悬梯上下，又似楼房儿似的。

沅华见了连连称奇，性涵道："昔人说得好：海客忘机，鸥鸟自至。这山姑灵警得很，我们久居山中，便结她个伴侣，岂不有趣?"沅华越发高兴，便厮趁着山姑直奔洞来。那山姑此间路熟谙得紧，便曲曲折折直引入洞，只见越进越觉宽衍，灵境忽辟，别有洞天，奇花异卉，纷罗夹列，里还有两道小溪，活活疾驶。涉过溪，一片平阳，大可数十亩，茸茸碧草，翠屏相似。左厢靠峭壁，却有两间天然石堂，内中石几石榻，晶莹光泽。转过石堂，路越发深远，一望无际。性涵道："吾闻此洞深杳莫测，秘径纷歧，远可通闽广诸省。我们鹪集一枝，便就这石堂定居吧。"沅华大喜，便忙忙安顿一切，那山姑早跳得去了。

从此师徒安居下来，性涵习静如故，沅华仍事炊汲、拾薪等务。隔数日性涵出去一次，少顷便回，便有盐米等类堆置洞外，山姑便徐徐负入，且是勤黠可人意儿。沅华有时闷起，便寻她满山涉足，奇情胜景，不可尽记。独有那风、花、雪、月四洞，真是造物之奇，无所不有。今且略略述来，以泄坤舆之秘。那风洞中，四时不断，无论昼夜，常有微风飘扬；花洞中，异石五色，嵌空下垂，陆离光怪，如鬼工雕镂一般，一处处鲜鲜灼灼，纷红骇绿，便如万花谷；至于那雪洞中，有一种细石，铺开来俨如霜雪，又似堆盐堕絮，一望皓白，一些杂色也无；至那月洞更是奇绝，凭空的蟾光皎然，从空射入，仔细端相，却是青湛湛石洞顶天然凿出一个圆穹，天光透入，十分明朗。这些胜地，沅华被山姑引导，一一游遍。

第十三回

传剑术炉火纯青
刺滚铃霜风一击

山中岁月，转瞬将及三年。一日秋末冬初时光，忽然起了阵霜风，空山落叶，分外觉得萧条凄切。沅华偶然踅到洞外望望，踏得枯草败叶，藉藉然一片声响。只见缕缕白云孤飞来往，不由触起思亲之念，凄然泪下，暗想授术无期，十分闷闷。当时踅回便泣拜师前，坚求传授。

性涵道："吾非靳惜，此道功行，原有次第；筑基不坚，便所学不固。今粗论技击宗派，不外少林、武当两家，内功外功，其用各异。外功本于少林，其法以动先静，主在取势趁机，先发制人。其气躁而多竦，跳踉奋跃，专以伺敌要害，却不想神法于外，自己反为敌人所乘，所以学这家的，往往偾事。至于内功，却纯是以静胜动，主在自卫备敌，不取攻势。其气似至柔，而实至刚，非至急危不发，一发必胜。其法专定不移，使敌人无隙可乘。这一派便是宋朝武当练师张三丰所遗留，代有传人，宗派最著。他曾为徽宗皇帝所召，道逢群贼阻路，三丰夜梦元帝亲授技击，及至天明，独起赴敌，竟杀贼百余人。所以内功一派，最为奇妙。那练习精到的，凡值搏人，都有窍穴，有晕穴、哑穴、死穴之分，但趁隙一指戳去，敌人立倒，俗又名点穴法。其极秘要的，还有五字诀儿，是敬、紧、径、勤、切。这倒不是以此为用，是以此为体，便所以神其用，如兵家秘诀，有仁、信、智、勇、严一般，却是极玄妙处，端在团结坚气，导引静功，操之极熟，运用遍于周身，凡所触处，金石都碎，何论气血肉体？由此再进功夫，这气便操纵飞腾，千里一瞬，唯意所使，制人制恶，倏忽如神，这便是吾所说的剑术了。与那嗔目语难之士，一剑自负的，却大不相同哩。今吾当次第授汝。"说罢便在石堂内焚香告天，令沅华跪倒受诫自誓。这夜便令沅华先习禅坐，她依然修她静课。

且说沅华幸得师允授术，十分喜悦，兴冲冲便踊跃坐禅，以为是个极好吃的果儿。哪知坐下来，便觉拘挛得什么似的，渐渐腰疼腿木，神昏眼倦，脖儿梗起，头上如压千钧，只觉一阵阵面红耳热，眼前暴起金花，那心头便似沸油乱滚，急剪剪好不难受。勉强支了个更次，渐觉好些。心地一清凉，便静下来，这当儿便是床下蚁斗，真能闻得。却有一件，境界越静，那思念却只管如钟摆般动，无端地俨然到了家内，大家见了悲喜交集，泣一回，笑一回，真有木兰回家，当窗理云鬓，对镜贴花黄的光景。一霎时又如飞至井尾溪，提剑杀贼，赶得仇人卢文走投无路，一剑飞去便见血淋淋仇头滚落，踊跃奔去，仿佛尽气力再复一剑，只觉身形一晃，险些栽倒。忽抬头望去，只见青灯荧荧，万象都杳，自家身体欹斜，差不多便要跌落。

那性涵正在垂眉入定，沅华赶忙坐好，尽力地摄心收虑，暗道此后大事正多，入手之初，怎这等价颠倒，快些制念，学技要紧。哪怕是鬼神霹雳当前，通不必理它。如此一想，忽觉耳内沙沙有声，便如轻车碾那平沙曲径，少时渐觉嘶嘶响大，如秋蝉微噪，暗道不好。越注念收敛，那声音却越来越大起来，末后竟噌轰鞳鞳，如敲钟鼓，将心头震得发发跳动，汗如雨下，不由气郁如蒸，微微一呻，倏地觉毫光一曜，己身正徘徊歧路，只见一层层奇峰峻岭，水流花开，再看看自己锦衣蛮靴，飞行如风，好不快意。忽地听得后面雷也似喊道："这妖女擅窃奇术，不利吾辈，快些赶上杀掉。"

沅华忙一回头，就见许多的罗刹魔鬼，奇形怪状，一个个电目血口，舞起钢钩般怪手，大踏步赶来。沅华大惊，方要躲避，顷刻又如被母亲揽在怀里，耳边一派仙乐叮咚、男妇欢声，嘈杂满室。还听得母亲慰道："儿啊，大好良辰，不要悲泣，男女婚嫁，生人第

164

一要事，无论何人，是跳不出这圈儿的。"忙睁眼一望，只见满室中锦天绣地，灯彩辉煌，仪傧喜娘都眉欢眼笑地伺候堂下。一乘彩轿端正正置在中央。那鼓吹音乐闹成一片，竟似催着人赴情海旋涡一般。沅华更是一惊，忙挣身大叫，倏如梦醒，依然坐在那里，只觉心头扑扑乱跳。那性涵依然趺坐，静听听万籁都绝，唯有寒日荧荧，斜射石牖罢了。不由悚然汗下，恍若有悟，忙起身向性涵膜拜一番，再复禅坐。这回却顿彻玄妙，身心融畅，方知静中别有天地。

次晨便向性涵历述光景，性涵叹道："汝诚是宿慧，非由人力。如你所述的一切妄念幻相，在寻常人要祛除净尽，便须三二年工夫，你只一夕间遽然豁悟，真个是吾道法种哩。"说罢师徒俱悦。从此性涵终日价口海手授，自筑基以至术成，其中许多关键火候，都一一抉示玄奥。好在沅华心领神会，触处贯通。转眼过了八个年头，剑术大就，一般地神变无方，隐现莫测。回视当年黄先生所授技艺，真相去甚远了。性涵见了也自喜悦，便道："就汝所能，世已无敌，此后便纯是涵养功夫，须火气尽除，方证至谨。将来功行收果，在人自为便了。"从此时时使她任意游行，拯善除恶，奇迹甚多，不必细叙。

这当儿闽藩耿精忠渐著异志，尽力地招致四方之士，未免鱼龙混杂，亡命凶盗都以这地儿为逋逃薮。耿藩徒务其名，哪里有许多饩禄养这班吹气冒泡的人，不知不觉，便四散在各处甚多。你想这种角色，哪个是肯背了锅走的，不用本的卖买做得且是手滑，始而商旅戒严，继而村镇遭掠，直闹得乌烟瘴气、民不聊生。其中却有个飞贼，甚是了得，疾捷如风，性嗜淫杀，号为"滚铃大王"。因他好穿软金锁甲，腰带上系两枚响铃，每腾踔空中，便如鸽铃一般清越。那一带人家住户，恨不得将美妇娇女用箱儿柜儿盛藏起来。大家一闻铃声，都吓个半死。若遇他高兴惠顾，这家便须霎时间明灯华灯，酒炙纷罗，主人夫妇盛装跪迎，将这大王恭恭敬敬请入中堂，恣意饮啖。主人夫妇还须眉欢眼笑，进酒为寿。待他酒至半酣，然后花鹁鸽似的扎括出娇女，羞涩涩地与他并肩坐下，恣意由他调笑，一家人还须惴惴然，望他的面孔。他如停杯遽起，这主人登时肚内念千百声豆儿佛；如见他夜猫子似的一阵笑，举手一挥，大家赶忙回避不迭。直等得铃声一起，方敢悄悄去张看，不消说，那娇女早已花憔柳困。当时那一带妇女相詈，都拿滚铃大王作秽语道："你这浪蹄子，再要作张致，保管你遇着滚铃听听。"

性涵闻得大起悲悯，一日便命沅华前去剪除，并示知所由之路。沅华喜道："此去道经井尾溪，且喜弟子大仇可复。"性涵笑道："人之生死都有定数，汝仇早已恶满自毙，今其余孽，行亦渐灭。计汝到那里尚能目击其事，骨肉晤面，都在此行。汝回后，吾与汝尚有数月相聚之缘，汝当回奉汝亲，谨传吾道，以拯民难。吾亦将远逝，了吾大事去了。"说罢又嘱她克期来去，不得耽延。

沅华听了将信将疑，不敢深诘，只得如命出山，星夜前往。不想走至井尾溪，果逢蓝理，诛掉卢质。她不敢稍延，自去勾当师事。不消说探囊取物一般，将滚铃大王轻轻诛掉，人不知，鬼不觉，居民额手称庆，还以为老天开了眼呢！

沅华既回复命，性涵甚悦，这数月中，又授沅华许多秘要。师徒飘然竟出武功山，临歧分手，珍重而别，倒累得那山姑孤零零跳出跳进，在石堂中摩娑周视一番，掉下许多泪来。可见异物也是有情的。

第十四回

返怀珠沅华教弟
走仙霞蓝理投军

　　沅华一面滔滔而述，那苏氏颜色竟如黄梅天气，阴晴不定，惊一回，喜一回，只将沅华尽力地挽住，恐她再行飞去。末后也不知是惊是喜，只听得眼泪乱落，却一面笑吟吟紧挽沅华。及至沅华述毕，方长吁了一口气，便没头没脑地乱述方才蓝理的事，并他去后十年中的许多变故，说到痛切处，忙合掌道："阿弥陀佛，幸得你们姊弟都在我跟前，从此便是粗茶淡饭，且将就过了吧，快莫要拿刀动斧地混闹了。"蓝理道："正是呢。"大家又将蓝瑗方才惊倒之状笑述一遍，沅华也咯咯地张开小口，合不拢来，一头伏在苏氏怀中。忽见蓝珠向窗外一望，笑道："真是发昏了，难道这院门便开一夜吗？"忙跑去关好。当时满室中喜气飞舞，大家话倦各自安歇。

　　次早饭后，沅华方要走拜父墓，只见隔院那王老者徐步踅来，笑道："昨夜我闻得这院喜笑得好不热闹，只闻得教头的语音，却不想沅姑姑也来家了，真真难得。我记得她那年去时，还歪着个丫髻儿，如今竟这样长大了。且喜教头事得伸，真也险哩。"蓝理姊弟忙走来厮见过，接着便是知方社众并村众，都知蓝理释回，纷来慰问，并闻得沅华忽回，都暗暗惊异，这数椽草室中，竟闹得宾客络绎，直乱过两日，方才稍静。

　　沅华方整备香楮，与蓝理赴拜父墓。只见宿草芊芊，映着悲风淡日，一抔马鬣，历乱松楸。沅华想到那年螭头沟父女分手之时，两行痛泪哪里还忍得住，不由跪倒扑地大痛。蓝理当此光景，又想到父子所遭艰危患难，一腔悲愤，便也长跪大哭起来，直哭得断云不飞、栖鸟难稳，方才叩拜而起。

从此蓝理便务为韬晦，寻了村众，辞却社中教头，每日价短衣草履，出刈溪蒲山草，捆给草履，就村墟去卖，得些钱来奉母度日。不消说沅华所能，便慢慢看诸弟宜学的，依次传授起来。

闲中岁月，乐叙天伦，倒也十分自在。苏氏心地舒畅，精神便日加康强。转眼又是两年余，蓝理兄弟武功大进，在世间战斗中，可称无敌。这当儿闽地越发不靖，耿精忠异迹越著，蓝理虽自晦暇，无奈当年擒盗声闻越播越远，往往有江湖豪侠通书钩致，蓝理都付之一笑，不去理会。

这年为康熙十三年，先是滇藩吴三桂久镇西陲，富甲海内，威名既盛，骄恣日甚，逆谋渐渐发露。便就着朝廷削藩的岔儿反将起来，却先去联络闽藩，并粤藩尚可喜，以壮声势。这一班魔头居然一拍就合，当时杀官戕吏，大起干戈，大闹起来。福建地面更不消说得，耿兵所至，先放狱囚，就其人才质高下，都授予伪职。风火般警闻日日传来，不久耿家兵马已到郡中。

一日蓝理方负得一束蒲儿趄到家门，只见一簇人马，约廿余骑，飞也似跑来，为首一将缓装佩剑，纵马直至门次，跳下来向蓝理问讯道："这便是那位蓝教头家下吗？"蓝理将蒲草置地，笑答道："在下便是蓝理，足下有甚见教？"那将喜道："如此甚好，且借一步讲话。"当时相让入室。

沅华见来客蹊跷，便潜身帘外暗听，方知那人是郡中耿将遣来的，欲招致蓝理，授予伪职。蓝理哪里肯从，只是推却。末后那人说得愈迫愈紧，蓝理语音也便怒吼吼地起来。沅华忙唤出蓝理，低语一番，蓝理复趄入，笑向那人道："蓝理山野鄙人，既承招敬，吾当赴郡面谒将军，足下先转去报命便了。"那人复叮咛一番，方率众而去。这里姊弟暗暗计议好。

次日蓝理便扬扬赴郡，走谒耿将。耿将见蓝理一貌堂堂，当时大喜，殷殷将耿藩札儿送出，以为他必然欢欣拜命。哪知蓝理正眼也不曾去觑，仰天一笑，正色答道："士各有志，岂可相挟以势？蓝理八闽（福建别称）男子，平生不惯做贼，这等泼天富贵，快些推向别个吧。"说罢霍地站起身，长揖兴辞。

耿将大怒道："你这厮倔强如此，便该斩掉，且收向狱内，禀知吾王再处。"说罢一挥手，武士拥上。蓝理全不在意，由他们簇拥了，竟入狱内。当夜三更时分，蓝理方瞑目而坐，忽闻檐际微风徐振，只见沅华翩然竟入，两人携手奔到狱垣下，略一纵身，已飞落垣外。蓝理道："吾姊那事妥当了吗？"沅华点头，当时两人疾步如风，越出城来，可笑那许多的逻卒夜役，便是当面碰着，只见两团黑影，瞥得一瞥，还当自己多喝了一杯，眼迷了哩。沅华送蓝理直至野外，方才叮咛别过，转向家去慢表。

且说次日那狱中失却蓝理，典狱的吓得屁滚尿流，没奈何硬着头皮去报耿将。只见他一声儿没响，摇摇手，命不必追究，就这样罢了下来。大家觉着诧异，后来方探得，耿将这夜正在批览文书，忽灯光一暗，咔嚓声一把匕首插入厅柱，上面还穿着一张红柬，忙战抖抖取下一看，却是"蓝理顿首"四个大字。登时倒抽一口凉气，明灯衷甲，坐以待旦。方要遣人赴狱查看，那典狱的早已报来，耿将哪还敢追问，并向蓝理家中去讨厌。这都是沅华的计划，并做的手脚，焰腾腾的事，被她一瓢水泼熄。

且说蓝理既脱樊笼，连夜价直奔仙霞关大路而去。一路上卫见烽烟斥候，相望不断，羽书报马，此来彼往，好不热闹。一时黎民逃难，号泣满野。蓝理也无心理会，只大踏步撞出关来。原来这当儿，康亲王方统率数万雄兵来征闽藩，驻军关外，连营笳鼓，喧天动地，方在策划进行。

一日，营前逻卒忽见雄赳赳一条大汉，走得满头大汗，在辕门前探头探脑，觉得诧异。便有两个悄悄奔到那汉背后，突地四手齐上，便想扳倒。那汉只一旋身，两膊一振，扑的声两卒齐倒，便大喊道："快捉细作。"登时众卒齐上，那汉却矗立不动，笑道："吾名蓝理，特来投谒亲王，面陈机要，相烦引进，何必如此？"

众卒见他气概，不敢鲁莽，当时闹嚷嚷拥定蓝理，直入辕门，自有执事人飞禀进去。那康亲王久历戎行，原是一时名将，正要收揽闽中豪杰，资以破敌。当时略一沉吟，便命诸将弁严装佩刀，雁翼排开，一片明晃晃剑戟光芒，由辕门直至帐下，真个鸦雀无声。唯闻得中军大纛被风吹得刮喇喇一片声响。

康亲王徐步升帐，早见数名健卒将蓝理脚不沾地地直叉进来，当时蓝理叩谒如仪，略无畏慑。康亲王略问数语，蓝理应对敏捷，声如洪钟，更侃侃陈述平闽之策，一条条都中窍要。这当儿，康亲王正少个熟谙闽地情形的以为向导，便大喜道："真是壮士！"立命他随营自效。

恰好这时耿藩骁将曾养性方徇掠温州，十分猖獗。这养性身长八尺，勇力绝伦，善用铁槊，骑一匹枣骝马，击刺如飞，甚是了得。曾独斫清营十二垒，浴血而出，方勾结蜈蚣山大盗马泰，雄踞温处等郡，闹得天翻地覆。这蜈蚣山居温处之交，深邃崎岖，藏风聚气，本就是个盗薮。先年时也有些庵寺院，羽客缁流，时时托迹，后来当不得一起起的梁上君子越来越多，都是吃到十一方的角色。可怜这群方外朋友好容易种庙田，打香醮，再加着逢时遇节，启发启发施主檀越，饿了一半肚皮，积攒些资粮。不怕你三更半夜，正睡得自在觉儿，呼一声横刀明火登时打入，先将庙主馄饨般捆起，四马攒蹄，吊得高高的，然后翻掠个尽兴。倘不是意思，你看他诸般酷掠，什么白猿献果、火烧战船咧，直将庙主奈何得求死不得，清净山林，竟变作杀人血地。大家没奈何都次第打包走掉。后来这许多小盗都被马泰吞并，便相地筑起坚寨，手下拥着许多楼罗（楼罗谓凶猾也。见《五代史·刘铢传》：诸君可谓楼罗儿矣！俗作喽啰）。终日价打家劫舍，渐渐声势越大，这当儿便受了养性伪札，与他作个掎角之势。

170

第十五回

定温州大战蜈蚣山
闹灌口重系犴狴狱

当时康亲王欲试蓝理，便命他自领一军，去破养性。蓝理踌躇一番，早得计划，便一面提兵赴温，暂住近处，虚张声势；自己却暗暗乔装作贩鸭客人，一般价头戴草笠，两腿黄泥，肩起一担鸭，满笼中哑哑乱叫，飞也似直奔蜈蚣山。想趁便探探马泰情形，先破此处，养性那里自然势单易破。

走了一程，将近山麓，方才歇了担儿，就树前下少息。只见一个文士模样的人瘦得如枯腊一般，摇摆走来，却是眼光到处，锐如闪电，委实有些精神。蓝理方在纳罕，那人已近前来，看看笼鸭，笑道："你这贾客特煞稀奇，怎将鸭儿都饿得五劳七伤，难道出卖骨架儿不成？"说罢，双目一皱，微微含笑，搔搔头道："我看你是个利罢头（北方俗语，谓不在行也）哩。"

蓝理本不曾想到这些小破绽被人看出，又以为那人也不过是管丈母娘叫大嫂，没话找话，便冷冷地答道："那也难说，物卖售主，便是骨架也有个行情哩。"那人点头道："有理，有理。那么我便给你个行情，快与我送到山中去，脚钱在外，你看如何？"

蓝理虽有些诧异，却正想探探山径，便道："烦足下引路吧。"倏地站起，掮起担，趋向那人背后。那人口内噫了一声，拔步便走。只这几步，蓝理心内越发了然。原来有武功的人，寻常步履都凝重坚实，宛如生根，别看外面飞一般快，其实一步一个坑，所以猝遇敌人，登时卓如山立，两下相搏起来，但看哪个步法一浮，顷刻便

171

见高下哩。

当时蓝理飞步跟去，弹指之间，已望见寨门隐隐，那路越发曲折。忽听一阵樵歌，清脆脆顺风吹来，少时从林转中出一个少年樵夫。蓝理一望，几乎失声要唤，那樵夫一使眼色，却趋向蓝理跟前，方附耳道得一个"马"字，就见那人一回身，势如饿虎，直奔蓝理，大叫道："你这厮不向温州，却来这里耍得好玄虚哩！"原来此人便是马泰。蓝理易装探山，早被他手下人侦得明白。蓝理尚未答语，只见那樵子挥拳便上，假骂道："你这黑厮，擅敢窥伺俺马寨爷。我们这山中好主顾儿，不被你闹糟了吗？你不要慌，待我向寨里送信去。"说罢气恨恨直奔山寨，顷刻不见。马泰一模糊，竟被他瞪住，只当是山寨里供给柴薪的樵夫哩，当时也不在意。蓝理早趁他来势，抛担迎上，两下里各使旗鼓，熊经鸟伸，移形换步，翻翻滚滚，一场好打。

那马泰虽然矫健，怎当得蓝理自被沅华授艺之后，家数非凡，数一趟来往，已然手忙脚乱。正在危急，只听寨中人声大乱，接着一缕缕火光随风乱卷。马泰大惊，不由手下一慢，被蓝理飞起一腿，直踹出两丈外，砰的声撞在岩石，脑浆涂地而死。蓝理大笑，一回手掏出缅刀一抖，先赶去割了首级，拴在腰际，捻刀长啸，刚要杀奔寨里，只见那少年樵夫笑吟吟走来，握手道："兵贵神速，吾弟快些提兵赴温，乘养性陡失羽翼，惊耸之余，一鼓可下。这里余孽，自有我料理。"说罢一晃身，仍奔山寨。蓝理大悦，连忙赶赴大军。

原来这樵夫便是沅华，乔装游戏，既回寨，散却余众，收得无数金资珍宝，便将来携到家下，暗地里拯贫济厄，却一些奇迹不露，还是嘤嘤婉婉，深闺娇女一般娱奉母亲。

过了几日，曾养性破走，蓝理捷书报上，康亲王大喜，立授建宁游击。这当儿提督杨捷方与耿将何祜相拒于乌屿地面，闻得蓝理勇冠三军，忙移文调来，大加奖慰，立命蓝理为先锋。哪消一阵，何祜大败，擒斩甚众，何祜百忙中幸脱性命。

康亲王治军，功不宿赏，当时立迁蓝理为灌口参将。这灌口是水陆衡区，商贾辐辏，本就是五方杂处，良莠混杂，何况这时节四

172

郊戎马，盗匪满地，不消说椎埋暴客，夜聚明散，闹出许多尴尬事，亏得蓝理治捕有方，才方好些，商民感悦得什么似的。却有一件，暗地里却被人射了许多冷箭。

原来这官场秘诀首在圆滑，圆得捉不住，滑得不留手，方称老斫轮也，就可面面俱到。像蓝理这等人，便让他脱胎换骨也学不到的。当时军兴事繁，诸般供亿，本就够地面招架，偏搭着闽督姚公启圣方驻节漳浦地面，相机办贼，幕下使客等或过灌口，未免的狐假虎威，没缝下箸，想格外得到些好处。偏遇着蓝理又是个啊呀呀燕人翼德般角色，两下里一挤，竟真闹得怒鞭督邮起来。

当时一个使客龇牙咧嘴，颠着屁股跑回，隐起自己诈索情节，另撰了一套话儿，委委屈屈，向姚公进了许多坏话，道蓝理怎的骄横，便连总督也不当揩屁股的棍儿。这启圣也是豪气如云的丈夫，出身世族，文武兼资，性好任侠，有力如虎。少年时节也曾报仇借友，曾独立卢沟桥头，手掀徐乾学尚书的十几车南来赃金，名震京师，哪个不晓得？姚公当时不由大怒，便抓个斜茬儿，无非是虚兵冒饷等类，轻轻一个白简，捏虱子似的将蓝理官职捏掉。蓝理麾下都各愤愤，他却略不在意，先忙着搬出衙署，就那里暂住寓居，便有几名亲卒恋故主，相随不去。无事时撞到街上借酒浇闷，大家提起主将被屈，往往拍案喊动。

一日，其中有个名叫杜焕的，生得短小精悍，脚下捷疾，能日驰二百余里，在蓝理麾下颇有些积劳，军中号为"飞火马"，偶然掉臂入市，沽饮了一回，闷闷地趲转来。忽一抬头，正经过游击署前，只见旄旍依然，却换了一班人物，一个个挺胸凸肚，横躺竖卧，全没些军容规律，见杜焕趱来，都光着眼凶视，便有牵藤蔓葛嘴内胡骂的。杜焕触起不平，酒气上涌，登时山也似立定，如小儿瞅笑面似的与他们相持半晌，那项上紫筋早条条梗起。

众卒怒道："你这厮连你主儿都缩头去了，你还来显你娘的魂做甚？"登时一拥齐上，拳头风点般打下。杜焕吼一声，放开手脚，东指西击，顷刻间众卒颠仆，爬起来没命价飞跑。却有一卒被杜焕捉住，劈胸几拳，登时呕血满地死掉。

这阵大乱，早有当地公人集拢来，见杜焕疯虎一般，哪个敢试他拳头？内中却有奸猾老练的，早笑吟吟抱拳走上道："壮士既做下英雄事，自有担承。"说着向同伴一眨眼道，"你们不要鸟乱，这壮士须不是没名少姓，灌口这遢遢（北方俗谓此地曰遢遢），哪个不识飞火马杜爷。"说着走近，故意将手中黑索只管向怀里揣，道："我们自家朋友，不会用这劳什子哩。"杜焕直鲁汉子，果然被他软索困牢，大踏步随他便走，直赴公堂。官儿略加鞫问，直陈不讳，杀人者死，还有什么说的？当时械置狱内，只候斩决。

哪知蓝理闻得，意气奋发，知杜焕只一寡母，并无昆弟，念他此番斗狠，究竟是为主激愤，一个侠气如山的人，如何忍得？便贸贸然赴官自承，愿代杜焕，将主使罪名兜在自己身上。不消说放出杜焕，自己便缧绁起来。狱中无事，还捆些草履散给众囚，有时节还与他们谈些忠义侠烈故事，并战阵之法，大家都听得津津有味，后悔自己陷于罪恶，往往有慷慨泣下的。后来颇有几人罪满释出，竟投在蓝理麾下卓有战功的。此是后话不表。

第十六回

试禅心海岛破邪
练水军厦门耀武

且说沅华功深养到，来去无踪，智慧亦近于仙侠，明知蓝理这事绝无可虑，只隔些时便潜入狱内望望他，转回来，仍一意教授瑗、珠两弟。

光阴如驶，又过了一个年头。这当儿那郑成功之孙克塽。方雄踞台湾地面，不时地寇掠漳、泉等郡。这郑氏自明永历以后，窜入台湾，数为沿海之患。昔人说得好：卧榻之侧，岂容他人鼾睡？那康熙皇帝神武绝伦，何曾一日置念，只苦的是台湾雄岛，地形险绝，整备水师，既复不易，更少的是谙练地势之人，所以几次想兴兵征讨，都因没甚把握，耽延下来。

这当儿郑克塽越发恣肆，其实克塽承祖父创就基业，他晓得什么缔造艰难并战斗之事，不过是公子哥儿般只会行乐罢了，却全倚仗着个统兵大将。此人姓刘，名国轩，广有韬略，英武不凡，在郑氏军中已历两世，全岛军事之柄都在他手。他曾有一段逸事，今略述来，便见他才识非常，不然凭什么纵横海上呢？

当克塽之父郑经在位的当儿，忽有个异僧泛海来谒，生得虬髯虎面，铜筋铁骨，杖锡至府门，叩关请见。左右不敢拦阻，忙飞禀进去。郑经这时方招揽异人，连忙召入，立谈之下，登时大悦。原来这异僧词锋飙起，有问必答。不但武略击刺如数家珍，谈到佛法精微，并神通作用，更是无一不会。喜得郑经只是连连额手，以为大业当成，所以天赐异人。当时有个宠姬在屏后窃听，不觉暗笑，只听那异僧笑向郑经道:"大王富有如此,何惜一串明珠,使美人怨望,芳心怙惚。"郑经失声道奇,还未答言,那宠姬也是一惊,纤趾一颤,扑的声撞出屏外,只怔得张口结舌。

原来昨夜郑经拥姬而卧,这宠姬果曾有求珠的事,当时不由敬信非常,将异僧神仙一般崇奉起来,大家相称以大师。闲时节,这异僧只默默趺坐,或演出许多奇幻法术,大家越发敬畏得死心塌地。有时这异僧走到演武场中,袒起双肩,露着弥勒佛似的肚皮,凭大家尽力地刀斫箭射,只管铮铮的火星乱迸,休想伤他分毫。大家惊得目定口呆,只有刘国轩暗暗不然。

过了几时,异僧渐渐骄横,诸将弆背地里或有谤言,不知怎的,一颗头颅便会凭空地没有下落,闹得大家栗栗不安。国轩见不是玩法,忙谒郑经道:"这妖僧凶恣如此,急当剪除,不然窃恐为其所乘。"郑经道:"无奈他体如金铁,刀剑不入,这便怎处?"国轩道:"吾主不必忧虑,国轩自有道理。"当时走回宅内,大排筵宴,另在一所厅事内铺设得锦天绣地,壁衣地厨、湘簟角枕一一俱备。并暗选美妓、娈童各二十人,嘱咐一番,听候唤用,便折简请那异僧前来赴宴。宾主礼罢就席,阶下鼓吹大作,妖姬歌舞,殷勤进觞,十分款洽。

那异僧大剌剌地坐在上面,高谈阔论,顾盼自得,哪里将国轩在意。酒至半酣,国轩渐将话儿逗他道:"大师法力坚定,依国轩看来,竟是佛地位人。昔古德、阿难,不避摩登淫席,足见心如明镜,不受染着。如大师亦具此定力,国轩欲凑个趣儿,赏当玩他们的欢喜相儿,以证大师道果,使全岛之众都生皈依信仰心,你道如何?"异僧道:"这有什么。"国轩大喜,登时引他竟赴厅事,绣帘一启,甜软软一股异香已熏得人骨软筋酥、春情荡漾。

原来是国轩特觅的一种海上名香,专助春思的,那异僧全不在意,厅正中特设一榻。国轩便请他趺坐上去,自己便悄立榻畔,一面谈笑,一面向左右一努嘴。左右趋出,少时便闻得一阵莺娇燕呢的声音,咭咭咯咯,连拖带抱,一对对直抢进来,都是二八娇娃,三五年少,满厅中追逐挽抱,如一群惊蝴蝶似的,更不客气。登时满厅中媚态横生，春声如沸。

只见那异僧拊掌大笑，纵目肆览，招头晃脑，接应不暇，还一面指点谈笑，行若无事。少时众男女已到极乐境界，竟忘掉是奉公差遣，只当是锦帏绣幔中遂其所欲，所以无限春情天然流露，这种声容却较前浓至数倍。正在栩栩欲化的当儿，国轩目不转睛地望着异僧，忽见他两眼一闭，不复再看。国轩趁势暴起，拔剑一挥，滚圆的一颗秃头脆生生斫落，血溅满地，原来一般的是臭皮囊，哪里有什么法术？

国轩掷剑大笑，诸将弁大惊，忙拜问所以，国轩道："诸君自不曾深思其理，此僧筋骨非常，不过炼气功夫，盖心定则神凝，神凝则气聚。他初敢纵观，以心有定力，后来闭目，便是心动，神气一涣，同常人一般，所以登时被诛哩。"众皆拜伏国轩识理精微，从此国轩越发为郑氏所重。这当儿侵掠既甚，朝廷愈加注念。

恰好朝端有位大臣，闽中安溪人氏，名李光第，方掌兵枢，与他乡人靖海将军施琅甚相契合。这施琅原是郑成功之父芝龙手下的一员虎将，随芝龙投清后，甚见宠用，直仕至这等爵位。不消说，台湾地势，并郑氏可取情形，他一股脑儿都装在肚内。既知朝廷意在用兵，他便与李光第商议一番，将平台计划一条条列成一疏，请光第代奏上去。

皇帝大悦，登时调兵转饷，命施琅节制全军，相机进行，克期征台。施琅将略本自非凡，平时价夹袋中许多人才，这当儿自然要脱颖而出。第一个便是蓝理，一角公文飞来，登时释去囚服，驰诣军门。蓝理先乞假数日，归省母亲。大家见了，各述别后光景，欢慰异常。过了几日，蓝理别母要去，便请沅华同行。沅华笑道："军中有妇人，兵气恐不扬，你们这次是堂堂正正，旗鼓相当，长枪大戟价厮杀，也用不到我许多。好在我视千里如跬步，我只暗暗助你罢了。难道我所能的，由你施展出去，还不同我去是一样吗？倒是瑗、珠两弟，须随你见些头角哩。"蓝理道："好，好！便是这样。"

当时苏氏又嘱咐一番，便大家分手。兄弟三人偕赴军前，蓝理忙走谒施公，只见施公笑吟吟将出一纸邸抄，原来他已飞疏奏蓝理署右营游击，已特旨报可，蓝理谢过。施公便命他领前队先锋先赴厦门，操练水师，自己筹划分布好，也便起节继进。一路浩浩荡荡，笳鼓喧天，旌旆飞扬，直指厦门海口，好不威严得紧。

第十七回

斩罪弁祭纛兴师
夺澎湖拖肠血战

　　且说蓝理喜遂报国夙志，练备水军，端的十分勤劳。一日，有军中两卒撞到街上，买了几把蔬菜，随便逛转去，走到一家戏园门口，只听得里面笙歌缭绕、喝彩如雷，便信步进去，就一处坐上。方将蔬菜置在案上，只见雄赳赳走进两人，两卒一看服色，知是施将军那里的戈什哈，连忙赔笑让座。那两人理也不理，先将案上蔬菜掀在地下，谩骂道："瞎眼死囚，怎的沾污我们座位。"两卒忍着气道："不知者，不作罪，我们别座上去便是。"说着一卒撅着屁股去拾蔬菜。

　　不想那两人越发大怒，一个竟飞去一脚，冷不防将拾蔬菜之卒踹倒。两人便是泥人儿，也忍不得了，当时两下大骂，一场好打。两戈什哈耀武扬威，将两卒捶牛一般，捶得鼻青脸肿，亏得众人劝开，方骂着高坐观剧去了。

　　两卒鼠窜而出，狼狈回营，便见蓝理，说打架之事。蓝理笑道："打架常事，也值得这等嘴脸，究竟是谁胜谁负呢？"两卒噘起嘴回道："哪里还说到胜负，真让人家消遣了一顿快活拳头。"蓝理大怒，立喝推出斩首，两卒大叫无罪，蓝理叱道："你两人如此怠懒，连两个戈什哈都不能胜，如何能临敌杀贼？"两卒道："我们因将军方在施公麾下，若与他们动手比较，许多不便，岂是不能胜他。"蓝理道："既如此说，快与我尽力去打，我自有道理。"两卒闻令跃起，风也似奔去。蓝理这里气吼吼挺坐而待。

不多时，只见两兵揎拳挽袖地转来，禀道："这次却大胜了。"蓝理大喜，登时跃起，一迭声要进两扇门板，命两卒卧在上面，取些鸡血洒得没头没脑，令人抬了。自己飞身上马，一行人直赴施公督署请见。施公问知情形，有些不悦，只得派人验过伤卒，抚慰蓝理，觉得这面子总算够瞧的了。不想蓝理一定请发给他这两个戈什哈，由他惩治，当时侃侃说道："今用人之始，士卒为国不惜死，将军当一体恤爱。今戈什哈恃势凌人，且谩骂蓝理如厮养卒，先锋威重既损，如何能镇束军心？其中关系，不在小处。"施公听了越发不悦，便赌气将两戈什哈交与他，看怎的，却随后遣人探视。

蓝理既得所请，欣然辞出，将两个戈什哈抓小鸡子似的拴在马后，一抖丝缰，泼剌剌地跑回营中。登时下令，全队齐赴海口，鼓角怒号，战舰一字排开，真个缨弁如云，戈甲耀日，都齐整地肃然列队，以待启行。那先锋大纛早被海风吹得飞扬乱卷，从主舰中飘起，纛下自有人整备香案。岸上炮手，黄帕抹额，敞披红衣，早横眉怒目，奇鬼似的垂手而待。正万众无声的当儿，早见数骑亲卒泼风似的拥蓝理闯来，马后便是那两个戈什哈，赤膊缚定，披发跣足。四名剑手架定，旋风般直趋海岸跪倒，正向主舰。蓝理早弃骑登舰，手下人已将香爇好，蓝理直趋案前，拜纛罢，亲奠三爵，将袖一挥，只听震天价一声炮响，全军齐齐一声喊，海波都震。就这声里，只见两剑手霍地摔去红衣，霜刀齐举，咔嚓一声响，两戈什哈头颅滚去。蓝理横刀，高坐舰首，竟率全队直向澎湖，压波而下。

施公探视的人见这光景，忙飞马回报。哪知施公那里早已得蓝理公牒道："今日上吉，先锋官拔队启行，借罪弁祭纛，以振军气。"施公沉吟良久，忽地顿足道："此真虎将，必能成功。"登时亲统大军，扬帆继进。

且说刘国轩早做准备，那澎湖水口本是入台湾第一要路，这当儿方率数万锐卒，横海列舰，国轩指挥布阵，扼守得铁桶相似。这时舵楼瞭敌之军，早望见蓝理旗帜，顺流而来，赶忙吹起海螺，严阵备敌。

少时海波如沸，喊杀连天，蓝理兵舰风似的抢到，横冲直撞，杀入刘军。两下里翻翻滚滚，搅作一处，跳踉奋呼，夺舟斫缆，顷刻间浮尸蔽海，相逐而下。只见蓝理一把缅刀，风旋电掣，往来飞跃，使人目不及瞬，便如蜻蜓点水一般。自辰至午，手杀百十余人。

正酣战间，忽见一只敌舰山也似压来。便有一将生得虬髯绕颊，衔刀负盾，捷如猿猱，抱定巨桅，顷刻手移足随，直达桅顶，便欲跃入蓝理舰中。这将号"天山鼠"，是国轩军中有名勇士。蓝理方要大呼，蓝瑷已扑地提刀飞出，方跃起两丈余，要赴敌舰。忽见一道白光从斜刺里飞来，绕定巨桅，一个盘旋，只听咔嚓一声，巨桅中断，天山鼠倒撞入海。蓝理忙从光来处一望，只见沉华如鹰隼一般，正在各敌舰中倏忽飞腾，白光到处，伏尸一片，直赶国轩主舰去了，不由勇气越旺，正要也去赶国轩，不想敌将曾发舰闯到，劈头一炮打去，正中蓝理腹肋之间，一翻身跌倒于舰。蓝瑷大惊，赶忙从背后扶起，曾发大叫道："今番蓝理却死掉了！"

蓝理大怒，奋拳一跃丈余，雷也似喊道："蓝理便在这里，曾发却死了。"一振缅刀，方要赴斗。蓝瑷百忙中却见哥子腹破，血淋淋拖出一段大肠。急跑去抱住，便这样抉开血盆一般，将肠儿为他纳入，裂了衣襟与他缚好。恰好蓝珠早寻了一匹白练来，便连腹带背，层层裹好。这当儿已有两名健敌跃上船舷，蓝珠大呼，就地一个旋风腿，奔到扫去，扑通声两敌落水。蓝理勇奋之余，还依然大呼杀贼，士卒见了，勇气倍增。

这当儿两下搅作一团，铁钩穿梭价飞掷，加着火弹火箭雨点般互射，霎时间烟焰涨天，阵云乱卷，风涛助势，声闻数里。瑷、珠两人杀得兴起，各挟火药、火具跃投敌舰，登时火熊熊，红光亘天。曾发百忙中改乘小舟，逃出重围。这里乘势直追了数十里，大获全胜，竟击沉敌舰数只，斩贼无数。一时间弃械浮尸，盈蔽海面。

捷闻既上，施公大喜，一面飞疏，上蓝理首功，一面选红毛国医士与他施治创痕，用药带绵布等扎缚停当，除去，谆谆嘱咐道："此创七日之间切忌动气，不然创口迸裂，不是耍处。"蓝理没奈何，只得在舰静养。施公那里依然遣队猛进，却预戒左右，不使先锋得知。

堪堪过了四日，这天蓝理方卧在榻上，忽见左右人惊惶失色，纷纷耳语，接着一阵阵炮声四起，喊杀连天。不由蹶然而起，忙唤左右，厉声诘问，左右不敢瞒隐，只得禀知。原来这次交锋，施公士卒稍怯，百忙中扬帆转舵，竟误将施公坐舰搁在浅沙，敌人乘势裹围急攻。亏得施公是百战名将，究竟从容镇定，还依然指挥肆应，却是敌人越围越密，也便危急万分，现正在拼命冲突哩。

第十八回

受国恩兰氏显殊勋
称家庆侠女求大道

蓝理听罢，吼一声跃起，不暇结束，提起缅刀飞奔舰首，大叫开船，登时乘风赶去。且说众敌舰正在纵横耀武，争向施公，忽见一舰箭也似破浪奔来。长风吹处，先望见一面大旗，上书"蓝理"两字，字方广略有二丈，衬着四周烈火卷焰纹，好不声势百倍，不由大家惊喊道："蓝理来了。"登时纷纷退败。

这当儿蓝理已到，凭空地横刀一跃，早登敌将主舟，手起刀落，连斫翻悍将十余人。忽地刀光一闪，早又跃回己舰。官军趁势大噪，顷刻间敌人四溃。施公大喜，方要额手，忽地一团白光滚到面前，一瞬之间，现出个雪肤花貌劲装女子，向施公略一点首，抢近前拖住腰带，只一挟，竟将个拨山扛鼎的施将军轻轻拖起，唰的声飞置在蓝理舰中。

说时迟，那时快，只听震天一声响，敌舰一炮，早将施公坐舰击沉于水。那女子拊掌大笑道："吾事毕矣。"忙向施公一叩首，翩然跃起，如电光一闪，顷刻不见。施公惝恍如梦，当时也不暇追诘，忙挥众追击，直从澎湖口一直深入。刘国轩见险要已失，推案长叹，料难做螳臂之拒，便偕郑克塽纳土归顺，一切军事收束，不必细表。

且说施公当时脱险，转败为胜，从容问蓝理道："那医者曾嘱你七日勿动气，今如何不及五日便来鏖战？"蓝理笑道："主帅有急，凡在麾下的都应致命，蓝理犹恨来迟哩。"施公叹赏，便话及那飞行女子之异。

蓝理谢道："这人便是末将胞姊蓝沅华。"因将她始末细述一番。施公惊喜道："如此奇女，世所罕闻，吾当飞疏上闻，旌共侠烈。"蓝理道："家姊性甘韬晦，不预声闻，唯求主帅曲全其志。"施公叹道："吾久历戎马，阅人綦多，今方知巾帼中大有人在。"咨嗟良久方罢，只将蓝理兄弟功绩奏将上去。

不多日朝命已下，加蓝理左都督衔，以参将尽先补用。瑗、珠两人擢职有差。这当儿怀珠坞内，早村众哄传起来，登时纷纷走贺，几乎将王老者的场院挤破，倒累得苏氏母女接应不暇。一处清冷冷的所在，霎时火炉似的热将起来，可见人生势位富贵是不可忽的，这颗豆儿早被当年苏季子咬破了。

不多时蓝珠先回，便忙相地，大起宅第。及至落成，较往年旧宅更觉阔绰。村众见了，都指点叹息道："蓝翁一生好行其德，这天道好还，是不会错的。"当时蓝珠安置好，便奉母姊迁入。

过了数月，蓝理乞假还乡，抵家那日，村众夹道纵观，只见一行行兵弁，并行李辎重，络绎而过。后面两骑骏马，蓝理兄弟一色的行装箭袖，按辔而来，随众亲弁徐驱在后。

去村里余，便下马步行而进，直赴新居。登时闹得门首人骑阗塞、欢声匝地。母子等见及，自有许多悲喜情状。蓝理又向沅华述知施公之意，倒惹得沅华眼圈儿一红，笑道："吾弟自是富贵中人，阿姊游方之外，此番游戏，不过因弟而出，尽我性分中事罢了，哪里有这些藤葛？"苏氏细询起，方知就里。又提起蓝理拖肠破贼之事，不由惨然泪下。蓝理道："娘又来了，孩儿现在好端端在这里哩。"苏氏笑道："我也真被你们闹昏了。"说罢大家一阵欢笑。

过了几日，蓝理等谒过父墓，便仍在那当年庙内大会村众。到了这日，庙祝老早地铺陈一切。少时村众陆续毕集，大家便闲谈起来。一个灰扑扑的撅起苍白胡子，眊着眼道："俗语说，三岁看老，真真不错，便是这蓝老爷，你看他小时节气度便有些成头哩，不然怎这等地位。若到这当儿，再觍着脸说人家好，便是狗咬冻屎，晚了八春了。"一个促狭的听了，鼻子里一笑道："还是老爷好眼力，怎的那年人家去斫柴，借用了您一根绳，便将您脸儿苦丧得汪着水似的，还嘟念道：'这孩子惯讨便宜，将来出息了，也是个三只手。'难道那时老爷暴发火眼，没看清楚吗？"那胡子红着脸道："屁话，屁话！我说他三只手，是赞他多出一手，这名为一手擎天，你哪里晓得。"众人大笑。

正在胡噪，只见庙祝飞也似报道："蓝老爷兄弟到了。"众人哄一声迎出，登时挤在门首四五个。好容易挣出，早见蓝理等徐步而入，大家厮见了，即便置酒列座，欢呼畅叙。一面饮，一面慨忆当年。座中一个老者道："我还忆得，那年冯二尹忽到这里那种嘴脸，像这等人，如今万不会有好光景。你只看咱们这金城似的鸣凤堤，便知蓝封翁植基种德，不是寻常了。"大家拍手道："痛快，痛快。"蓝理兄弟忙起身殷酬劝酒。直吃至红日西斜，方才尽欢而散。

过了几日，蓝理兄弟拜别母姊，各赴职任。沅华承欢之暇，一意静修，淡妆素服，时游村中，一般价与那张家姑、李家姨的说说笑笑，有时春秋佳日，便奉母亲坐了小舆，自己款段以从，在左近山村水郭中随意游赏，十分自在，竟将剑术等技绝口不提。苏氏从容偶谈及她婚姻，她只憨笑道："我自有我的事在。"

光阴弹指，又早过数年光景，苏氏越发精神康健，沅华丰姿依然如故，大家都暗暗称奇。

这年为康熙二十六年，皇帝特擢蓝理为宣化镇总兵，挂起镇朔将军大印，并召他克日入觐。天语颁来，蓝理哪敢怠慢，连忙按驿而进，一路上饥餐渴饮，不必细表。

这日行抵赵北口，恰值御驾由木兰御围场打猎回跸，只见千乘万骑，雾合云屯，御道如弦，轻尘不起。只闻得马蹄雷动，徐驱而至。蓝理这当儿一骑马，忽地驰上御道，不由大惊，一紧辔，要勒它下去。说也奇怪，那马纹丝儿不动。蓝理急汗如雨，竭力鞭打，那马只长嘶几声，还是不走。

这当儿已隐隐望见扈驾前驱，仓皇之中只循跳下马，三脚两步，钻入道左一家桑园中暂避，只觉心头扑扑乱跳。不多时御驾将临，早望见扈从卫士将那马牵置一旁。皇帝觉得诧异，立命人查问谁骑。

蓝理听得，暗想若被搜出，那还了得？只得硬着头皮，忙步出自陈来历。

从官一面命人看管，一面回奏，皇帝沉吟道："且将他来。"登时数名卫士如鹰拿燕雀般将蓝理拥来，跪伏于地。皇帝道："你便是夺澎湖要口，拖肠血战的蓝理吗？"蓝理道："小臣便是。"皇帝喜道："怎么你这当儿才来？真是虎将。"即命蓝理前跪，细问血战形状。

蓝理一一奏闻，天颜大悦，立命左右与他解衣。看那创痕，皇帝嗟叹不已，抚摩伤处，良久方命起去。这当儿将扈驾万众都惊得呆了，以为这等异数，真真难得。又过得数年，竟历擢至天津总兵。有一年入京祝嘏，皇帝高起兴来，竟特宣蓝理入宫，引见皇太后。皇帝还口讲指画，如说评书一般，细演他血战之状，笑道："这便是那员破肚总兵了。"太后听了也粲然启齿，左右宫嫔都笑吟吟瞅着他。君臣款洽良久，方命他返去。一时宠遇之盛，不必细表。

且说蓝理坐镇津门，从容多暇，便命麾下兵丁开垦数百顷水田，以为西北水利先声之导。皇帝十分嘉奖，赐名蓝田。这年覃恩特沛，御书"画锦萱荣"四字，以赐蓝理之母。这当儿苏氏母女都随任在署，天宠既加，大家便开筵称贺起来。一时宾客之胜，里里外外，如火如荼。沅华分外高兴，酒至半酣，忽然起为母寿，又笑吟吟向蓝理道："我两人都被性情鼓动，如今做出些小小事业，但是古人说得好：物太刚则折，吾弟此后还要仔细。"蓝理道："正是呢。"当时酬劝之余，也不在意。

既至筵罢，一寻沅华，竟影儿不见，却有一封书留在案头。大意是诀别母弟，做她的潜修大事去了。大家叹惋一番，知她如神龙一般，哪里去寻她踪迹，也只索罢了。

后来蓝理又立了许多伟绩，究因刚直，中间屡遭挫折。瑗、珠两人也都仕至总兵。苏氏与蓝理都各享上寿而没。这便是那侠女蓝沅华一段奇迹。

杜少蘅说到这里，口干舌燥，一气儿饮了两碗碧螺春，同容伯兴辞而去。记者耳边还恍惚闻得金鼓声，疑惑是蓝理拖肠大战，仔细一听，却是风吹得檐前铁马，便记录出来，以见自古英雄都须由儿女做起哩。

　　本书底本采用 1935 年 1 月上海新民书局版并 1936 年 1 月大达图书社再版。

图书在版编目（CIP）数据

奇侠平妖录·蓝田女侠／赵焕亭著.— 北京：中国文史出版社，2019.3
（民国武侠小说典藏文库·赵焕亭卷）
ISBN 978 - 7 - 5205 - 0819 - 3

Ⅰ．①奇… Ⅱ．①赵… Ⅲ．①侠义小说 - 小说集 - 中国 - 现代 Ⅳ．①I246.5

中国版本图书馆 CIP 数据核字（2018）第 264493 号

点　　校：顾　臻　杨　锐
责任编辑：卢祥秋

出版发行：**中国文史出版社**
社　　址：北京市海淀区西八里庄 69 号院　　邮编：100142
电　　话：010 - 81136606　81136602　81136603（发行部）
传　　真：010 - 81136655
印　　装：廊坊市海涛印刷有限公司
经　　销：全国新华书店
开　　本：720×1020　1/16
印　　张：13.25　　　字数：185 千字
版　　次：2019 年 3 月第 1 版
印　　次：2019 年 3 月第 1 次印刷
定　　价：50.00 元